Het geheim van mijn vader

'Er bestaat een intelligentie, die onze ratio ver te boven gaat. Dit universele veld van bewustzijn kent geen enkele begrenzing, maar bepaalt volledig ons leven.'

Hans Peter Roel

Het geheim van mijn vader

Terra Nova

Hans Peter Roel

N.E.X.T. Company
PUBLISHERS

Colofon

Het geheim van mijn vader, Op zoek naar een betere wereld
Omslag: Looney2

Eerste druk: november 2017
ISBN: 978 90 79677 382
NUR: 728

Een uitgave van:
Uitgeverij N.E.X.T. company BV te Baarn
E: info@nextcompany.nl

www.nextcompany.nl
www.hanspeterroel.nl

Brief van Albert Einstein aan zijn dochter Lieserl

Deze brief behoort tot een van de 1.400 brieven van Albert Einstein, die in 1980 door zijn stiefdochter Margot Löwenthal aan de Hebreeuwse Universiteit van Jeruzalem werden geschonken.

Gericht aan mijn lieve Lieserl,

Toen ik de relativiteitstheorie bekend maakte, waren er weinig mensen die mij begrepen. Wat ik in dit schrijven bekend ga maken, zal ook botsen met het onbegrip en de vooroordelen in de wereld. Ik vraag aan jou om de brieven zolang als nodig te bewaren, totdat de maatschappij ver genoeg is ontwikkeld om hetgeen ik hieronder uitleg, te begrijpen en te accepteren.

Er bestaat een onmetelijke kracht die, tot nu toe, niet formeel door wetenschappelijk onderzoek is bewezen. Het is een kracht die alles en iedereen omvat en alles regeert. Ieder fenomeen dat zich in het universum manifesteert en zelfs al hetgeen door ons niet is gedefinieerd, wordt gedreven door deze kracht. Die universele kracht is LIEFDE. Wanneer wetenschappers op zoek gaan naar de algehele theorie voor het universum, vergeten ze deze meest krachtige en onzichtbare kracht. Liefde is het licht dat zowel degene die het geeft als degene die het ontvangt, verlicht.

Liefde is een magnetische kracht tussen mensen en het zorgt dat de mensheid niet ten onder gaat aan blind egoïsme.

Liefde ontvouwt zich en onthult het mysterieuze. Wij leven en sterven voor de liefde. Liefde is God en God staat voor liefde. Deze kracht geeft betekenis aan het leven en geeft ons helder zicht op de werkelijkheid. In ons onderzoek naar de waarheid hebben we liefde genegeerd. Komt dat omdat we bang zijn voor liefde? Het is de enige energie in het universum, waar de mens er niet in is geslaagd om deze te kunnen besturen.

Liefde is meetbaar te maken, door een eenvoudige aanpassing aan mijn meest beroemde vergelijking. In de formule $E=MC^2$ *staat de E voor de energie die de wereld kan helen door liefde. Deze energie kan worden verkregen door de massa van een zwart gat te vermenigvuldigen met de snelheid van het licht in het kwadraat. We komen dan tot de conclusie dat liefde de meest sterke kracht in het universum is, omdat zij oneindig groot is.*

We leven in een tijdperk dat ons leert dat de mensheid heeft gefaald met het gebruik van universele krachten en we langzaam onze leefomgeving vernietigen. Om de mensheid te redden, moeten we ons voeden met liefdevolle energie. Wanneer wij als soort willen overleven, dan moeten we een zinvol bestaan opbouwen. Om de wereld te redden van hebzucht, moet ieder levend wezen dat hier woont, liefde voor zichzelf, de medemens en de omgeving omarmen.

Hopelijk zijn we ooit in staat om een liefdesbom met kernenergiekracht te maken. Dit is een wapen, dat krachtig genoeg is om alle haat, het egoïsme en de onbelemmerde hebzucht die onze planeet aarde nu verwoesten, te vernietigen.

Ieder individu op deze aarde is geboren met een krachtige liefdesgenerator, die als energie ingezet kan worden.

Lieve Lieserl, wanneer wij leren om deze liefdesenergie te geven en te ontvangen, zullen wij ervaren dat de liefde alles overwint. Alleen liefde is in staat om boven haat, egoïsme en hebzucht uit te stijgen, omdat het leven alleen om liefde draait. Het spijt mij erg dat ik niet in staat geweest ben om je persoonlijk te vertellen wat er in mijn hart aanwezig is. Ik heb je nooit persoonlijk ontmoet, maar mijn liefde heeft mijn gehele leven voor je gestroomd. Misschien is het te laat om te verontschuldigen, omdat tijd relatief is, wil ik je zeggen dat ik van je hou en dat juist jij mijn inspiratiebron was voor het ontdekken van 'het waarom achter het alles'.

Je liefhebbende vader, Albert

Feit:

De locaties, de architectuur, de wetenschap en *De Orde van de Tempeliers* en *De Orde van de Distel* bestaan echt.

'De mooiste emotie die wij kunnen ervaren, is die van het mysterie.'

Albert Einstein

Proloog

Het verhaal dat je gaat lezen, gaat je leven op zijn kop zetten. Het is confronterend, verontrustend en tegelijkertijd hoopgevend. Je gaat kennisnemen van een alomvattend bewustzijn, dat mens en materie verbindt in ruimte en tijd. Mysterie en spiritualiteit hebben een grote rol gespeeld bij het schrijven van dit verhaal. In de tijd dat dit boek tot stand kwam, leerde ik alles over het universele bewustzijn, dat niet alleen mijn leven, maar ieders leven beïnvloedt en stuurt. Vanuit de verbondenheid met dit universele veld, kreeg ik toegang tot ongekende kennis en wijsheid, die ik in dit verhaal heb verwerkt.

Heb je ooit gehoord van: *De Theorie van het Alles*? Waarschijnlijk nog nooit. Het is de overkoepelende theorie, die alle fundamentele theorieën in de natuurkunde met elkaar verenigt. We kunnen het omschrijven als de ontbrekende schakel in het ontrafelen van het universum, waarover Albert Einstein op zijn sterfbed sprak. Dit boek heeft niet de pretentie om *De Theorie van het Alles* natuurkundig te bewijzen en alle antwoorden te geven. Toch zul je na het lezen van dit boek meer van deze theorie dan van alle andere theorieën begrijpen. Deze kennis helpt je in het ontrafelen van het mysterie van het universum, zodat je begrijpt waarom er gebeurt wat er in je leven gebeurt.

Er bestaat een intelligentie die onze ratio ver te boven gaat. Het allesomvattende veld is een bewustzijn dat geen enkele begrenzing kent, maar bepalend is in ons leven. Pas als je voorbij je ratio kunt gaan, kun je je laten inspireren door dit oneindig bewustzijn. Alles in dit universum ontleent zijn bestaan aan dit overkoepelende bewustzijn. De motivatie om dit boek te schrijven is om je in contact te brengen met deze intelligentie, die ik het oneindige bewustzijn heb genoemd. Als je denken verstilt, komt er ruimte voor inspiratie en intuïtie. Dan begrijp je wat we aan het doen zijn met het mooiste geschenk dat we van het universum hebben gekregen: Moeder Aarde.

Dit verhaal neemt je mee op een zoektocht naar je hart en naar je ziel. Dat zijn de plekken waar de universele liefde huist, waarover Albert Einstein aan zijn dochter Lieserl schreef. Je gaat in dit boek op reis en maakt als eerste kennis met de hoofdpersoon: Roderick de Brauw van Assem.

'Meer dan het verleden interesseert mij de toekomst, want daarin ben ik van plan te leven.'

Albert Einstein

-1-

Mijn levensverhaal vertel ik in dit boek. Roderick de Brauw van Assem is de naam en ik ben geboren met blauw bloed. Mijn adellijke titel is 'jonkheer' en die zit al meer dan een eeuw lang in de familie. Uit stamboomonderzoek weet ik dat mijn over-overgrootvader de eerste rentmeester van Land van Zottegem was. Als dank voor zijn bewezen diensten heeft hij in 1839 de adellijke titel 'jonkheer' gekregen. Hoewel adellijke titels in de huidige tijd formeel niets meer voorstellen, blijven ze informeel krachtig. Ik merk dat mensen tegen me opkijken als ze weten dat er blauw bloed door mijn aderen stroomt. Dat heeft me overigens meer in de weg gezeten dan dat ik er gemak van heb gehad. Mijn moeder heeft me steevast voorgehouden dat adel verplicht. Zo is dat nooit hardop uitgesproken, maar in die geest ben ik wel opgevoed. Mijn leven lang heb ik gezwoegd om de maatschappelijke status te bereiken, die ik nu heb. Ik heb harder gewerkt dan al mijn vrienden bij elkaar. Dat heeft ervoor gezorgd dat ik het meest succesvol ben van allemaal en ik mijn milieu waardig ben.

Hoewel mijn adellijke titel anders doet vermoeden, ben ik in armoede opgegroeid. Mijn grootvader heeft voor de oorlog het totale familiekapitaal vergokt, zodat mijn vader als hardwerkende ondernemer de kost moest verdienen. Hij was daarin jammer genoeg niet succesvol, vandaar dat het enige adellijke element dat is overgebleven, onze familienaam is. Ik ben helaas niet met een gouden lepel in de mond geboren. Dat mijn afkomst wel heeft geholpen bij het verkrijgen van de positie als fusie- en overnamespecialist bij het prestigieuze kantoor De Grauw in Amsterdam-Zuid, is zeker. Het is een functie die me aanzien en veel geld oplevert, maar onvoldoende past bij mijn karakter en levensinstelling. Elke dag ben ik ruim veertien uur bezig met werk, waar ik niet achter sta. Dat is een grote opgave en trekt alle energie uit mijn lijf. Rationeel gezien zit ik bij de elite, gevoelsmatig rijd ik met honderd kilometer per uur op een muur af. Ik kan het niet stoppen! Mijn onverzadigbare zucht naar aanzien en geld is leidend in de keuzen die ik maak. Ik zie het als mijn familieplicht om ooit weer een landgoed te bezitten en de schande van mijn grootvader uit te wissen. Daarom werk ik knoerthard en maak ik lange dagen, waarbij het zelfs kan voorkomen dat ik zo nu en dan een nacht doorhaal. Het harde werken is niet iets dat iemand mij oplegt. Het komt voort vanuit een gevoel om onze macht en ons maatschappelijk aanzien te herstellen en de blazoen van de familie te Dordtse zuiveren.

'Roderick, luister je? Morgenochtend wil ik om acht uur de complete Europese marktprognose van de recyclingmarkt op mijn bureau hebben. Het kan me niet schelen hoe je dat regelt. Morgenavond starten de onderhandelingen met de Amerikanen over De Dordtse Schroothandel en we hebben munitie nodig.'

Met Klaas en de andere partners van De Grauw zit ik aan de ovale tafel van donker notenhout, in een vergaderkamer aan de Amsterdamse Zuidas. We bespreken de verkoopstrategie. Misschien kan ik beter stellen dat onze roerganger de te nemen acties dicteert. Klaas is het type leider van de oude stempel; recht door zee en in zijn beslissingen zo hard als een dictator. Hij is tot in de finesse getraind om zijn emoties onder controle te houden, zeker op de momenten dat het ertoe doet. Klaas komt uit de provincie, wat je alleen nog kan merken aan zijn licht Friese accent. Hij is geen man waar je spelletjes mee kunt spelen, vlijmscherp met de pen en goed van de tongriem gesneden. Ik ben aangewezen als leider van het overnameteam, dat als opdracht heeft gekregen een groot familiebedrijf uit Dordrecht voor minimaal tien miljoen euro te verkopen. Als ons dat lukt, levert het ons kantoor een bonus van minimaal één miljoen euro op. Van elke euro die we boven de tien miljoen vangen voor deze onderneming, belandt er nog eens een bonus van 50 eurocent in onze kas. Het schrootbedrijf is in de voorbereiding bezocht en volledig opgepoetst. Dat moet ook wel, want de Venture Capitalist uit Amerika is een geduchte tegenstander, die geen middel schuwt om de prijs zo laag mogelijk te houden. Morgen gaan we met deze geslepen professionals de strijd aan, waarbij elk detail in de onderhandeling belangrijk is. Ik heb een prachtig team geformeerd om de klus te klaren. Vier bloeddorstige honden staan mij terzijde om de deal rond te maken. Wij opereren onder de bijnaam 'The Bulldogs' en kennen elkaar door en door. Of beter gezegd: we denken elkaar door en door te kennen. Wat we werkelijk denken en voelen, daar praten we niet over. Daarvoor vertrouwen we elkaar te weinig en zijn de belangen te groot.

Mijn vrienden en dorpsgenoten kennen mijn succesverhaal. Aan iedereen die het maar wil horen, vertel ik mijn relaas, waarbij ik trots ben op mijn jaarinkomen, dat in een goed jaar de zes nullen aantikt. Het spel van geld en macht is hard. Nooit heb ik geweten hoeveel geniepigheid er in een sterk winst-georiënteerd bedrijf speelt. Recht in mijn gezicht is iedereen correct. Achter mijn rug om maken ze me af en is er altijd iemand die aan mijn stoelpoten zaagt.

De kredietcrisis, die na de val van Lehmann Brothers in 2007 begon, was de opmaat naar nog meer stress. De markt voor bedrijfsovernames en -fusies liep sterk terug doordat de investeringen in bedrijven afnamen. Banken konden nauwelijks het hoofd boven water houden en verstrekten geen krediet meer. Vorig jaar was een rampjaar en 2009 is tot nu toe al niet veel beter. De slechte tweede kwartaalresultaten, die we vorige week bekend maakten, hebben ervoor gezorgd dat de sfeer nog verder is verhard. Opnieuw moet er stevig in de kosten worden ingegrepen en dus vecht iedereen voor zijn hachje. Het gaat erom wie zijn goedverdienende baan behoudt en wie er een schop onder zijn zitvlees krijgt. De inkomsten uit de deal van De Dordtse Schroothandel heb ik hard nodig om mijn baan zeker te stellen, dus heb ik geen andere keuze dan vanavond voor de zoveelste keer over te werken om op tijd het marktrapport aan te leveren. Het niet tijdig kunnen leveren, staat gelijk aan je ontslagbrief schrijven. En als zesenveertigjarige fusie- en overnamespecialist wil ik niet bij het UWV terechtkomen. Heb ik een keuze? Niet echt. Inwendig vloek ik, maar uiterlijk blijf ik onbewogen en glimlach ik.

Natuurlijk gaan de extreem lange werkweken ten koste van mijn privéleven. Ze raken mijn relatie met Aline, met wie ik volgende maand mijn twintigjarige huwelijksdag vier. Onze liefde is allesbehalve rozengeur en maneschijn. Over onze gevoelens praten, is nooit gelukt. Daarentegen zorg ik dat we op financieel gebied niets tekortkomen. We geloven beiden in een andere manier om geluk in het leven te vinden. Ik geloof dat het geluk te vinden is in het *hebben*. Aline daarentegen zoekt haar geluk in het *zijn*.

'Welke overnames staan er voor het komende kwartaal op de rol?' vraagt Klaas aan de aanwezigen van de managementgroep. Opnieuw schrik ik op uit mijn gedachten als ik merk dat onze roerganger mij met priemende ogen aankijkt. Behendig ontwijk ik zijn blik en kijk strak voor me uit. Het is beter om nu te zwijgen. Het zoeken naar een zondebok voor de slechte orderportefeuille is begonnen. Niemand uit het managementteam zegt iets; blijkbaar zijn er geen deals meer, die in de pijplijn zitten.

'Heeft iemand iets te melden?' vraagt Klaas met een trilling in zijn stem, die alle alarmbellen laat afgaan. 'Heeft iemand enig idee hoe we aan nieuwe klanten komen?' Nogmaals kijkt Klaas ons één voor één indringend aan.
Ik ontwijk opnieuw zijn blik en zeg niets. Bij vervelende onderwerpen en verloren aanbestedingen houd ik me zoveel mogelijk koest en ontwijk ik elke discussie. Profileer jezelf uitsluitend met succes, hebben ze me ooit op de universiteit geleerd. Dat principe heb ik sinds het ontvangen van mijn bul toegepast en deze regel is één van de bouwstenen geweest van mijn succesvolle carrière. Helaas ben ik niet de enige, die het klappen van de zweep in het zakendoen kent. Ook de andere managementleden houden hun mond, zodat Klaas geïrriteerd besluit om de aanwas van nieuwe deals later in de week met iedereen afzonderlijk te bespreken.

De rest van de vergadering gaat langs me heen. Ik bekijk vluchtig de pokerfaces van mijn collega's aan tafel. Er is geen plezier en zelfs geen vleugje passie bij hen te bespeuren. Helemaal niets! We spelen hier het spel van ego, macht en geld. Het gaat er daarbij meer om wie je kent, dan om wie je bent. Het levert veel stress op als er continu mensen aan je stoelpoten zagen. Als je van de wagen valt, is het over met het plezier en de grote sommen met geld die elke maand binnenkomen. In de basis gaat de echte competitie om de voortzetting van hun of juist mijn luxe leventje. Het recht van de sterkste geldt bij ons kantoor. Als je de onderliggende zakelijke wetmatigheden snapt, dan kun je hier overleven. Snap je niets van de angstcultuur, dan word je vroeg of laat afgemaakt, verpulverd en afgeserveerd.

Het harde werken onder hoge spanning heeft voor velen een prijs. Collega's vallen met bosjes om en ook ik balanceer af en toe op het randje van overspannenheid. Zo nu en dan vraag ik me af of ik leef, of dat ik word geleefd en niets meer over mijn leven te vertellen heb. Het spel op het fusie & overnamekantoor lijkt op Monopoly, waarbij het gaat om het verzamelen van ego, geld en macht. Dat maakt mijn dagelijkse leven eenzaam en vol wantrouwen. Het is de prijs voor het verdienen van veel geld, een hoog aanzien en een opgevijzeld ego. Geld maakt niet gelukkig en het is eenzaam aan de top, zijn twee clichés, die bij ons kantoor in de harde dagelijkse praktijk al te waar blijken te zijn.

Klaas sluit de managementgroep-meeting af met een rondvraag. Daarna loop ik met een leeg gevoel naar mijn statig ingerichte werkkamer. Vivian, de afdelingssecretaresse, kijkt me met een bezorgde blik aan als ik langsloop.

'Roderick, kan ik je helpen?' vraagt ze.

'Een kan verse koffie zou geweldig zijn', antwoord ik. 'Het wordt ook vandaag weer nachtwerk.'

Mijn stem hoor ik trillen van de spanning, al weet ik dat voor de buitenwereld feilloos te maskeren.

'Je kunt slechts op twee manieren leven: alsof niets een wonder is en alsof alles een wonder is. Ik geloof in het laatste!'

Albert Einstein

-2-

De late middagzon schijnt naar binnen. Ik ben bezig met mijn researchwerk en open het mailprogramma. Het computerscherm staat vol met nog niet geopende e-mailberichten. Dit is het resultaat van de dagelijkse mailterreur in optima forma. Vivian haalt gedurende de dag de meeste spam voor mij eruit. Desondanks kleurt laat in de middag mijn scherm rood van de ongeopende berichten, die als een stroom diarree blijven opdoemen in mijn scherm. Het adagium 'wie schrijft, die blijft', nemen sommige collega's wel erg letterlijk. Daarnaast zijn we vanuit compliance-wetgeving verplicht om alle correspondentie met cliënten vast te leggen, dus ook de contacten per e-mail. Binnen ons kantoor werken tweeënveertig medewerkers, die we met vijf partners aansturen. Praktisch elke beslissing leggen medewerkers aan een partner voor. De angst om fouten te maken is groot en ook ik word meegezogen in deze angstcultuur. Als de andere partners meebeslissen, kunnen ze mij er achteraf niet op aanspreken. Zo draai ik rondjes in de angst om door verkeerde beslissingen mijn mooie positie en verworven luxe leventje te verliezen.

Op deze late middag kan ik me slecht op de marktcijfers voor schroothandel concentreren en mijn gedachten dwalen af. In de tussentijd kijk ik naar de zonovergoten kantoortuin.

Hoe lekker zou het zijn om daar even bij te komen en een uurtje niets te doen. Maar elk uur dat ik verzaak, kan ik in de avond inhalen. Ik pak mijn smartphone en zoek het nummer van Jan Willem op om vervolgens zijn voicemail in te spreken en me voor onze tennispartij vanavond af te melden. Rond zes uur bel ik Aline met de boodschap dat ik vanavond later ben. Ik hoor mezelf draaien om de boodschap op een positieve manier aan haar over te brengen, zonder dat ze boos wordt. Mijn telefoontje zal weer een teleurstelling voor haar zijn. Zoals elke avond zit ze rond half zes met het eten te wachten, om vervolgens tussen zes en zeven te horen dat ik mijn bord later in de magnetron zet.

Aline is overdag druk met vrijwilligerswerk bij de voedselbank in Hilversum. Ze wil iets terugdoen voor de mensen die het moeilijk hebben. Ik stimuleer haar liefdadigheid, want ook op dat gebied voel ik dat adel verplicht. Ik heb geen tijd voor de medemens en zou niet eens weten waar ik de tijd vandaan moet halen. Al mijn energie en tijd heb ik nodig om me staande te houden op kantoor. De dagelijkse werkdruk vraagt veel van mijn energie en verstikt mijn liefde voor Aline. Het gebrek aan echte aandacht voor elkaar doet de rest. Onze relatie mist zodoende de passie, zoals die in het begin er wel was. De hartstocht heeft plaatsgemaakt voor houden van. In welke andere langdurige relatie is dat niet het geval? Vrijen doen we of op vrijdag- of zaterdagavond, als er even tijd is voor elkaar. Ik probeer tegen de sleur te vechten. Ik weet ergens wel dat ik ons huwelijk op het spel zet, maar de werkelijke consequenties overzie ik niet. Mijn carrière staat op nummer één en het behouden van mijn luxe leventje slokt al mijn energie op.

Het zijn niet alleen de lange dagen die mij opbreken en de energie uit me wegzuigen. Veel belangrijker is het ontbreken van enig plezier in mijn werk, waardoor ik mezelf elke dag naar Amsterdam moet slepen. Ik voel me net een accu die langzaam leegloopt, krachteloos wordt en niet meer bruikbaar is. Ondanks het besef dat ik de vernieling inga, ben ik niet moedig genoeg om stappen te zetten. Als afleiding richt ik me op de kleine, positieve lichtpuntjes en doe ik mijn best om het iedereen zoveel mogelijk naar de zin te maken. Door het 'pleasegedrag' ren ik nog harder en raak ik steeds verder van mezelf verwijderd. Meer en meer voel ik mij een gevangene, die gekooid zit in zijn luxe leven. Kan ik anders? Nee, de maatschappelijke positie en de daarbij behorende status zijn te belangrijk voor me om op te geven.

Aline is niet het enige slachtoffer van mijn allesbepalende ambitie. Ook ten opzichte van mijn kinderen David en Marit voel ik me schuldig. Ze studeren nu, maar ze hebben hun vader te weinig gezien tijdens hun jeugd. In plaats van met mijn kinderen in het bos te ravotten, was ik bezig met de drie grote M's in mijn leven; Meer succes, Meer aanzien en Meer bezit. Aan de andere kant wil ik David en Marit meegeven dat adel verplicht en ook dat zij hun afkomst nooit mogen verloochenen.

Veel tijd voor mijmeringen heb ik niet. De twee *young-and-angry-men* uit mijn team komen mijn kamer binnengelopen. Bij de bank hebben Steven en Maurice het markt- en risicorapport van de sector opgevraagd en bij de DAB-research hebben ze een onderzoeksrapport opgeduikeld over de toekomst van recycling, dat met een mooi woord *circulaire eco-*

nomie heet. De prognoses voor deze duurzame markt zijn rond de twintig procent marktgroei op jaarbasis en dat marktgegeven zorgt ervoor dat wij morgen gefundeerd hoog kunnen inzetten. Met een dergelijk groeipotentieel moet De Dordtse Schroothandel minstens tien maal de jaarwinst kunnen opleveren. We werken vervolgens aan de Engelstalige powerpointpresentatie. Het is rond half zeven als de pizzakoerier zijn vrijwel dagelijkse bestelling aflevert: mijn lievelingspizza tonno en twee porties lasagne voor Maurice en Steven. De uren verstrijken en wij werken stug door aan de presentatie die we morgen kunnen delen met de Amerikanen. Als de lichten van de andere kantoren aan de Amsterdamse Zuidas zijn uitgegaan, brandt alleen op mijn kamer nog licht. In de hoek staan de twee lege aluminium lasagnebakjes en een half opgegeten pizza. Succes in het leven krijg je niet voor niets!

Om half elf heeft de presentatie een finale status en stuur ik Stefan en Maurice naar huis. Ik blijf nog even zitten in het doodstille gebouw, om de laatste taalfouten uit de presentatie te halen. Daarna loop ik naar het raam dat zicht biedt op de rijksweg A10, die beneden voor ons kantoor loopt. Zuchtend kijk ik naar de eindeloze stroom voorbijrazende auto's. Misschien ben ik mezelf kwijtgeraakt in mijn honger naar meer, meer en nog eens meer. Toch is er niets in mij dat denkt aan opgeven. Werken op dit niveau is vooral een gevecht met mezelf en mijn normen en waarden. Ik ben getraind mezelf hard en ratterig op te stellen om zo als winnaar uit de bus te komen. Dit gedrag past helemaal niet bij mijn karakter, maar ik zit in een rijdende trein, die niet te stoppen is. Het spel dat we hier spelen, is eenvoudig. De junior medewerkers doen er alles aan om bij de partners in een goed blaadje te komen. Ze zitten onderaan de voedselpiramide en vechten zich omhoog. Daarom voeren zij zonder veel tegenwerking het vuile werk uit. Het lijkt af en toe een georkestreerd toneelstuk, compleet met macht, politiek, drama en plezier. Alle medewerkers van kantoor zitten verstrikt in een web van sociale afhankelijkheid. Ooit heb ik een eendaagse training gedaan 'Hoe word ik een rat?'. De hotelzaal zat barstensvol met ambitieuze strebers, die blijkbaar liever een rat zijn dan een mens. Deze opleiding heeft me verward. Waarom kunnen we niet normaal omgaan met elkaar? De opleiding was de start voor een bitter gevecht tussen mijn ego en mijn ziel, dat mijn allesoverheersende ego tot nu toe met glans wint. De twijfel in mij blijft bestaan; past het recht van de sterkste niet gewoon in de natuur van de mens? Darwin is met deze evolutietheorie beroemd geworden. Op de Galapagoseilanden leerde hij dat alleen de sterksten van een soort overleven, terwijl de zwakkeren worden geëlimineerd. Zo wordt een groep sterker en kan de soort overleven. De redenatie klinkt zo logisch en tegelijkertijd voelt het zo slecht. Op ons kantoor hangt de conclusie van Darwin denkbeeldig boven de voordeur; hier geldt het recht van de sterksten en is geen ruimte voor gevoelens.

Ik heb braaf op deze apenrots op de Zuidas meegedaan en mijn ego zit stevig in het zadel. Diep in mijn hart wil ik liever anders. Helaas is de angst om mijn villa, Porsche en bonussen te moeten opgeven, te groot. Daarom stap ik 's ochtends om half zeven in de auto naar Amsterdam om 's avonds in ieder geval niet voor zeven uur thuis te zijn, als ik dat al haal!

'Het liefst wil ik Gods gedachten leren kennen. De rest zijn details.'

Albert Einstein

-3-

Wat ik gedurende mijn leven heb geleerd, is dat alle gelukkige relaties op elkaar lijken, maar elk ongelukkig huwelijk op haar eigen wijze gebrekkig is. Aline en ik hebben de beide kanten van de medaille gezien. We hebben dat euforische gevoel helaas niet vol kunnen houden, zoals dat maar weinig stellen is gegeven. Ooit waren we verliefd en intens gelukkig. Aline is ook van adellijke afkomst en we hebben elkaar in kasteel Borgharen op een dansfeest voor genodigden leren kennen. Dat werkt als volgt; in een poging om de adellijke families in stand te houden, wordt er jaarlijks een diner dansant op een prachtige locatie georganiseerd. Daar kunnen kinderen met blauw bloed elkaar ontmoeten. Aline was me die avond opgevallen en we hadden tot diep in de nacht gedanst, in het besef dat de vonk was overgeslagen. Na een verkeringstijd van twee jaar zijn we getrouwd op het landgoed van haar vader. Het was een prachtige huwelijksplechtigheid geweest, waar Willem Alexander van Oranje Nassau als speciale gast zijn opwachting had gemaakt, naast de vele binnenlandse en buitenlandse gasten. We waren de eerste jaren zo verliefd en gelukkig en ons geluk werd bezegeld met twee mooie kinderen. Nooit had ik verwacht dat onze liefde zou bekoelen, laat staan zou afglijden in de maalstroom van verveling en vervlakking!

Ik heb mezelf vaak afgevraagd hoe dat mogelijk was. Het moet tijdens de lastige pubertijd van onze kinderen zijn geweest dat het vuur is gedoofd, zoals een brandende kaars uitdooft als het kaarsvet op is. Maar misschien is de huwelijkscrisis begonnen na het overlijden van mijn moeder. Dat had me diep geraakt. Op je drieëndertigste jaar wees zijn, heeft me onzeker gemaakt. Zonder dat we het ons bewust waren, had Aline mijn moeders rol in mijn leven overgenomen. Zo veranderde onze passionele liefdesrelatie na verloop van tijd naar meer een moeder-kindrelatie, waarbij Aline het huishouden draaiende hield en mij verzorgde. Op mijn beurt zorgde ik dat we een meer dan luxe leven konden leiden. Rijkdom en aanzien was voor Aline niet genoeg. Ze haalde de echte bevrediging uit haar liefdadigheidswerk, waar ze in contact was met alle sociale milieus. Ze kan zich aanpassen als een kameleon en speelt haar rol van ideale vrouw naast een succesvolle man fantastisch. Uiteraard is stijl en klasse haar thuis met de adellijke paplepel ingegoten. Maar hoe goed ons huwelijk voor de buitenwereld ook leek, de passie was verdwenen en als het vuur is gedoofd, dan komen de wolven.

Nu David en Marit studeren en het nest hebben verlaten, neemt de twijfel steeds meer bezit van me en vraag ik me af of dit het is wat ik met mijn leven wil. Ik heb niet het lef om deze gevoelens met Aline te bespreken, laat staan om stappen te ondernemen. Daarom sudderen we door in een relatie die veilig voelt, maar waarvan we beiden diep in ons hart weten dat het over is. Dat is de hoofdreden dat er in ons huis een sfeer heerst, waar een ijsbeer de rillingen van zou krijgen.

Niet alles is deprimerend. Voor mijn hoofdtaak om welvaart te scheppen, ben ik summa cum laude geslaagd. Een Porsche en een Landrover, een rietgedekte, vrijstaande jaren '30 villa in het idyllische Gooise plaatsje Laren en voldoende geld om alles te doen wat ik wil, zijn het resultaat van het keiharde werken. Onze klerenkasten puilen uit en met mijn riante inkomen kan Aline haar schoenenverslaving bekostigen en zich daarin volledig uitleven. Maar is deze welvaart niet veel meer dan de zoete beloning voor het negeren van mijn gevoel en het verkopen van mijn ziel?

Nu ik op de zo verlangde toppositie ben beland, zijn de geneugten van het goede leven sleets. Luxe went snel en na een paar dagen te hebben genoten van de jaloerse blikken naar mijn vuurrode Porsche, is de lol eraf. Niemand vertelt me de waarheid en ik voel me eenzaam, alsof ik er helemaal alleen voor sta. Over mijn gevoelens kan ik met Aline niet praten. Als we beiden op een andere golflengte zitten, stopt het gesprek en begint ieder zijn eigen leven te leiden. Ook op mijn werk en zelfs bij mijn vrienden kan ik mijn echte gevoelens niet kwijt. Die hebben een wij-zijn-zo-geweldig-mentaliteit en op kantoor staat jezelf kwetsbaar opstellen gelijk aan zelfmoord. Zo raak ik verstrikt in de fuik van eenzaamheid, waarbij ik continu op mijn hoede ben om mijn verworven positie te verdedigen. Het klinkt niet als plezier in je werk hebben, maar helaas is dat toch de harde dagelijkse praktijk, zoals dat voor zoveel mensen geldt.

Ik staar naar de stroom auto's op de A10 onder mij en voel me, zo hoog in de toren, een beetje als God die op zijn wereld neerkijkt. Dan loop ik naar mijn bureau en klik op een toets, zodat het computerscherm uit de sluimerstand komt. Er is een e-mail afkomstig van Klaas, die nooit stopt met werken. Deze instelling heeft hem tot de CEO van ons kantoor gemaakt. Klaas eist op elk moment direct antwoord op zijn vragen. 'Jullie krijgen niet voor niets meer dan goed betaald', is zijn gevleugelde uitspraak. Niemand durft daar iets tegenin te brengen en zo ben ik 24/7 in dienst van De Grauw. Zelfs tijdens mijn vakantie is mijn iPhone nooit verder dan een meter van me verwijderd en werk ik in de praktijk gewoon door, maar dan vanaf een bedje aan een zwembad van een of ander exotisch oord. Na het beantwoorden van de e-mail, loop ik door het donkere pand naar het koffieapparaat op de gang voor een laatste kop espresso, die moet zorgen dat ik wakker blijf en geen gevaar op de weg vorm. Voor noodgevallen gebruik ik iets sterkers. Soms werkt de cafeïne namelijk onvoldoende en ben ik zo moe dat ik een *Yellow Cab* neem, die in een geheim potje in mijn bovenste lade ligt. Dit zijn energieboosters, die overigens de meeste collega's van ons kantoor gebruiken. De pillen zijn op honderd procent natuurlijke basis gemaakt en niet verslavend, tenminste volgens zeggen. Niemand op kantoor praat openlijk over het gebruik van *Yellow Cabs*, maar iedereen gebruikt ze op de lange moeilijke momenten, als het allemaal teveel wordt.

Diep van binnen ben ik altijd al op zoek geweest naar een ander bestaan. Niet voor niets reis ik graag en als dat niet lukt, lees ik reisbladen om weg te dromen van een ontspannen leven onder de zon. Maar niet alleen de vrijheid van reizen trekt me zo aan, ik leer graag van andere culturen en godsdiensten. Vijftien jaar geleden heb ik een drietal weken doorgebracht in een Boeddhistisch klooster, hoog in de Himalaya. Daar heb ik ervaren dat de monniken materieel arm zijn, maar geestelijk vrij en oersterk zijn. In dat klooster was ik voor het eerst mezelf en kon ik afstand nemen van mijn gedachten. Ik lééfde en dat voelde geweldig. Helaas was ik bij terugkomst in Nederland het gevoel van vrijheid weer snel kwijt. De hectiek van alledag trekt me naar beneden en ik voel me een slaaf van de tijd en van de stress. Zelfs tijdens de vakanties lukt het me niet meer om te ontspannen.

Ik weet dat ik ga vastlopen. Toch negeer ik de signalen en verdoof de vermoeidheid met koffie en pillen. Zo nu en dan fantaseer ik over een vrij leven, waar stress een ondergeschikte rol speelt. Er moet toch méér zijn dan geld, macht en maatschappelijk aanzien, die vooral leegte en eenzaamheid creëren? Kan ik mijn dagelijkse gewoonten doorbreken? Waarschijnlijk niet. De moed om mijn succesvolle positie op te geven, heb ik niet. De straf is dat ik door het leven ploeter, zonder plezier of vrijheid. Wat moet het heerlijk zijn om gewoon te kunnen ademhalen, zonder continu op mijn hoede te moeten zijn.

Om exact elf uur achtentwintig verstuur ik het mailbericht naar Klaas met de complete marktprognose van de Europese recyclingmarkt. Daarna sluit ik mijn computer af en loop door de stille en spaarzaam verlichte kantoorgangen naar de parkeergarage. Daar staat nog slechts één auto trouw op zijn berijder te wachten: mijn vuurrode Porsche Carrera 4S. In de auto stem ik de radio af op de muziekzender easy-listening en geef dan gas. Ronkend rijdt de auto de lege parkeergarage uit. Wat ben ik gek op dat specifieke Porsche-geluid. Het geeft me het gevoel dat ik de wereld kan inrijden, op weg naar een onbekende bestemming. Op de A1 ga ik los en laat de paardenkrachten onder de motorkap hun werk doen. Met een hoge snelheid rijd ik richting Laren. Een boete is niet meer dan een geldbedrag en dat kan ik me prima permitteren.

'Schat, ben je nog wakker?', roep ik, als de voordeur zachtjes achter me is dichtgevallen.
Het is stil en donker in huis en er komt geen antwoord op mijn vraag. Gewoontegetrouw knip ik het ganglicht aan en slinger mijn aktetas in de hoek. Even later zit ik op de bank met een glas rode wijn naar een late en weinig spannende talkshow op de televisie te kijken. Mijn hoofd moet leeg, voordat ik naar bed ga. Het slapen gaat al jaren moeizaam en steeds vaker gebruik ik het slaapmiddel diazepam 10 om de slaap te vatten. Liefkozend noem ik ze 'mijn blauwe vriendjes', omdat ze me iets van nachtrust geven. Als ik tegen één uur naar boven sluip, ligt Aline, aan haar snurken te horen, in een diepe slaap. Ik ga tegen haar aan liggen en probeer rustig met haar mee te ademen, maar mijn ademhaling gaat te snel en onregelmatig. Als ik haar zachtjes streel, draait ze zich geïrriteerd weg. Ons seksleven is - om eerlijk te zeggen - weinig inspirerend meer. Doordeweeks zijn we gewoon te moe om te vrijen. En als ik niet moe of laat thuis ben, heeft Aline geen zin. Daardoor blijft ons liefdesleven beperkt tot een wekelijkse vrijpartij met een voorspelbaar en weinig verheffende uitkomst, waarbij 'het' binnen vijf minuten is gebeurd. De laatste keer betrapte ik Aline er zelfs op dat ze met haar vingers zacht tikkend op mijn rug lag te tellen. Hoewel ze deze gênante situatie heftig ontkende, weet ik dat ze tijdens onze liefdesdaad gewoon aan het tellen is.

Ik draai me om en ga zover mogelijk weg van Aline liggen. Na een paar uur nachtrust gaat precies om zestien over zes mijn wekker. Zoals elke werkdag smokkel ik nog vijf minuten en rol dan mijn bed uit, om slaapdronken een douche te nemen. Nadat ik mijn maatpak heb aangetrokken, geef ik Aline een plichtmatige kus en mompel dan iets in de trant van dat ik van haar hou. Ze beantwoordt mijn liefdesbetuiging standaard met een voorspelbare korte nukkige knor. Na een ontbijt met een bord yoghurt en een appel, rijd ik - zoals gewoonlijk - als eerste bewoner de straat uit. Om zeven uur sluit ik aan in de vroege file op de A1. Als ik het kantoor binnenloop, ben ik de eerste van mijn afdeling. Als partner moet ik het voorbeeld geven, is een van mijn managementprincipes. Ik geniet van mijn eerste kopje espresso en de rust die er op de vroege ochtend op de afdeling heerst. In mijn elektronische agenda zie ik dat er zes afspraken staan voor vandaag. Dat valt gelukkig mee! Woensdag is niet mijn ergste vergaderdag.

Om half negen komt Bert mijn werkkamer binnengelopen. Hij is in dezelfde maand als ik begonnen en behoort tot de oudere garde. Opgewonden zet hij zijn bruine lederen aktetas op de vergadertafel.

'Goedemorgen Roderick, heb je het al gehoord?'

Ik kijk hem vragend aan. Bert is het type mens dat als eerste op de hoogte is van nieuwtjes.

'Ga er maar eens voor zitten', zegt hij.

Ik kom naast hem aan tafel zitten.

'Klaas heeft Jacco naar huis gestuurd.'

'Je bent gek. Jacco? Dat is niet waar!' hoor ik mezelf verontwaardigd zeggen. Diep in mijn hart ben ik blij dat Klaas blijkbaar een andere partner als zondebok heeft aangewezen voor de slechte kwartaalcijfers.

'Hoe weet je dat?' vraag ik.

'Ik had hem vanochtend woest aan de telefoon', zegt Bert.

'Wat vervelend voor hem', zeg ik.

Hoe lang kan ik mijn positie nog vasthouden? Het voorgevoel dat ik bij aanhoudende slechte resultaten het volgende slachtoffer ben, grijpt me naar de keel. Mijn salaris is uitzonderlijk hoog, maar mijn uitgaven zijn navenant hoog, zodat ik bij ontslag al snel in de financiële problemen kom. Verdomme, dat mag me niet overkomen!

'Negatieve gedachten en negatief gedrag leiden tot een zwak karakter.'

Albert Einstein

-4-

Ik ben op 11 januari 1963 geboren; op de dag dat zich boven de Atlantische Oceaan een barometrisch minimum bevond, dat oostwaarts trok en een dik pak sneeuw bracht. Zelfs zoveel sneeuw dat de dokter met een slee moest komen, om mijn moeder te assisteren om haar stevige achtponder gezond op de wereld te zetten. De maan stond op die dag in het teken van de planeet Venus en de zon was in de baan van Pluto, zodat mijn geboortehoroscoop in de richting van een hectisch leven wees. En 'heftig' is nog een gematigde uitdrukking voor het leven dat ik tot nu toe heb geleid. Mijn vader is op jonge leeftijd overleden en wel op het moment dat ik nog maar twaalf jaar oud was. Ik kan me helaas weinig van hem herinneren, maar nog wel zijn begrafenis in de Westerkerk in Amsterdam. De belangrijkste Amsterdamse kerk aan de rand van de grachtengordel was afgeladen vol en de sfeer was verdrietig. Op zijn kist had een wit kleed met een groot rood kruis gelegen. Er waren veel zwijgzame mannen in de kerk aanwezig die op een mysterieuze wijze bij elkaar hoorden, maar waar niemand het fijne van wist. Ze hadden na de begrafenis mijn moeder apart genomen en waren daarna, zonder verder iets te zeggen, verdwenen. Deze droevige dag was in een roes voorbijgegaan. Wat weet een jongetje van twaalf nu af van de dood?

Een paar dagen eerder had mijn vader me nog in zijn sterke armen genomen en een kus op mijn voorhoofd gegeven. 'Vanavond gaan we in het park voetballen', waren zijn laatste woorden. Hij had niet kunnen bevroeden dat hij nooit meer een bal zou aanraken en voor de eeuwigheid in een andere dimensie zou zijn. Hoe ik ook heb gebeden en waar ik ook naar hem zocht, mijn vader heb ik nooit meer kunnen vinden om te zeggen dat ik hem mis. Na zijn begrafenis kreeg ik de rol toebedeeld van de man in huis en dat veranderde mijn zorgeloze jeugd. Mijn vader had financieel weinig geregeld, zodat geldzorgen, verlies en verdriet als drie koningen mijn jeugd beheersten. Zelfs ons blauwe bloed kon niets aan deze situatie veranderen. Hulp was er niet en mijn moeder moest het alleen uitzoeken.
Op school was ik stil geweest en had ik mijn uiterste best gedaan om een brave jongen te zijn. Mijn moeder had het al zwaar genoeg! Studeren was mijn hobby en leven en gezegend met een goed stel hersenen, heb ik mijn vervolgstudie economie in de kortst mogelijke periode cum laude afgerond. In mijn jeugdjaren was mijn moeder de enige vrouw in mijn leven. Zij heeft alles gegeven en gelaten, zodat ik kon studeren en mezelf kon ontwikkelen. Mijn geluk was te worden uitgenodigd voor de huwelijkscarrousel van het blauwe bloed, waar ik Aline leerde kennen. Vanuit mijn ouderlijk huis ben ik na twee jaar verkering gaan samenwonen met mijn liefde. Zodoende heb ik nooit op mezelf gewoond en nooit enige zelfstandigheid kunnen ontwikkelen.

Mijn moeder was niet uit mijn leven en ze gaf me niet zo snel op. Ondanks dat ik met Aline samenwoonde, kwam mijn moeder nog bijna dagelijks langs, tot frustratie van mijn aanstaande. Als ze er was, ging ze het gasfornuis schoonboenen en gezond eten voor mij koken. Bozer kon ze Aline niet krijgen. Het had geen effect, want mijn moeder was heilig voor mij. Zodoende behoorde mijn moeder tot het meubilair van ons huis. Zelfs mijn lieve moeder had niet het eeuwige leven. Op het moment dat mijn moeder ernstig ziek werd, waren David en Marit nog maar vijf jaar en drie jaar oud. Bij een routineonderzoek werd er een hersentumor geconstateerd, wat een grote schok was voor iedereen, behalve voor mijn moeder. Ik word gewoon honderd jaar oud, was haar overtuiging. Maar de agressieve hersentumor had andere plannen en woekerde in haar hoofd. De operatie en chemo konden de groei van de kwaadaardige cellen iets vertragen, maar niet stoppen. Mijn moeder takelde snel af en begon ongecensureerd haar mening te verkondigen. Veel mensen in haar omgeving hadden daar grote moeite mee. Het kunnen ontvangen van eerlijke feedback zijn we niet gewend en dat is moeilijk te verdragen.

Bij ons thuis was mijn moeder na een paar flinke ruzies niet meer welkom en dat deed me pijn. Daarom ging ik in mijn spaarzame tijd veel naar haar toe. Niemand bepaalt wanneer hij sterft en zo zat ik binnen een jaar na de diagnose midden in de nacht moederziel alleen aan haar sterfbed. Niet alleen zij lag dood te gaan, ook bij mij stierf er een stukje van mijn hart. Nooit heb ik haar gezegd hoeveel ik van haar houd. Op het moment dat ik eindelijk alle moed bijeen had geraapt om haar dat te vertellen, was ze door de morfine in coma geraakt. Toch wist ik dat ze mijn woorden hoorde en in ieder geval voelde. In eenzaamheid heb ik zeker een half uur op haar dode lichaam gehuild, voordat ik de dokter belde om haar dood officieel vast te laten stellen. De sterfdag van mijn moeder was de laatste keer dat ik mijn tranen heb laten vloeien. Mijn moeders overlijden was het begin van onze relatiecrisis, die langzaam naar een apotheose ging. Als je liefde de moederrol gaat vervullen, is het te laat. Ik kan het Aline niet kwalijk nemen. Het is zo in ons huwelijk gegroeid en ik heb het toegestaan.

Vivian komt mijn werkkamer binnengelopen en direct ben ik weer bij de les. Ze meldt dat mijn eerste afspraak is gearriveerd en dat ze haar gaat ophalen. Suzanne Smit staat een uur lang in mijn agenda ingepland. Dat ze zoveel spreektijd krijgt, is niet voor niets. Deze pittige dame is namelijk sinds een half jaar mijn persoonlijke coach. Klaas vond dat alle partners gecoacht moesten worden. Hoewel ik er eigenlijk niet op zat te wachten, heb ik toch ingestemd en kreeg ik Suzanne toegewezen. Tegen elke verwachting in klikte het met haar en zo hebben we elke maand een gesprek over het werk en af en toe over het leven. Overigens laat ik bij haar niet het achterste van mijn tong zien. Hoewel ze nadrukkelijk heeft gezegd dat ze alle informatie vertrouwelijk behandelt, verdenk ik haar ervan persoonlijke informatie naar Klaas door te brieven. Ik kan het niet bewijzen, maar toch heb ik het gevoel dat het gebeurt. Klaas betaalt haar tenslotte en op ons kantoor geldt: wie betaalt, die bepaalt.

Een kordate dame van achter in de veertig met een in laagjes geplooide linnen rok en een felrood jasje staat glimlachend in de deuropening te wachten. Haar altijd guitige ogen kijken mij vriendelijk aan. Ik sta op om haar te begroeten en haar naar de vergadertafel te begeleiden. Vivian komt de kamer binnen met de koffie en sluit dan op een vertrouwelijke wijze de deur. Daarna is het stil, terwijl Suzanne mij onderzoekend aankijkt.

'Hoe gaat het?' vraagt ze.

Mijn antwoord is een diepe zucht. Suzanne knikt en glimlacht met blijkbaar als doel mij op mijn gemak te stellen.

'Hoe is het thuis?'

'Z'n gangetje', antwoord ik. De situatie thuis lijkt me geen handig onderwerp om nu over te praten. Suzanne kijkt me onderzoekend aan. Aan alles is te merken dat ze niet tevreden is over de ontwijkende antwoorden.

'Dan laten we dat onderwerp even rusten. De vraag voor vandaag is: *Leef je het leven van je dromen*?'

Met gefronste wenkbrauwen kijk ik haar aan, om vervolgens over de confronterende vraag na te denken. Het beeld in mijn hoofd blijft op zwart staan, maar mijn hart kent het juist antwoord. Natuurlijk heb ik het hier momenteel minder naar mijn zin. Waarom zou ik haar dat vertellen? Misschien brieft ze het door aan Klaas en is het klaar met mijn carrière. Ik weet überhaupt niet wat mijn droom is. Veelzeggend haal ik mijn schouders op en zwijg in stilte.

Ook Suzanne zwijgt, zodat de sfeer ongemakkelijk aanvoelt. Dan staat ze tot mijn verbazing op en loopt naar de deur, die ze opent.

'Dat was alles wat ik vandaag met je te bespreken had', zegt ze in de deuropening. 'Denk goed na over mijn vraag. Roderick, wanneer ga je eindelijk eens doen wat je echt wilt?'

Vervolgens loopt ze op haar hoge zwarte pumps met bijpassende tas de gang in en laat mij in totale verwarring achter. Ik twijfel om haar achterna te lopen en om verdere opheldering te vragen, maar blijf in de deuropening wachten. Suzanne is direct doorgelopen naar de lift en uit het zicht verdwenen. Vivian kijkt me verbaasd aan, maar stelt discreet geen vragen.

Wat bedoelt Suzanne met haar vraag? Waarom doe ik eigenlijk dit werk, waar ik van houd en dat ik tegelijkertijd zo haat? Natuurlijk, ik rijd in een Porsche, woon in een prachtige villa in 't Gooi en iedereen is vol bewondering over me. Maar is dit nu mijn droomleven? Als ik vanochtend vroeg wist dat dit mijn laatste dag was in dit leven, ging ik zeker niet naar kantoor. Wat zou ik dan gaan doen? Waarschijnlijk reizen, zonder bestemming. Waarom ga ik eigenlijk niet reizen en mijn dromen naleven? Is het de angst die mij regeert; de angst voor armoede of om niet meer als gewaardeerd mens onderdeel van de maatschappij uit te maken. In wat voor een levensfilm ben ik verzeild geraakt? Het denken, als secondant van mijn ego, heeft de leiding over mijn leven overgenomen, zodat ik leef in de schijnwereld van mijn gedachten. Volg ik nog iets van mijn hart, of sterker gesteld: voel ik überhaupt nog dat ik een hart heb? Ik leef mijn leven in een beperkte wereld, waarin de angst en mijn ego de werkelijke schoonheid van deze wereld aan mijn zicht onttrekken. Het is een hard gelag om dat op je zesenveertigste jaar te moeten constateren. Suzanne heeft vanochtend met die ene vraag de juiste snaar geraakt. Ik loop naar het raam. De marmer betegelde hoge kantoorpanden op de Zuidas stralen uit waar het in het zakenleven om draait: macht laten zien en geld verdienen. Wat heb ik aan al mijn geld, macht en aanzien als ik niet meer kan genieten van het leven en elke dag het werk moet uitvoeren dat ik haat? Waar zijn mijn grote dromen gebleven en wat is er over van de vrijheid, waar ik ooit voor streed? Mijn leven is dichtgetimmerd met verantwoordelijkheden en verwachtingen en wordt gestuurd door mijn gedachten en angsten. Alle ruimte en vrijheid is uit mijn leven geperst en mijn onverzadigbare ego domineert mijn gedrag. Voor de buitenwereld ben ik succesvol, van binnen voel ik me leeg. Veel tijd om daar verder over na te denken, heb ik niet. Vivian klopt op de deur om te melden dat mijn volgende afspraak is gearriveerd.

De oprichter van De Dordtse Schroothandel met in zijn kielzog zijn financiële topman komt de kamer binnengelopen om de kaders, waarbinnen de onderhandelingen plaatsvinden, te bepalen. We bepalen de minimale verkoopprijs en leggen dit mandaat schriftelijk vast. Die zit een miljoen euro lager dan onze eerste inschatting met behulp van de DCF (Discounted Cash Flow)-berekening. Dit betekent dat we grote kans hebben om een extra bonus binnen te halen. We spreken af dat De Dordtse over de opbrengsten bovenop de minimale verkoopprijs een hogere bonus afdraagt. Vanmiddag om vier uur gaan de onderhandelingen met de Amerikaanse koper van start. We maken vervolgens afspraken hoe we gedurende de onderhandeling in contact blijven en of er nog andere kopers te vinden zijn. Nadat ik nauwkeurig de eisen heb vastgelegd, nemen de heren afscheid en maak ik mijn kamer klaar voor de middag.

Een uur later hangen de muren van mijn werkkamer vol met doelstellingen, marktontwikkelingen en een lijst van verkoopargumenten. We zijn er helemaal klaar voor! Midden op tafel staat het potje met *Yellow Caps.* Deze pilletjes zijn bedoeld voor de leden van *The Bulldog* op het moment dat het hen tijdens de slopende onderhandelingen even zwart voor de ogen ziet. Zo werkt het nu eenmaal in de fusie- en overnamemarkt bij het verkopen van miljoenenbedrijven. Het is een mentaal spel, dat op het hoogste niveau wordt uitgevochten en vaak door details wordt bepaald. Degene die mentaal het sterkst is, krijgt of betaalt de beste prijs voor het bedrijf. Alles is geoorloofd! Onderhandelingen zijn vrijwel altijd een uitputtingsslag, waarbij tijd een krachtig wapen is. De openingszet is vrijwel altijd dat er binnen vierentwintig uur een onderhandelingsresultaat moet zijn of dat de koop anders overgaat. Daarmee worden de piketpaaltjes geslagen en kan het spel beginnen. De Amerikanen zijn meesters in onderhandelen. Met Engels als voertaal hebben ze het eerste voordeel direct te pakken. Kortom het verkopen van ondernemingen voor miljoenenbedragen is een keihard spel, waarbij alles is geoorloofd. Daarmee heeft het verkopen van een onderneming een sterke overeenkomst met topsport. De Champions League van Fusies en Overnames is een wedstrijd op basis van mentaliteit, keihard onderhandelen, het opzetten van pokerfaces en doorzettingsvermogen. De haast onmenselijke druk, die tijdens de onderhandelingen ontstaat, is ook mijn grootste angst. Nu ik tegen de vijftig loop, merk ik dat mijn scherpte afneemt. Het is een opmaat naar mijn grote angst; afgeschreven worden voor het spelen van de Champions League in het verkopen van bedrijven.

'Iemand die nooit fouten maakt, heeft nog nooit iets nieuws geprobeerd.'

Albert Einstein

-5-

Vanaf het moment dat je gaat nadenken over waarom je doet wat je doet, beginnen de moeilijkheden. Het is half vijf in de vroege ochtend en ik ben bijna vierentwintig uur onafgebroken op geweest. Zonder hulp van mijn *Yellow Cabs* was ik al volledig ingestort, maar nu kan ik mijn ogen nog openhouden. Onderweg naar huis houdt de vraag mij bezig waarom ik doe wat ik doe. De vraag is er wel, maar ik ben te duf in mijn hoofd om een antwoord te bedenken. Zwaar en moeizaam, zo mag je de afgelopen nacht wel samenvatten. Het Private Equity kantoor CleanTech is een geduchte tegenstander, dat weet iedereen in de branche. Ze hadden vooraf aangegeven er vóór zeven uur deze ochtend uit te willen zijn. De andere optie was een afgeketste deal, waarbij wij de broodnodige bonus op onze buik konden schrijven. Om twee uur vannacht was de directeur-eigenaar van De Dordtse Schroothandel naar ons kantoor geroepen om de juridische stukken door te nemen.

Precies om twintig over vier uur waren aan beide kanten de handtekeningen gezet onder het verkoopcontract en was de kurk van de champagnefles gegaan. Met deze deal hadden we een verkoopbonus van 1,6 miljoen euro binnengehaald en ik mag deze maand een bedrag van € 86.000,- op mijn rekening bijschrijven. Dat is gemakkelijk geld verdienen in slechts een etmaal tijd. De filosofische vragen over de invulling van mijn leven lijken met zoveel geld in het vooruitzicht ineens ver weg. Het grote geld verdienen werkt zodanig verslavend, dat ik eigenlijk niet meer wil nadenken of dit werk leuk is, of dat het bij me past en ethisch verantwoord is. Natuurlijk weet ik vooraf wat die Amerikanen gaan doen met het recyclingbedrijf. Ze verkopen allereerst het vastgoed van De Dordtse en sluizen deze opbrengsten direct door naar Amerika. Vervolgens hollen ze het bedrijf uit door schulden te maken en starten ze een kostenbesparende operatie op. Veel medewerkers verliezen hun baan of worden gekort in inkomen, om zo aan de hoge winstverwachting van de Amerikanen te kunnen voldoen. Daarna verkopen ze het uitgeholde bedrijf weer. Ik weet dat de deal, die ik vannacht tot stand heb gebracht, veel medewerkers van de schroothandel in de ellende gaat storten. Daar wil ik niet bij stilstaan, omdat ik in mijn hart weet dat je geluk niet kunt bouwen op het ongeluk van anderen. Business is business en geld is geld! Tenminste dat is wat mijn hoofd denkt en mijn hart niet voelt.

Rond half zes lig ik pas in bed, maar helaas kan ik de slaap niet vatten. Mijn hart gaat als een razende tekeer en de *Yellow Cabs* zijn nog niet uitgewerkt. Met een sikkeneurig gezicht staat Aline om acht uur op en ze begint direct tegen me te klagen. Voor mij zit er niets anders op dan zuchtend het bed uit te stappen. Als de pillen zijn uitgewerkt, komt de klap des te harder aan.

'Alles komt op mij neer, Roderick. Het huishouden, de kinderen en bij de voedselbank is het ook nog eens druk de laatste tijd. Als ik dan wil slapen, ben je er niet en als ik slaap, maak je me wakker. Het gaat zo niet langer!'

Ik zucht opnieuw. Daar gaan we weer!

'Het is acht uur in de ochtend schat. Ik moet naar kantoor!'

'Smoesjes', zegt Aline. 'We moeten nu praten Roderick.'

'Niet nu', antwoord ik. De wanhoop moet in mijn stem doorklinken. 'Als het jou allemaal teveel is, stop je met werken. Ik heb een fantastisch inkomen en we hebben al die liefdadigheid niet nodig.'

'Dat is mijn leven,' zegt Aline. Daarna is het ijzig stil in de keuken, alsof er een poolwind door de ruimte blaast. Ik val in een onrustige slaap en heb voor mijn gevoel nauwelijks mijn ogen gesloten als de wekker alweer gaat. De afspraak met Klaas om de afgelopen nacht door te spreken, staat om half tien gepland. Daarna moet ik nog een aantal open eindjes regelen, zodat ons kantoor de factuur kan versturen. In de middag val ik bijna om en neem twee *Yellow Cabs* in om de dag door te komen. Ze werken direct en ik voel een hernieuwde energie in mijn lijf. In ieder geval voldoende vermogen om de vele afspraken vandaag af te werken. Mijn plichtsbesef speelt daarbij een grote rol: als je zoveel geld verdient, dan moet je ook bereid zijn om een stapje harder te lopen.

Die avond ga ik voor mijn doen uitzonderlijk vroeg naar huis. Om half vijf rijd ik al op de A1 richting Laren. Onderweg heb ik Jan Willem aan de lijn, die me vraagt om vanavond een balletje te slaan. Ik durf ditmaal geen nee te zeggen. Aline is nog niet thuis en ik bak twee eieren, voordat ik mijn tenniskleding aantrek. Een uur later sta ik op de tennisbaan mijn agressie weg te slaan. In het spel regeert de vermoeidheid. Ik reageer veel te traag om de ballen goed terug te slaan en verlies met twee keer 6-0 de wedstrijd van Jan Willem, die geen genade kent en mij met plezier keihard de baan afslaat.

Na de wedstrijd drink ik met Jan Willem een biertje aan de bar. Ik kan mijn ogen nauwelijks openhouden, zodat ik op het toilet een volgende *Yellow Cab* inneem en deze met water wegspoel. Het gebruik kan geen kwaad, houd ik mezelf voor. Mijn leven is gewoon te druk om veel te kunnen slapen. 'Slaaptijd is zonde-tijd' heb ik ooit geroepen en naar mijn mening kan ik dat later altijd nog eens gaan doen als ik oud ben. Uit ervaring weet ik dat alcohol en de peppillen elkaar slecht verdragen, maar toch drink ik voor de gezelligheid twee biertjes mee. Ik zeg mijn tennispartijtjes met Jan Willem elke keer af, zodat ik het nu niet kan maken om ook nog eens 'ongezellig' te gaan doen. Na de gebruikelijke onderwerpen als politiek en voetbal, komt het gesprek uiteraard op vrouwen terecht. Jan Willem is een echte charmeur en zeker na zijn vijftigste verjaardag geniet hij volop van het leven, zoals hij dat noemt. Zijn vrouw heeft daar geen moeite mee, zolang ze zijn creditcard mag gebruiken. Ze hebben - geheel volgens de traditie van het Gooise matras - een open relatie, waarbij ze met wederzijds goedvinden ieder hun weg gaan.

'Roderick, ken jij Marieke?'

Ik kijk Jan Willem met een nieuwsgierige blik aan.

'Ze is een prachtige blonde schoonheid die elk weekend in café de Blaffende Vis te vinden is.'

Uiteraard ken ik café de Blaffende Vis in Blaricum. Het is een kroeg waar vrouwen paraderen die op zoek zijn naar rijke oude heren uit Laren en Blaricum. Mannen met teveel geld, maar een leeg hart die op zoek zijn naar een date om samen de avond gezellig af te sluiten. Ik kom nooit in café de Blaffende Vis en ga überhaupt nooit alleen uit. Aline wil het volgens mij niet hebben en ik heb geen zin om erover te beginnen.

Jan Willem laat een foto van zijn liefje Marieke zien. Zij is niet ouder dan 35 jaar en ze lijkt mij van het type vrouw dat een problematische vader-dochterrelatie probeert op te lossen in verhoudingen met oudere heren. Jan Willem is een stamgast in café de Blaffende Vis en staat open voor een avontuurtje. Ik gun hem zijn pleziertjes en zeker met een slok op is hij een gezellige vent. Ooit hebben we samen op de universiteit gezeten en we zijn sindsdien hartsvrienden. Ik maakte een snelle carrière in het bedrijfsleven en hij is blijven hangen als vertegenwoordiger bij een ICT-bedrijf. Jan Willem is het soort man dat vooral lijkt te doen wat hij niet wil en dan zijn vertier in vrouwen zoekt. Meer dan eens klaagt hij over zijn werk, waar de eentonigheid heeft toegeslagen. Dat begrijp ik ook! Na je vijfduizendste gesprek over een administratief softwarepakket ben je daar helemaal klaar mee. Ik verdenk hem ervan dat hij de moed heeft opgegeven om iets bijzonders van zijn leven te maken. Op zijn vijftigste heeft hij genoegen genomen met dat wat het leven hem te bieden heeft. Daarom voel ik medelijden met hem.

Jan Willem is een goede vent, maar veel te gemakzuchtig en het ontbreekt hem aan moed en doorzettingsvermogen. Ooit staat hij waarschijnlijk voor de spiegel zichzelf af te vragen wat hij met zijn waardevolle leven heeft gedaan. Dan is de kans groot dat het pijnlijk stil is en hij zich beseft dat hij niet uit zijn capaciteiten heeft gehaald wat erin zat. Dat hij niet bereid is geweest om het risico te nemen en zijn dromen na te jagen. Dan rest hem alleen nog de verschrikkelijke pijn van een onvolmaakt bestaan, die zoveel ouderen nukkig en zuur maakt. Ik weet dat het zo gaat gebeuren, maar heb de moed niet om hem daarmee te confronteren.

'Wat wil jij nog bereiken in het leven Roderick?' vraagt Jan Willem.

'Eigenlijk heb ik geen idee', antwoord ik. 'Mijn kinderen gezond zien opgroeien. Dat lijkt me wel genoeg toch.'

'Deze vraag is bedoeld voor jezelf.'

Nu blijft het stil en voel ik me ongemakkelijk. Mijn grote droom was altijd om rijk te zijn. Nu ik eenmaal welvarend ben, zie ik pas hoe leeg het leven dan is. Ik werk zo hard dat ik mijn kinderen niet heb zien opgroeien, mijn relatie op de klippen dreigt te lopen en er een gevoel van leegte en eenzaamheid in mij zit, dat ik niet van me kan afschudden.

'Ik weet het niet', zeg ik. 'Ik heb alles bereikt wat ik ooit wilde realiseren.'

'Als je geen dromen meer hebt, zeg dan je baan op en ga naar je diepste verlangens op zoek', geeft
Jan Willem als suggestie.

'Dat gaat niet', antwoord ik. 'De rekeningen moeten wel betaald worden!'

Het is grappig om te constateren dat mensen voor anderen altijd precies weten wat ze wel en niet moeten doen. Misschien heeft Jan Willem het bij het juiste eind. Waarom heb ik niet gewoon de moed om op zoek te gaan naar wat ik wil? Waarom zeg ik mijn baan niet op en ga op zoek naar zingeving in mijn leven? Het is de angst voor armoede en het verlies van status die mij blokkeren om te gaan doen wat ik te doen heb. De ketenen van welvaart en gemakzucht zijn domweg te sterk en angst is altijd al mijn drijfveer geweest. Jan Willem slaat de laatste slok bier achterover, pakt zijn tennistas en geeft me een klap op mijn schouder.

'Dat was eindelijk weer eens een leuke partij tennis, buddy. Reken jij even af, dan doe ik het volgende week.'

Ik geef hem een boks met mijn vuist, reken de biertjes af en weet dat het ook voor mij hoog tijd is om naar huis te gaan. Morgen is het weer vroeg dag. De man met de hamer komt onverwachts toch nog langs en ik moet de radio hard zetten om tijdens de rit naar huis niet in slaap te vallen.

Thuis wacht mij een laatste verrassing voor deze dag. Aline hangt met een glas rode wijn op de bank.
Ditmaal geen kop met groene thee, maar een prestigieuze fles Bordeaux Grand Cru. Aan de lege wijnfles op de salontafel te zien, is het zeker niet haar eerste glas van deze avond. Ik kijk naar Aline en zie hoe grauw en moe ze eruitziet. Ze is al lang niet meer die jonge energieke meid die ik tijdens het diner dansant in kasteel Borgharen leerde kennen. Wat was het bestaan de eerste jaren ongecompliceerd. We studeerden en deden verder alles wat we wilden. Uiteraard maakten we ons niet druk om het leven. Er was voldoende tijd voor vrienden, plezier en elkaar. Aline was een mooie en populaire vrouw, die altijd aandacht van mannen had. Ze straalde een ongekende klasse uit, die paste bij haar afkomst. Onze prille liefde kon niet eeuwig zo blijven bestaan. Na onze huwelijksdag hadden de sleur en de verantwoordelijkheid toegeslagen. Van twee moeilijke zwangerschappen en zware bevallingen had Aline een flinke tik gekregen. Na haar zwangerschappen was ze de extra kilo's nooit meer kwijtgeraakt. Ze weet dat ik daar een hekel aan heb, maar het lukt haar helaas niet meer om op gewicht te komen. Talloze diëten heeft ze gevolgd en er is zelfs een personal trainer aan te pas gekomen, maar zonder resultaat op de weegschaal.
We leefden langs elkaar heen en berustten beiden in deze vorm van onze relatie. De echte klap was gekomen op het

moment dat David en Marit het huis uit waren gegaan om respectievelijk in Maastricht en Leiden te studeren. Ineens zat Aline elke avond alleen thuis en had ze niemand meer om voor te zorgen. Haar zoektocht naar het hogere had groteske vormen aangenomen en er was in Nederland praktisch geen stroming meer geweest waar Aline geen cursus had gevolgd. Ze is niet alleen spiritueel, maar kan ook goed feesten. Vorig jaar had Aline met een groot tuinfeest haar vijftigste verjaardag gevierd. Het was afgeladen druk geweest, zodat het leek alsof heel Laren en Blaricum waren uitgerukt om de duizend vierkante meter tuin bij ons te bevolken. Druk pratend deden onze dorpsgenoten en vrienden zich tegoed aan de oesters die ze wegspoelden met bubbels.

'We moeten eens praten, Roderick', zegt Aline op een toon waardoor ik weet dat de drank haar overmoedig heeft gemaakt. Ik zucht diep en ben zo moe dat ik het liefst wil slapen. Na deze intensieve dag zit ik niet te wachten op een serieus gesprek op de bank met een halfdronken Aline.

'Het gaat niet goed tussen ons.'

'Het gaat prima', antwoord ik, in de verwachting dat ik de aanstaande ruzie zo in de kiem kan smoren.

'Je begrijpt me niet, Roderick, ik ben ongelukkig. Wanneer heb jij nog tijd voor mij?'

'Laten we weer eens een keer met vakantie gaan', suggereer ik.

'Dat is niet de oplossing, Roderick. Ik loop vast in mijn leven en kom er niet meer uit. De oorzaak zit bij jou. Je bent er nooit, niet gisteren, niet vandaag, niet morgen en eigenlijk ben je er helemaal nooit voor me. Hou je nog wel van me?', vraagt Aline. Ze komt van de bank omhoog en wankelt.

'Ik hou zielsveel van je. Het is alleen druk in mijn leven.'

'Je liegt, Roderick! Je houdt van je werk en niet van mij.'

Aline loopt waggelend de kamer uit. Bij de deur zegt ze: 'Je begrijpt mij niet meer, Roderick. Ik weet niet hoe ik het je kan uitleggen.'
Daarna verdwijnt ze uit mijn gezichtsveld en hoor ik gestommel op de trap. Ik wrijf met beide handen over mijn gezicht en wordt draaierig in mijn hoofd. Er moet snel iets gebeuren, want dit tempo van leven houd ik niet vol! Ik voel dat ik een fuik word ingetrokken, zonder dat ik me kan verzetten. Wat een klotedag, vloek ik in mezelf. Na een uitgebreide douche kruip ik naast Aline in bed. Zoals gewoonlijk heeft ze haar rug naar mij toegedraaid. Ik lig naast haar en kan haar aanraken, maar gevoelsmatig is ze duizenden kilometers ver weg.

'Als A voor succes staat in de formule: A = x+y+z, dan staat x voor werk, y staat voor spelen en z tenslotte voor je mond dicht houden.'

Albert Einstein

-6-

Iedere man heeft iets waar hij zich voor schaamt en dat hij nooit aan een ander zal vertellen. Zo zijn er mannen die zich in de meest machtige posities bevinden en het opwindend vinden om tijdens de liefdesdaad luiers te dragen. Het babygevoel is wellicht een compensatie voor hun dagelijkse macht, of het is eenvoudigweg de hunkering naar veiligheid en moederliefde. Bij mij is 'het verborgen gedrag' minder extreem: speelgoedtreinen. Als ik me wil ontspannen en tijd voor mezelf zoek, ga ik naar de vliering, waar een spoorwegcomplex staat opgesteld van het merk Märklin, compleet met goederentreinen, locomotieven, wissels, stations met miniatuurmensjes en een commandocentrum, van waaruit ik het gehele complex kan besturen. Op de vliering voel ik me volledig in mijn element en kan ik voor God spelen, die de wereld bestuurt. In tegenstelling tot de mensen om mij heen, doen de treinen precies wat ik hen opdraag. Als het sein op rood staat, wachten ze geduldig op hun beurt en elke wissel stuurt de trein precies die richting op, die ik heb ingesteld. Niemand kent deze kant van mij, zelfs met Aline praat ik niet graag over mijn geheime hobby. Zij laat mij begaan en vraagt nooit iets als ik weer eens een paar uur op de vliering doorbreng. Net zoals ik niets vraag als zij weer eens zit te mediteren of er urenlang Boeddhistische mantra's klinken vanuit de slaapkamer.

Het fanatisme waarmee ik mijn treinen bestuur, is de maatstaf voor alles in mijn leven. Een acht is niet goed genoeg en met deze instelling ben ik cum laude afgestudeerd. Ik heb zelfs een herkansing gedaan voor het vak statistiek, omdat ik het cijfer 8,2 als eindresultaat onder mijn niveau vond. Ik begrijp de gemakzuchtige houding van anderen niet en kan me daar zelfs flink over opwinden. Ieder mens kan altijd beter en het is de bedoeling om het hoogst haalbare uit je leven te halen. Daarom ga ik net zo lang door totdat het maximale resultaat is bereikt. En als de vermoeidheid toeslaat, is er altijd nog een dubbele espresso of zijn mijn Yellow Caps de reddende engelen. Zo blijf ik op de been en kan ik maar doorgaan. Natuurlijk realiseer ik me dat ik steeds afhankelijker word van de pillen, maar het is kiezen uit de minst kwade. Op de korte termijn blijf ik op de been, maar voor de langere termijn is het een doodlopende weg, die ik ben ingeslagen en waar ik niet meer uitkom.

Toch voelt de vermoeidheid de laatste weken anders. Het is alsof mijn hoofd met watten is gevuld en ik ertegen moet vechten. Het blijft niet alleen bij een duf gevoel in mijn hoofd. Ook voel ik een druk op de borst, heb ik last van wazig zicht en van onverwachts oorsuizen. En, geheel tegen mijn natuur in, ben ik vergeetachtig. Daarnaast erger ik me aan een hardnekkige pijn in mijn rechterschouder, die zelfs met een Thaise massage niet weggaat. Diep in mijn hart weet ik dat de lichamelijke klachten een signaal zijn. Toch ontbeert het mij aan de kracht om in te grijpen. Meerdere malen hebben mensen mij de afgelopen jaren al gewaarschuwd. Vorig jaar zomer volgde ik een cursus 'Persoonlijke effectiviteit' bij opleidingscentrum 'Mindpower' in Amersfoort. De training werd gegeven door Brigitte van der Molen, een ervaren trainster van mijn leeftijd. Zij nam me na de training apart en stelde dat mijn obsessieve wijze van werken mij ooit zou opbreken. Ik zei dat ik eraan ging werken, maar deed niets. Eenmaal weer terug op kantoor was ik de waarschuwing van Brigitte alweer vergeten. Chronische vermoeidheid - laat staan een term als burn-out - zijn onbespreekbare thema's binnen De Grauw. In kwetsbaarheid zijn mijn collega's niet geïnteresseerd. Binnen ons kantoor is er geen ruimte voor aanstellerij. Het gaat om omzet maken, productiviteit verhogen en klanttevredenheid. De meeste collega's zijn als jonge honden, die te weinig rust nemen na een intensief onderhandelingstraject. Binnen ons kantoor geldt *De survival of the fittest* in optima forma. Je krijgt hier een fantastisch salaris en alleen degenen met de allergrootste accu's kunnen overleven. Nu ik ouder word, merk ik dat mijn accu in vermogen afneemt en ik zelfs hard op weg ben om mijn accu volledig leeg te trekken. Het besef is er, maar de actie blijft uit en dus blijf ik meehollen in de dagelijkse ratrace. Hoe dat kan, begrijp ik niet. Het is niet anders. Ik wil gewoon niet inzien dat ik hard op weg ben naar een stevige overspannenheid. Het is een op hol geslagen rollercoaster waaruit niet te ontsnappen valt.

Er is nog maar weinig in mijn leven waar ik intensief van kan genieten. Als ik mezelf even ontspanning gun, overvalt me direct de angst om in een zwart gat te vallen. Alleen het vluchten naar de vliering om te spelen met mijn treinen geeft voor even verlichting. Tegen beter weten in doe ik net alsof er niets aan de hand is. Elke ochtend zet ik een glimlach op om vervolgens naar het werk te gaan en mezelf voort te slepen van afspraak na afspraak. Laat in de avond kom ik thuis en weet dat de klap elke dag dichterbij komt. Zo gaat het al jaren. Langzaam neemt de vermoeidheid in intensiteit toe. De laatste tijd sta ik met pijn in mijn hoofd op en ga met lood in mijn dure maatwerk schoenen naar mijn werk. Moedeloos word ik ervan. Waar doe ik dit voor? Mijn glansrijke carrière lijkt meer op een molensteen om mijn nek, dan op iets wat geluk moet zijn.

In januari 2009, kort na mijn zevenenveertigste verjaardag, valt het doek. Die ochtend ga ik met een gemaakte glimlach naar mijn werk. Ik weet dan al dat het opnieuw nachtwerk gaat worden. We zitten midden in het verkoopproces van een grote wereldwijde transporteur, waarvan het hoofdkantoor in de havens van Rotterdam is gevestigd.
Op de A1 ter hoogte van Muiden stort ik volledig in. Mijn armen trillen, mijn hoofd klapt uit elkaar en mijn benen doen niet meer wat ik wil. Hoe het lukt om de parkeerplaats van het Shell tankstation Muiden op te rijden en mijn auto daar stil te zetten, weet ik niet meer. Alles is zwart voor mijn ogen en mijn oren suizen onophoudelijk. Als een zombie zit ik in de auto en moet zeker een half uur naar mijn snelheidsmeter hebben zitten staren. Ik weet niet meer waar ik ben en wat ik moet doen. Ik heb continu het gevoel om flauw te gaan vallen en raak in paniek. Het is alsof ik doodga, maar dan wel op de meest vreselijke wijze waarop een mens kan sterven. Mijn adem gaat als een razende tekeer en ik heb het benauwd op de borst, alsof ik tegen een hartaanval aanzit. Met trillende handen weet ik toch Jan Willem te bellen, die bovenaan mijn voorgeprogrammeerde nummers staat. Mijn beste vriend schakelt direct en laat weten dat hij onderweg is naar de parkeerplaats.

Gek genoeg realiseer ik me ergens dat de man met de hamer is langsgekomen en ben ik opgelucht. Het lang verwachte is gekomen. Ik voel me beroerd en kruip uit mijn auto naar buiten om in de berm over te geven. Als Jan Willem met zijn zoon Dennis het parkeerterrein oprijdt en naast mijn auto stopt, kan ik alleen huilen. De verbazing en bezorgdheid over de toestand waarop zij mij aantreffen, is van hun gezichten af te lezen. Daar zit ik, de succesvolle Roderick, als een klein kind huilend om niets in de rode sportstoel en niet eens meer in staat om mijn auto naar huis te rijden. Na overleg rijd ik met Jan Willem mee terug naar Laren. Zijn zoon Dennis zit achter het stuur van mijn Porsche en geniet van de ongekende luxe. Onderweg kan ik alleen huilen, zonder dat ik nog enige controle over mijn lichaam heb.

'De ontdekking van atoomenergie heeft alles veranderd, behalve ons denken.'

Albert Einstein

-7-

Op mijn middelbare school - het 'Alberdingk Thijm College' - kreeg ik les in wiskunde, versierde ik meisjes en heb ik van me af leren bijten. Dat zijn drie dingen waar ik mijn leven lang plezier van heb gehad. Kort na het volledig instorten van mijn wereld, heb ik niets aan deze kennis. Het is alsof ik de controle en de regie over mijn lijf heb verloren. Ik huil doorlopend en ook mijn hartslag en ademhaling zijn op hol geslagen. Mijn handen trillen en het voelt alsof ik doodga. Is er dan niets meer waar ik nog enige controle over heb? Het is alsof de duivel het commandocentrum in mijn lijf heeft overgenomen. In deze toestand word ik thuis afgeleverd met het advies direct een dokter te raadplegen. Aline is met een vriendin een dagje in Amsterdam aan het winkelen en is zeker niet voor zes uur vanavond weer thuis. Terwijl ik over mijn hele lijf tril, kruip ik in bed, maar verdom het om Aline te bellen. Haar dag wil ik niet verpesten. Gewoon een paar uurtjes slapen, dan moet het weer gaan, zo houd ik mezelf voor. Helaas lukt het slapen niet, zeker niet als eerst Aline en vervolgens Klaas me bellen. Aline is gewaarschuwd door Jan Willem en staat erop dat ik direct naar de dokter ga. Dat lijkt me niet nodig, het gaat straks echt wel weer! Tegen Klaas zeg ik dat ik een klein griepje onder de leden heb en morgen weer op kantoor verschijn. Aan de ingehouden woede in zijn stem hoor ik dat het hem niet bevalt om me juist op deze belangrijke dag ziek te melden. Met een schuldgevoel sleep ik me door de dag heen en voel mezelf meer een zombie dan een mens. Ik kan geen lepel of beker vasthouden en al het eten komt er net zo hard weer uit. Lopen en praten gaan niet goed, de druk op mijn borst houdt aan en af en toe heb ik een huilbui. Tegen beter weten in houd ik mezelf voor dat het slechts een griepje is en ik gewoon iets gevoeliger ben dan normaal gesproken. Als Aline thuiskomt, ben ik nog steeds even beroerd. Zelfs haar speciale yogi thee helpt me niet van mijn angst af.

Die nacht slaap ik nauwelijks en lig drijfnat van het zweet in bed. Op aandringen van Aline ga ik de volgende dag toch naar de huisarts, die me datgene vertelt waar ik zo bang voor ben. De diagnose van dokter Mertens is kristalhelder: ik ben over alle grenzen heen gegaan en krijg een burn-out als diagnose gesteld. Per direct moet ik alle contacten met mijn werk verbreken en me zoveel mogelijk ontspannen. De huisarts schrijft me pillen voor om rustig te worden en geeft me het advies dagelijks te wandelen en tijd te besteden aan mijn hobby's. Mijn echte hobby is mijn werk en ik zie me niet de hele dag op de vliering met mijn treinstel spelen.

De teleurstelling over de diagnose is groot. De eerste dagen is het een komen en gaan van spierpijn, hoofdpijn, vermoeidheid over mijn hele lijf, ongecontroleerde angsten, een gebrek aan concentratievermogen en misselijkheid. Maar de grootste kwaal is de teleurstelling in mezelf. Gedachten als: hoe kan het mij overkomen? en waarom heb ik het zover laten komen? beheersen mijn geest. Mijn lijf laat me in de steek en daarover ben ik boos, om niet te zeggen woedend. Als ik Klaas op de hoogte breng van de diagnose, hoor ik de kilheid in zijn stem en weet ik dat ik de volgende ben die op straat staat. Zeker van een partner is langdurige ziekte onacceptabel. Datgene wat ik altijd al vreesde, is nu realiteit. Ik ben mijn baan kwijt en wacht alleen nog op de officiële bevestiging daarvan.

De weken die volgen, maken me radeloos. Het sombere winterweer draagt niet bij aan mijn genezing. Aline verzorgt me met liefde. Zo kent ze me niet en het hulpeloze wakkert haar moederlijke instinct aan. Doelloos en apathisch lig ik in bed. Hoe leg je iemand met een volle accu uit hoe het is om te leven met een lege accu? Deze is zelfs zo leeg, dat ik in de ochtend niet meer mijn bed kan uitkomen. Het einde van de ellende is nog niet in zicht. Na een week niet uit mijn bed te zijn gekomen, krijg ik last van angst- en paniekaanvallen. Het is alsof de dood standaard aan mijn voeteneinde zit en mij uitdaagt. Daardoor krijg ik een veel te hoge hartslag, die mijn paniek verder doet toenemen en mijn ademhaling hoog in de borst doet belanden. Ik heb continu het gevoel dood te gaan en dat is verre van plezierig.

Als het allemaal teveel wordt, komt de huisarts langs en schrijft het middel Propranolol voor om mijn hartslag naar beneden te krijgen. Het medicijn brengt verlichting, maar het maakt me nog duffer in mijn hoofd. Mijn op hol geslagen hartslag zakt geleidelijk aan, ook mijn paniekgevoelens worden draaglijk. Maar de emotionele buien blijven en dat vind ik vreselijk. Inmiddels zijn David en Marit op de hoogte en ze komen bezorgd langs. Hoe leg je twee twintigers - in de kracht van hun leven - uit hoe het voelt om te zijn opgebrand. Ik hou me voor mijn kinderen groot, maar moet ineens zo hard huilen dat ze schrikken. Voor een buitenstaander lijkt een burn-out op aanstellerij, maar de harde werkelijkheid is anders. Ik voel me als een zombie en kom alleen mijn bed uit om naar de wc te gaan. De stap van voluit leven naar overleven, is blijkbaar een kleine stap. Ik ben totaal uitgeput en hard toe aan een winterslaap. Ik kan niets meer; zelfs televisiekijken of een boek lezen is me teveel. Zo nu en dan huil ik vanuit het niets en mijn emoties zijn volledig buiten mijn controle! In de afgelopen weken heb ik meer gehuild dan de afgelopen zesenveertig jaar bij elkaar.

Mijn frustraties, paniek en angsten vier ik bot op Aline. Anders gezegd: ik probeer ruzie te maken, maar Aline ontwijkt me behendig. Mijn hart is gevoelloos en in mijn hoofd is geen ruimte voor lieve woordjes. Weken worden maanden en helaas is er weinig verbetering in mijn situatie te bespeuren. Alles wat de huisarts me heeft aangeraden, voer ik zo goed mogelijk uit: rust, ontspanning, veel wandelen, gezond eten en slapen. Toch heb ik niet het gevoel dat het veel helpt. Tijdens het wandelen probeer ik de misselijkheid en de constant aanwezige druk van mijn borst weg te krijgen, om weer vrij te kunnen ademhalen. Vorige week ben ik voor deze drukkende pijn op mijn borst in het ziekenhuis onderzocht. De arts concludeerde dat het een psychosomatische klacht is en dat mijn hart optimaal functioneert.

Zo zit ik thuis om te merken dat niets gaat zoals ik het wil. En zelfs mezelf ergens toe aanzetten gaat niet meer. Zo kan ik niet langer doorgaan en ik overweeg zelfs op een paar zwakke momenten om er een einde aan te maken. Als de lichtpuntjes aan de horizon ontbreken, heeft het leven geen zin meer! Nadat de huisarts voor de zesde keer is langsgekomen, stelt hij voor om met een psycholoog te gaan praten. Ik grijp deze kans met beide handen aan. Dit diepe zwarte gat is de hel op aarde en daar wil ik zo snel als mogelijk uit! Met zijn doorverwijzing meld ik me op een dinsdagochtend bij dokter Bert Borghout, de bekendste psycholoog uit Laren. Helaas merk ik al bij de eerste sessie dat er geen klik is tussen ons. Hij wil praten en ik wil nu advies hoe ik mijn problemen oplos. Het irriteert mij mateloos om continu te horen wat mijn eigen voorstel is. Ik kom hier om hulp te krijgen en niet om het probleem zelf op te lossen. Als ik het allemaal zo goed had geweten, was ik nooit in deze toestand terechtgekomen.

Met kantoor heb ik op advies van de huisarts weinig contact. De collega's met wie ik jarenlang intensief heb samengewerkt, laten niets van zich horen. Zijn ze boos op me, omdat ze het door mijn afwezigheid nog drukker hebben? Waarschijnlijker is dat ik volledig ben afgeschreven. Klaas heeft alleen de eerste dag gebeld. Daarna is het stil gebleven. Zelfs een bloemetje kan er niet vanaf.

Of het aan het begin van de lente ligt of gewoon de tijd zijn werk heeft gedaan, weet ik niet. Pas na tien weken begin ik te accepteren dat ik de afgrond ben ingestort en voorlopig aan de zijlijn sta. Ik moet eerst werken aan mezelf en doen wat de huisarts me heeft aangeraden: elke dag een uurtje in het bos lopen of aan het strand uitwaaien. In de frisse zeewind hoop ik op te knappen, maar de gedachten in mijn hoofd en de angsten in mijn lijf gaan gewoon door. De depressieve gevoelens nemen zelfs toe en ik bedenk me steeds vaker hoe mijn begrafenis eruit zou zien. De dood wordt steeds meer een serieuze optie en daarom is het hoog tijd om in actie te komen. Op advies van de huisarts ga ik eind april twee weken op vakantie naar Portugal. Samen met Aline zit ik ruim drie uur met zwetende handen in het vliegtuig tussen de bejaarden en de jonge ouders met jengelende kinderen. Ik ben kapot als ik in het hotel aankom. Waar ik vroeger mijn hand niet voor omdraaide, is nu een ware martelgang, die je alleen begrijpt als je ooit burn-out bent geweest. Gelukkig geeft de warme Portugese zon me nieuwe energie en langzaam klauter ik uit het zwarte gat, dat je geen mens gunt. Aline leert me mediteren, maar als ik mijn ogen sluit, raak ik in paniek. Daarom zeg ik maar dat ik mediteer, maar sluit mijn ogen niet.

Half juni ga ik op advies van de bedrijfsarts weer voorzichtig beginnen met werken. De eerste week bestaat het re-integratietraject uit een uurtje op kantoor aanwezig zijn. In de loop van de komende maanden moet ik de werktijd op kantoor verder uitbouwen. De harde zakenwereld op de Amsterdamse Zuidas is verschrikkelijk, zeker als ik merk dat mijn collega's me als onvolwaardig zien en besmuikt grapjes over me maken. Zelfs de junior medewerkers lopen met een boog om me heen, alsof ik een besmettelijke ziekte heb. Alhoewel ik het begrijp, doet de afwijzing verschrikkelijk veel pijn. Na vier weken gooi ik de handdoek in de ring en weiger ik nog op therapiebasis naar kantoor te gaan. Het maakt me onzeker en doet de paniekaanvallen toenemen. Ook thuis lukt het me niet om de draad op te pakken en daarmee wordt er een nieuwe emotionele periode ingeluid, waarin ik woedend ben op de hele wereld. Na de zomer zak ik verder weg in een diepe depressie en komt de doodswens weer in alle hevigheid terug. Ik weet dat het zo niet verder kan en besluit met tegenzin een krachtige antidepressiva te gaan innemen. De medicijnen geven me enige verlichting, maar ik weiger om opnieuw een bezoek te brengen aan de psycholoog. Ik moet het volgens dokter Borghout zelf doen en als ik mezelf aan mijn haren uit het moeras moet trekken, dan heb ik daar geen hulp bij nodig.

'Juist in het midden van de moeilijkheden, liggen de mogelijkheden.'

Albert Einstein

-8-

Het is vandaag 15 juni 2009 en ik denk aan mijn persoonlijke held Napoleon, die op de kop af honderdvijfennegentig jaar geleden het Verdrag van Parijs ondertekende. Daarmee legde hij de basis voor het Koninkrijk der Nederlanden. Napoleon deed bijna twee eeuwen geleden iets dat is beschreven voor het nageslacht, zoals zijn hele leven van minuut tot minuut is beschreven en historisch van betekenis is. Het werk van een fusie- en overnamespecialist heeft geen historische waarde. Over tweehonderd jaar kent niemand ons kantoor of mijn naam nog, laat staan dat iemand nog weet dat ik zo'n moeilijke periode in mijn leven ben doorgegaan. Mijn achterkleinkinderen kennen mijn naam niet, hoogstens vanuit een stamboomonderzoek. Alles wat ik in dit leven doe of meemaak, is relatief van weinig betekenis. Niet dat ik me daar nu druk om maak. Ik heb al mijn energie nodig om uit het zwarte gat te klauteren. Toch voelt het lijden waar ik doorheen ga, voor mij als de allerbelangrijkste periode van de mensheid. Het vermogen tot relativering is verdwenen en er is alleen maar die verschrikkelijke pijn, de misselijkheid en het totale gebrek aan levensenergie.

Wat het lijden verhevigt, is het onbegrip van de mensen om mij heen. Ik heb geleerd dat een burn-out voor mensen moeilijk te begrijpen is. De meeste mensen komen niet verder dan de gebruikelijke clichés als: 'maak je niet zo druk' of 'een beetje rust en even flink slapen, dan is het zo weer over'. Het meest gebruikte cliché is dat na de regen de zon weer gaat schijnen. Maar vooral het wegblijven van mensen, waarvan ik ooit dacht dat het vrienden waren, raakt me tot in mijn ziel. In mijn miserabele situatie negeren dorpsgenoten me simpelweg. Voor ziekte en zwakte is geen plek in dit villadorpje, omgeven door weidse heidevelden. In ons dorp draait het leven om succes en dat ook overal te laten zien. De maatschappelijk geslaagde mensen krijgen de aandacht en zijn de mensen waar anderen tegenop kijken. De getapte kerel van weleer is een zwoegende en pijn lijdende oude man. Ik wil anders. Helaas lukt het me niet. Het gevoel dat ze me negeren, heeft mijn ziektebeeld nog erger gemaakt, omdat ik juist aandacht en waardering nodig heb.

Als je ziek bent, lijkt alles tegen te zitten. Mijn huwelijk staat op springen. Ik ben zo met mezelf bezig, dat ik Aline vergeet en dat zet onze relatie verder onder druk. Aline begrijpt me niet en we hebben al maanden niet meer gevreeën. Het lukt me gewoon niet om passie in mijn lijf op te roepen. Ook Aline neemt nu meer initiatief en is veel weg. Thuis kan ze blijkbaar haar rust niet meer vinden en ook 's avonds is ze weg. Ik begrijp dat een hele dag doorbrengen met een zieke en angstige man veel van je vergt. Aline zegt dat ze met een vriendin bij café de Blaffende Vis afspreekt, maar ik verdenk haar ervan dat ze daar op zoek is naar aandacht van andere mannen en dat maakt me nog meer onzeker. Mag ik het haar kwalijk nemen? Eigenlijk niet, maar de onzekerheid over waar Aline is en wat ze uitspookt, trekt me verder naar beneden het zwarte gat in.

In het doolhof van depressiviteit belanden, is iets dat je niemand gunt. Mijn benen voelen loodzwaar en ik ben te moe om vooruit te komen. Ik weet zeker dat ik een ernstige ziekte onder de leden heb. Daarom ben ik via de huisarts in het ziekenhuis beland en ben ik door de hele medische molen gegaan. Mijn bloed is geprikt, er zijn foto's van mijn darmen genomen omdat de diarree niet stopt. Een internist heeft mij onderzocht en er is zelfs een scan van mijn hoofd gemaakt. Vele onderzoeken verder blijkt er niets te vinden te zijn dat de fysieke klachten kunnen verklaren. U moet er voorlopig mee zien te leven, is het eindadvies van de internist. Het onbegrip maakt me woedend en gefrustreerd. Zo wil ik niet verder leven! De dosering van de pillen tegen depressiviteit heb ik op eigen initiatief verhoogd. Ik neem elke dag gewoon een pilletje extra in. Dit is absoluut geen leven meer, maar overleven!

Met tegenzin bezoek ik toch weer dokter Borghout. Hij geeft mij inzicht in de vaste patronen van mijn gedachten. Het is boeiend om te leren hoe je brein werkt en waar het misgaat in mijn gedachten. Van wie moet ik perfect zijn en van wie moet ik werkweken van tachtig uur en meer maken? Waarom doe ik in mijn leven juist die dingen die ik eigenlijk niet wil? Langzaam begin ik te begrijpen dat het mijn gedachten zijn geweest, die hebben gezorgd voor het opgebrande gevoel. Ik ben het contact met mezelf verloren en kon zo door alle grenzen heengaan. Volgens dokter Borghout moet ik de burnout zien als een les. Direct weet ik weer waarom ik zo'n hekel aan deze man heb. Waarom word ik kopje onder geduwd? Zo slecht ben ik niet voor de wereld geweest!

Toch doet de therapie mij goed en leer ik van dokter Borghout meer over hoe mijn gedachten mijn leven bepalen. Langzaam klauter ik het gat uit en in de zomer worden de eerste lichtpuntjes zichtbaar. Ik probeer niet meer continu toe te geven aan de misselijkheid en het gebrek aan energie. Dat zorgt ervoor dat ik minder in de stress raak en zicht begin te krijgen op een positievere toekomst. Ik probeer op een meer ontspannen wijze de dag door te komen en ben er tevreden over. Over natuurartsen had ik altijd een vrij uitgesproken mening: het zijn kwakzalvers. Maar als je diep in de put zit, probeer je alles. Dus meld ik me op aanraden van een vriendin van Aline in de wachtkamer van de homeopathische arts: dokter Van der Velde in Baarn. Hij blijkt gespecialiseerd te zijn in stressgerelateerde klachten. Allereerst inventariseert hij mijn medicijngebruik en adviseert het gebruik per direct af te bouwen. Gek genoeg heb ik direct al vertrouwen in deze man. Mijn lichaam moet zelf de problemen genezen en daar ben ik het mee eens. Hij laat me contact maken met mijn lichaam en adviseert me om in mijn dagelijkse leven bewust ontspanning in te bouwen.

Na een bloedonderzoek blijk ik een ernstig vitamine B12-tekort te hebben en ook zit mijn magnesiumvoorraad op een veel te laag niveau, waardoor mijn lichaam volgens dokter Van der Velde moeite heeft om het binnenkomende voedsel om te zetten in energie. Daarnaast past hij mijn dieet aan met meer groenten, fruit en eieren. Na het innemen van vitamine B12-pillen op natuurbasis en een magnesiumsupplement begin ik me in de daaropvolgende weken steeds beter te voelen. Langzaam komt er iets van mijn energie terug in de late zomermaanden van het rampjaar 2009.

'Niet alles dat telt, kan worden opgeteld en niet alles dat kan worden opgeteld, telt.'

De spreuk in de werkkamer van Albert Einstein op de universiteit van Princeton

-9-

Aline heeft van dat prachtige, lange blonde haar, maar jammer genoeg heeft haar figuur het goede leven niet kunnen weerstaan. Ze snoept veelvuldig en drinkt te veel. Dat heeft ervoor gezorgd dat ze veel te zwaar is voor haar lengte. Op haar mooie lange blonde haar ben ik gevallen en dat is nog altijd haar meest aantrekkelijke uiterlijke kenmerk. Beharing is een obsessie voor me, omdat ik lijd aan een auto-immuunziekte met de exotische naam: *alopecia areata totalis*. Deze ziekte heeft tot gevolg dat al mijn lichaamshaar is verdwenen, zelfs wenkbrauwen heb ik niet meer. De oorzaak van deze haarziekte is nooit opgehelderd en helaas bestaat er ook geen goede medische behandeling. Vanaf mijn dertigste jaar ziet mijn lichaam beharing als lichaamsvreemde stof en stoot al het haar af. Dus hoef ik niets te doen om er hip en eigentijds uit te zien. Hoe het ook zij, mijn haar is nergens op mijn lijf ooit teruggekomen, zelfs niet na een ontspannen vakantie. In mijn dertiger jaren heb ik alle mogelijke medische behandelingen ondergaan om het uitvallende haar tegen te gaan. Ik ben eerst behandeld met de PUVA-lichttherapie en vervolgens met de diphencyprone prikkeltherapie. Beide behandelingen hadden niet het gewenste resultaat gehad. En zo loop ik al sinds mijn veertigste jaar met een kaal hoofd rond en heb geen wenkbrauwen of beharing elders op mijn lichaam.

Blauw bloed, trendy en mooie maatpakken, maar ook zo kaal als een biljartbal, zo zou je mijn profiel kunnen schetsen.

Kaal of niet, in de vroege herfstmaanden raak ik onverwachts nog dieper in de ellende. Mijn relatie met Aline gaat stroef en er wordt langzaam meer en meer gif ingespoten. Ik wil het proces stoppen, maar onze liefde glijdt door mijn vingers heen. Op een regenachtige septemberdag zit ik op de bank en staar wezenloos voor me uit, terwijl ik met de trouwring om mijn vinger draai. Ik heb zo-even de zoveelste ruzie met Aline gehad en het einde van onze relatieproblemen lijkt nog niet in zicht. Sinds ik ben ingestort, ontlopen we elkaar en kunnen we nog moeilijker met elkaar praten. Zij begrijpt mij niet en eist mijn aandacht en ik ben vooral met mezelf bezig en kan haar geen aandacht geven. Daarvoor is het te vroeg in het genezingsproces en heb ik eenvoudigweg geen energie. Ik kan haar geklaag er ook niet nog eens bij hebben. Als we praten en Aline haar gevoelens onder woorden probeert te brengen, verzandt onze conversatie in een onplezierig stilzwijgen. Het is net alsof we volkomen vreemden voor elkaar zijn. Ik zoek naar mijn gevoel van liefde en genegenheid voor haar, maar het lukt me niet om daarbij te komen. Natuurlijk wil ik dat anders, maar ik kan het niet opbrengen. Een onbedwingbare machteloosheid en boosheid hebben bezit van me genomen en deze emoties nemen alle ruimte in. Daarnaast ben ik woedend op God, omdat Hij mij zo laat lijden.

Het wegzinken in een zwart gat is zo verschrikkelijk, dat ik het nooit meer wil meemaken. Mijn grootste prioriteit is om uit dit zwarte gat te klauteren. Met behulp van de doctoren en therapeuten werk ik aan mijn herstel en merk ik dat mijn energie langzaam terugkomt. Ik zorg goed voor mijn lichaam en leer de grenzen van mijn lijf te ontdekken. Daarnaast richt ik me op positieve gedachten, ook al is dat lastig. Al die inspanningen hebben resultaat en voorzichtig komt er weer iets van mijn oorspronkelijke energie terug in mijn leven.

Zakelijk kan ik hard en recht door zee zijn, maar in mijn privésituatie is het een ander verhaal. Ik heb nooit geleerd om 'nee' te zeggen tegen degenen die me lief zijn. Van jongs af aan is dat gedrag erin geslopen, nadat mijn vader was overleden. Mijn moeder had het zwaar genoeg om daar ook nog eens een lastig kind bij te hebben. Daarom deed ik altijd precies alles wat me werd gevraagd en kwam het woord 'nee' niet in mijn vocabulaire voor. Op mijn zesenveertigste jaar moet ik leren om het woord: 'nee' uit te spreken. En hoe succesvol en zelfverzekerd ik zakelijk ook ben, het is gek genoeg privé een hele uitdaging voor me.

Van dokter Borghout leer ik dat het accepteren van mijn situatie de eerste stap naar genezing is. Pas daarna kan ik aan mezelf gaan werken. Het lukt me niet om mijn overspannenheid te accepteren, nu mijn leven op alle fronten een puinhoop is. Dagelijks wandel ik een uur door het Baarnse Bos. Bij kasteel Groeneveld loop ik in de voetsporen van de wereldberoemde grafisch ontwerper M.C. Escher, die hier eind jaren zestig inspiratie opdeed voor werken als 'De Rimpeling' en 'Modderplas'. Ik ben geïnteresseerd in alle vormen van kunst, ook al kwam ik er nooit toe. Ooit droomde ik ervan in Parijs kunstenaar te worden, om al snel te constateren dat het niet voor me was weggelegd. Van verhalen schrijven krijg ik energie, maar wie zit er op mijn schrijfsels te wachten? Toch merk ik, nu de dagen korten, dat er verbetering in mijn situatie komt. Ik loop niet meer de hele dag in een joggingbroek en een slobbertrui rond en draag weer mijn wollen pakken en overhemden, alsof ik elke ochtend naar kantoor ga. De enige frivoliteit die ik mezelf daarbij gun, is dat ik geen stropdas meer draag.

'Als je doet wat je altijd al deed, krijg je precies datgene wat je altijd al kreeg.'

Albert Einstein

-10-

Er wordt beweerd dat het niet de liefde is wat twee mensen het sterkst bindt, maar vooral seks. Dat gegeven heeft iets te maken met ons oerbrein, dat nog in het Stenen Tijdperk leeft en gericht is op voortplanting en overleven. Daarom is goede seks in een relatie belangrijker dan we willen toegeven, zeker als een relatie sleets is geworden. De voortplantingsdrift tussen Aline en mij is ver te zoeken. Sinds mijn ziekte hebben we al maanden geen gemeenschap meer gehad. Hoewel ik in mijn achterhoofd weet dat dit een onhoudbare situatie is, heb ik er nog geen oplossing voor gevonden.

Op een dinsdagmiddag in oktober komt Aline tegenover me zitten. Aan haar oogopslag zie ik direct dat het mis is. Iets in haar nerveuze gedrag doet me op mijn hoede zijn.

'We moeten praten, Roderick', zegt Aline. De adem stokt in mijn keel.

'Ik heb contact met een andere man.'

'Mijn God, nee', zijn de enige woorden die ik kan uitbrengen. Het voelt alsof een enorme ijzeren bal aan een ketting mij omver kegelt. Ik kan niet meer bewegen, mijn adem stokt.

'Hoe ver is de relatie?' hoor ik mezelf vragen, zonder dat ik de woorden kan sturen.

'Te ver om nog terug te gaan', antwoordt Aline. 'Ik ga bij je weg.'

'Maar, maar,...'

'Het spijt me Roderick, maar mijn liefde is niet meer bij jou.'

'En de kinderen dan?' vraag ik.

'Die halen we nu bij elkaar voor een familieoverleg', zegt Aline.

Ze voegt direct de daad bij het woord en loopt naar het trapgat om David en Marit naar beneden te roepen, die al tot mijn grote verrassing beiden waren thuisgekomen vandaag. Als we met z'n vieren aan de keukentafel zitten, realiseer ik me dat de meest belangrijke familiegesprekken altijd aan de keukentafel plaatsvinden en dat dit er een is, die ik dolgraag had willen missen.

'Jullie vader en ik moeten jullie iets belangrijks vertellen', begint Aline.

Ik vertel helemaal niets en ben totaal kapot door de klap, die ik even daarvoor heb gehad. Ik kan niet eens nadenken, laat staan dat ik kan praten. De kinderen kijken ons angstig een voor een aan en voelen blijkbaar de bui hangen.

'Onze paden zijn de afgelopen jaren uit elkaar gelopen en daarom is het de beste keuze om uit elkaar te gaan', zegt Aline. 'Ik heb een andere man ontmoet bij wie mijn hart ligt en ga daar tijdelijk wonen tot ik iets anders heb gevonden. Het spijt me. Het is gewoon even niet anders. We gaan de scheiding zo goed mogelijk regelen voor jullie.'

Marit begint met huilen en niet veel later huilen we alle vier. Nooit zal het leven meer zijn zoals het is geweest. De basis van ons gezin valt uit elkaar en de scherven zijn niet meer te lijmen. Geëmotioneerd staat Aline op om boven haar koffers te pakken. David rent naar zijn kamer en Marit vlucht het huis uit om troost bij haar hartsvriendin te zoeken. Ik blijf aan tafel zitten met tranende ogen en een apathische blik gericht op de bos rode rozen, die op de keukentafel staan. Dan verberg ik mijn gezicht in mijn handen en probeer zo de kloppende hoofdpijn tegen te gaan. Ik sta er helemaal alleen voor en dit komt nooit meer goed. Juist nu ik labiel en uitgeput ben, krijg ik er nog eens een klap overheen.

Ooit heb ik gelezen dat een mensenleven op drie pijlers is gestoeld: werk, relatie en gezondheid. Als er één pijler onderuit gaat, is daar overheen te komen. Als er twee omver vallen, heb je een grote kans om opgebrand te raken. Bij mij zijn ze alle drie in een jaar omgevallen en ik weet echt niet meer waar ik het zoeken moet! Lang tijd om daarover na te denken, heb ik niet. Ik hoor de voordeur dichtslaan en de Range Rover van het knerpende grindpad wegrijden. Aline is verdwenen en het is stil in huis. Ik ben alleen in al mijn ellende en denk er serieus over om een strip slaappillen in een keer achterover te slaan. Na heel lang en diep slapen, kan ik rust vinden. Alleen de aanwezigheid van David op zolder houdt me tegen om naar de badkamer te lopen. Ik wil niet dat mijn zoon me trillend en schokkend met wit schuim op mijn blauwe lippen vindt. Ik schud mijn gedachten uit mijn heftig bonkende hoofd weg en sta op. Waaraan heb ik dit verdiend?

Het lijkt of ik wegglijd in een nog dieper, donker gat, vol met verdriet, angst, pijn en vermoeidheid. Ik ren naar het toilet om over te geven en ga vervolgens versuft op de bank liggen. David komt een half uur later met betraande ogen de huiskamer binnengelopen en vraagt of ik een glaasje water wil. Hoe lang ik daarna op de bank heb gelegen, weet ik niet. Ik word rond zeven uur wakker gemaakt door David die vraagt wat we gaan eten. Ineens dringt het besef door dat ik een huishouden draaiend moet zien te houden. Dat kan ik met mijn huidige gezondheid niet. Dus bel ik met wanhoop in mijn stem de zus van mijn moeder, die gelukkig direct naar Laren komt gereden om te helpen. Tante Antoinette is altijd in ons gezin geweest vanaf de geboorte van de kinderen. Ze woont ook in Laren en is de perfecte vervanger voor de oma, die mijn kinderen al zo vroeg hebben moeten missen. Tante Antoinette is het type vrouw dat niet praat, maar haar mouwen opstroopt. Nadat ze het verhaal heeft aangehoord, staat er drie kwartier later een verantwoorde maaltijd op tafel. Ik schuif stilzwijgend de boontjes en aardappelen naar binnen. Als ik er niet over praat, bestaat het ook niet is de gedachte. David lucht onder het eten zijn hart bij tante Antoinette. Gelukkig bestaan er nog engelen op deze dramatisch verlopen dag.

Die nacht kan ik de slaap niet vatten en krijg diep in de nacht een angstaanval. In het donker lijken mijn problemen nog groter, bijna onoverkomelijk zelfs. Hoe diep kan een mens zakken voordat hij een einde aan zijn leven maakt? Het is dat ik zoveel van David en Marit hou, anders was het nu vannacht mijn Waterloo geweest op deze wereld. De vredige rust van de dood lijkt de meest aantrekkelijke uitweg te zijn voor mijn ellendige situatie. Om drie uur in de nacht sluip ik naar beneden en maak een kop thee. Het koude, lege bed drijft me tot waanzin. Ik mis Aline vreselijk, al was het maar haar aanwezigheid en het vastpakken van haar vertrouwde lijf.

Nu moet ik het helemaal zelf doen en komt tante Antoinette mij redden, zodat ik niet in een totale depressie wegzak. Er ontstaat een koude, beangstigende leegte in mezelf, die ik zou willen omschrijven als een soort doodsangst. Het is een gevoel, waarvan ik weet dat ik dit lijden niet lang kan volhouden, omdat het een zo diep lijden veroorzaakt, dat niet meer onder woorden is te brengen.

Twee dagen later ligt er een brief van een scheidingsadvocaat op de deurmat. Ik weet zeker dat deze snelle handeling is ingefluisterd door haar vader. Hij heeft mij nooit gemogen en zal blij zijn dat ons huwelijk op de klippen is gelopen. Aline is veel te lief van karakter om zich zo hard op te stellen en direct een advocaat in te schakelen. Nadat ik de brief uren voor me op de tafel heb liggen, durf ik hem pas open te maken. De zakelijk opgestelde brief komt hard aan en ik staar een uur lang naar de tekst zonder me te realiseren wat er precies staat. Uiteindelijk kom ik tot de conclusie dat ik naast mijn vrouw minimaal de helft van al het bezit moet afstaan, waar ik zo hard voor heb gewerkt.

Ellende komt nooit alleen, dat heb ik ondertussen geleerd. David en Marit zijn terug naar hun studentenflats; ik ga in mijn bed liggen en kom er dagen niet meer uit. Het is dat tante Antoinette in huis is, anders zou ik mezelf uithongeren. Het lijkt alsof iemand mijn lichaam heeft verlamd en elk gevoel daaruit is verdwenen. De dreun die Aline heeft uitgedeeld, is nauwelijks draagbaar. Op hevig aandringen van tante Antoinette komt de huisarts aan bed. Hij twijfelt zichtbaar om mij direct in een psychiatrisch ziekenhuis te laten opnemen. Uiteindelijk laat hij mij toch thuisblijven en schrijft rustgevende medicijnen en antidepressiva voor. Hoe snel kan het leven veranderen? De succesvolle fusie- en overnamespecialist in zijn snelle Porsche is binnen een half jaar afgegleden naar een geestelijk wrak in een uitgewoond lichaam met gevoelens van depressiviteit of zelfs zelfmoordneigingen. Zelfs voor de meest fantasierijke schrijver is mijn levensloop een ongeloofwaardig verhaal. De realiteit is jammer genoeg bikkelhard en wat ik nog niet weet, is dat de volgende klap op komst is.

'Het leven is als fietsen: om je evenwicht te behouden, moet je in beweging blijven.'

Albert Einstein

-11-

Als ik later dood ben, dan weet ik alles. In ieder geval begrijp ik dan waarom juist mij deze bak met ellende moet overkomen. Vorig jaar nog was ik succesvol, welvarend, had een prachtig gezin en veel aanzien in ons dorp. Iemand die je kunt omschrijven als een winnaar op alle fronten. Waarom wordt mij dat allemaal in een jaar afgenomen? Daar moet een diepere betekenis achter zitten, waar ik nu slechts naar kan gissen. Toch moet ik verder, omdat er geen andere optie is. Vier weken nadat Aline is vertrokken, krabbel ik een beetje op en bezoek de bedrijfsarts voor een regulier overleg. De arts is gevestigd aan de Vijzelstraat in Amsterdam. Ik parkeer mijn auto en loop langs de Prinsengracht naar de praktijk. De arts zal me direct weer naar huis sturen met de boodschap om verder uit te rusten.

Het loopt anders! Ondanks de aanhoudende geestelijke problemen, duizeligheid en druk op mijn borst, stelt hij voor om een start te maken met de re-integratie in het arbeidsproces. Concreet betekent dat het advies om twee ochtenden per week op kantoor weer aan de slag te gaan. De schrik slaat me om het hart bij het horen van deze boodschap. Mentaal voel ik me er verre van klaar voor en ik had dit nog absoluut niet verwacht. Naar mijn mening ben ik veel te labiel om mijn collega's onder ogen te komen, maar de arts is onverbiddelijk.

Hoe langer ik uit het arbeidsproces ben, hoe moeilijker is het om weer terug te komen. Maar wat heb ik in deze toestand in de snelle zakenwereld in Amsterdam te zoeken? Op kantoor zitten ze niet op Roderick de Brauw van Assem te wachten! Behalve een obligaat beterschapskaartje, heb ik van de afdeling niets meer gehoord. Niemand belt me of toont nog enige interesse. Na mijn ziekmelding heeft een interim-manager mijn taken overgenomen en hij schijnt het goed te doen. Ik protesteer heftig tegen de voorgenomen re-integratie, maar de bedrijfsarts geeft me een bemoedigend schouderklopje.

'Forceer vooral niets, Roderick. Als het niet gaat, hoor ik het graag.'

Met zachte hand werkt de arts me uit zijn werkkamer en voor ik het weet sta ik buiten in de regen op deze koude, trieste maandagmorgen in Amsterdam. Hoe moet ik in hemelsnaam verder met mijn leven?

Vanaf de dokterspraktijk op de Vijzelstraat loop ik door de regen naar mijn auto op de Prinsengracht en voel me al net zo mistroostig als het grauwe herfstweer. De boodschap van de bedrijfsarts dringt langzaam tot mij door: vanaf volgende week begint de re-integratie. Door alleen al de gedachte slaat de paniek toe. Mijn ademhaling zit nu zo hoog dat ik duizelig wordt van de hyperventilatie en het niet verantwoord is om in mijn auto te stappen. Om rustiger te worden, besluit ik om een kop cappuccino te gaan drinken bij een bekend Italiaans restaurant, dat in de Vijzelstraat is gevestigd. Als ik vlakbij de koffiebar ben, zie ik een man tegen een muur zitten. De man moet tegen de zestig jaar oud zijn, is gekleed in voddige kleren, heeft een stoppelbaard en onverzorgd lang grijs haar. Hij zit op een deken met naast zich een hond, die ontstaan moet zijn uit een mengeling van verschillende rassen. Onze blikken kruisen elkaar kort en er is direct een onverklaarbare klik. Ik weet dat deze man niet zomaar een verslaafde of een mislukkeling is. Zijn krachtige, helderblauwe ogen trekken mij als een magneet naar hem toe en ik kan geen weerstand bieden.

Normaal gesproken kijk ik op zwervers neer en heb er nog nooit een aangesproken. Eerlijk gezegd heb ik zelfs nog nooit geld gegeven aan een bedelaar, maar nu dwingt mijn innerlijke stem me om op hem af te stappen. Ondanks mijn depressieve staat, volg ik mijn gevoel en spreek de man aan.

'Goedemorgen', zeg ik, terwijl ik het liefst direct wil doorlopen.

De zwerver komt overeind en kijkt mij met zijn helderblauwe ogen scherp aan.

'Goedemorgen meneer.'

Ik wip op mijn benen heen en weer.

'Heeft u zin in een kop koffie?'

De man accepteert met een knikje mijn aanbod, legt zijn hond op zijn kleedje aan de riem vast en even later zitten we samen aan een tafeltje achter een kop Italiaanse cappuccino. Ik roer lang in mijn kopje en het blijft een lange tijd ongemakkelijk stil.

'U lijkt me geen gewone zwerver', zeg ik. 'Hoe bent u in het zwerversbestaan terechtgekomen?'

'Ach meneer, dat is een bewuste keuze geweest.'

Wat is dit voor een bijzonder antwoord? Wie kiest er nu in hemelsnaam voor het bestaan van een zwerver?

'Hoe komt u in een zwerversbestaan terecht?' vraag ik.

'Johan de Korte', stelt de man zich voor.

'Roderick de Brauw van Assem.'

'Ooit was ik hoogleraar in de faculteit geschiedkunde aan de Rijksuniversiteit van Groningen', zegt de man.
Ik verslik me in een slok koffie.

'Dat meent u niet?'

'Toch is het zo gegaan, meneer. Ooit was ik een gevierd wetenschapper met veel publicaties op mijn naam. Het leven leek me toe te lachen. Dat was slechts tijdelijk het geval. Mijn vrouw werd ernstig ziek en ik heb mijn baan opgezegd om haar te verzorgen. Mijn vrouw overleed vijf jaar geleden aan darmkanker en ik viel in een oneindig diep gat. Het verdriet en ondraaglijk lijden namen bezit van me en het liefst wilde ik dood om bij mijn overleden vrouw te zijn. U moet weten dat we geen kinderen hebben. Voor wie moest ik verder leven? Toch was het leven te sterk om het op te geven. De doodswens vroeg om een radicale verandering en daarom heb ik bewust gekozen voor een zwerversbestaan, om te ervaren wat er allemaal op mijn pad komt als ik alles loslaat.

Op straat ben ik helemaal vrij om te doen wat ik wil en sta ik volledig open om iets van het leven te leren. Op straat heb je geen bezit en geen bezwaar en is het leven puur en oprecht. Ik slaap geregeld in de nachtopvang bij het Leger des Heils aan de Rode Kruisstraat en af en toe in het Centraal Station. Hier in Amsterdam ben ik de meest boeiende mensen tegengekomen, die ik ooit heb ontmoet. Op straat leer je dat geluk in kleine dingen zit, een glimlach van een kind, een opkomende zon of een indringend gesprek met een dakloze. Juist doordat ik ook ellende en ongeluk zie, kan ik intens van de kleine geluksmomenten genieten.'

'Heb je nog een huis?'

'Ja', zegt de man. 'Ik heb mijn appartement in Groningen aangehouden.'

'Wanneer ga je terug naar huis?'

'Voorlopig niet. Ik ben bang dat ik op een vaste plek niet meer kan aarden. In mijn appartement in Groningen zie ik de zon niet de hele dag en hoor ik de vogels niet fluiten. De laagste trede op de maatschappelijke ladder is het zwerversbestaan. Meer dan ik nu al heb verloren in liefde, geld en bezit kan ik op straat niet verliezen. Hier wordt mijn leven niet beheerst door wat er allemaal moet en ben ik vrij om te gaan waar ik wil. Niemand bepaalt wat ik moet doen of wat ik word geacht te denken. Ik heb geleerd om dwars door mensen en situaties heen te kijken en laat mij niet meer leiden door negatieve gedachten. Als je jezelf laat leiden door angst, vergeet je om te genieten van het hier en nu. Juist als je veel hebt te verliezen, wordt angst je grootste metgezel.'

Dat is precies wat ik in mijn leven heb ervaren; hoe meer bezit ik verzamelde, hoe groter mijn angst werd om het weer te verliezen.

'Mensen begrijpen het doel van het leven niet', zegt de man. 'We worden niet geboren om zoveel mogelijk geld, aanzien en bezit te verzamelen, maar het doel is om het geluk te ervaren en het leven te doorleven. Mag ik u eens vragen meneer, heeft u ooit zuivere liefde gevoeld voor alles en iedereen en bent u ooit echt verbonden geweest met het universum?'

Ik schud ontkennend mijn hoofd. Nooit heb ik een verbondenheid gevoeld met een groter geheel. In al mijn welvaart ben ik de essentie van het leven vergeten. Altijd heb ik gevochten voor geld, carrière en status, omdat ik dacht daarmee het geluk te vinden. Nu doorzie ik ineens dat het harde werken nooit tot diepgaand geluk kon leiden. In wezen was ik bezig mijn angstgevoelens te elimineren, maar vergat mijn hart te openen voor het hogere! Mijn gedachten en ego bepaalden mijn leven en niet de zingeving naar het hogere.

Juist datgene dat ik zo nastreefde, heb ik verloren. Mijn baan ben ik kwijt en mijn huwelijk is op de klippen gelopen. Alle schijnzekerheden, die ik gedurende mijn werkzame leven heb opgebouwd, zijn weggevallen, alsof hogere machten daar plezier aan beleven. Wat er rest, is volledige overgave om het leven te laten bepalen wat mij toekomt. Het belanden in het zwarte gat is ook heilzaam, begin ik te beseffen. Mijn hoofd heeft jarenlang vol gezeten met gedachten, angsten en waanbeelden en die raak ik langzaam kwijt. Dieper zakken dan de situatie waarin ik nu verkeer, gaat niet meer en dat werkt bevrijdend.

'Zal ik u wat vertellen, meneer?'

Ik schrik op uit mijn gedachten en kijk in de helderblauwe ogen van de man.

'Ik heb nooit in een God geloofd. Als wetenschapper vertrouwde ik alleen op meetbare resultaten. Alles wat je onder een microscoop kunt leggen bestond en de rest niet! Van spiritualiteit moest ik niets hebben. Dat was een wereld die was bedoeld voor zoekende hippies, mislukte vijftigers en kwakzalvers. De dagelijkse realiteit bestond voor mij uit nullen en enen en datgene wat we onder de microscoop kunnen leggen en wat we kunnen bewijzen. Daar geloofde ik heilig in. Nu heb ik geleerd dat de werkelijkheid anders in elkaar zit dan ik altijd heb gedacht. We denken dat ruimte en tijd gescheiden en opeenvolgend zijn. In werkelijkheid bestaat alle tijd en alle ruimte tegelijkertijd en kunnen we elke situatie die we wensen, manifesteren. Je staat er niet alleen voor! Ieder mens heeft geestelijke helpers, die ons helpen in het leven te groeien en ons leren van het leven te genieten. Zonder hulp vanuit het universum was ik al meerdere malen dood geweest tijdens mijn tijd, die ik als zwerver op straat heb doorgebracht.'

'Wat weet u over hulp van bovenaf?' vraag ik.

'Ik heb deze hulp letterlijk ervaren. Mijn vrouw is altijd bij me en wel op een bijzondere wijze; haar boodschappen schrijft ze op een vel papier. Door me volledig te concentreren, kan ik lezen wat ze voor mij als boodschap heeft. Ze is altijd dichtbij me, dat zweer ik u.'

'Kun je haar zien?' vraag ik. Altijd heb ik geloofd in entiteiten, maar er nog nooit met iemand over gesproken.

'Ja in de meest zuivere vorm', antwoordt de man. 'Ze is omgeven door wit licht. Ik herken haar ziel en karaktertrekken, maar niet haar gezicht. Alleen haar hand met het blauwe schrift op papier is zo scherp als een foto. Haar geschreven boodschappen zijn kristalhelder en zo helpt ze me met het harde leven op straat. Ze is er als er gevaar dreigt en waarschuwt me dan.'

De woorden van de zwerver maken iets los in me. Heb ik een geestelijke helper en zo ja, wie is dat dan?

'Een intellectueel lost het probleem op, terwijl een genie het probleem weet te voorkomen.'

Albert Einstein

-12-

Er zijn van die plekken die ik me mijn hele leven zal blijven herinneren: de Kurfüstendam tijdens de sloop van de Berlijnse muur is zo'n plaats, mijn zolderkamer van mijn ouderlijk huis waar in de winter ijs op mijn ramen zat en de sfeer tijdens de dodenherdenking bij het Paleis op de Dam. Deze winteravond komt er een nieuwe onvergetelijke plaats bij. De Larense heidevelden in een onbewolkte nacht: onder een prachtige sterrenhemel in een kristalheldere nacht, waar Nederland er slechts een handjevol per jaar van krijgt toebedeeld, kniel ik met gevouwen handen op de grond en kijk naar de prachtige sterrenhemel boven me. In de weide omtrek is niemand aanwezig, zodat het voelt alsof ik met God alleen op deze verlaten plaats ben.

'God, als U bestaat, waarom moet mij dit allemaal overkomen?'

Het is een vraag, waarin de wanhoop doorklinkt, maar de antwoorden hoor ik niet. Wie is God? Voelt God iets en wat ziet God van de ellende die onze wereld teistert. Merkt Hij iets van de puinhoop die we van Moeder Aarde maken en weet Hij iets van de hel waar ik doorheen ga? Met God praten voelt als een volledige overgave. Met mijn knieën en borst plat op de grond houd ik mijn gevouwen handen boven mijn hoofd.

'Waarom moet mij het lot overkomen wat me treft? God, heb genade met mij en help mij uit deze crisis te komen', zeg ik op een prevelende toon.

Het geknield met God in gesprek gaan, is pure wanhoop die in mij spreekt. Ik ben niet christelijk opgevoed en geloof niet eens in de God die de kerkvaders ons eeuwenlang hebben voorgespiegeld. De enige keer dat we de afgelopen jaren naar de kerk gingen, was op kerstavond met het gezin. Het gesprek op het open heideveld is anders. In een soort trance spreek ik met de hogere energieën en het is voor het eerst dat ik zoiets voel. Het roept een soort vertrouwen in me op en zorgt dat de druk van mijn schouders afvalt. Als ik over de heide terug naar huis loop, zie ik een vallende ster. Dit alles kan geen toeval zijn, of toch wel? Mijn moeder heeft me ooit geleerd dat ik bij een vallende ster een wens mag doen en ik wens hardop dat ik intens gelukkig word in mijn leven en de ellende achter me mag laten.

Die nacht slaap ik voor het eerst sinds maanden door, zodat de wereld er de volgende morgen anders uitziet. Om het scherper te formuleren: de wereld is nog hetzelfde, maar mijn geest is positief veranderd door gisterenavond om genade te vragen. De mensheid is vergeten hoe krachtig het proces van genade vragen is. Het doet recht aan de hogere machten, die zoveel maal krachtiger zijn dan wij mensen. Hoe het ook zij; het in gesprek met God gaan, creëert een nieuwe realiteit. Op de scheurkalender in het toilet lees ik een spreuk, die treffend is voor de fase waarin ik terecht ben gekomen: *het grootste kwaad dat een mens kan overkomen, is dat hij slecht over zichzelf gaat denken.* Deze woorden blijven hangen.

In de loop van de jaren ben ik steeds slechter over mezelf gaan denken. Mijn werk was uitsluitend gericht op zoveel mogelijk bezit en geld vergaren. Het ging er niet meer om wie ik was, maar wat ik binnenhaalde. Eerlijk gezegd denk ik dat deze instelling alleen maar verliezers heeft opgeleverd. Ik stopte onvoldoende energie in mijn relatie, persoonlijke groei en in mijn gezondheid en op alle drie de gebieden heb ik nu problemen.

De enige winnaar van de afgelopen twintig jaar zwoegen lijkt mijn ego te zijn. Geregeld hielden we thuis feestjes om anderen te laten zien hoe succesvol ik was en wat voor gelukkig gezinnetje wij waren. David en Marit gingen naar het Goois Lyceum in Bussum, het meest prestigieuze middelbaar onderwijs van het hele Gooi. We liepen in de meest dure merkkleding en de traiteur was een vaste leverancier op ons woonadres. Al die welvaart en bewonderende blikken zijn verleden tijd en opgelost in het niets. Er is helemaal niets waaraan ik op mijn sterfbed met enige trots kan terugdenken. Die welvaart is leuk, maar niet bevredigend. Natuurlijk waren de geboorten van mijn beide kinderen memorabele momenten, maar is dat mijn verdienste? De succesvolle carrière bij De Grauw kan me gestolen worden en het gespaarde geld verlies ik in rap tempo. Tot nu toe heb ik alles gedaan wat ik eigenlijk niet wil om het kortzichtige verlangen naar meer te bevredigen.

Na het ontbijt heb ik opnieuw behoefte aan de ruimtelijke vergezichten op de Larense heide. Met gesloten ogen en mijn armen wijd gespreid, haal ik diep adem. Vandaag is de start van de rest van mijn leven, zoals dat in wezen voor elke dag geldt. Elke dag draagt de hoop op een betere toekomst in zich. Datzelfde geldt voor morgen en overmorgen en dat is de basis voor die hoop. Elke dag kun je opnieuw beginnen en een andere wereld instappen. Natuurlijk is dit geen wereldschokkend inzicht, maar wie staat er bewust bij stil in zijn leven? Er zijn dromen, die als vlammetjes in mijn hart smeulen. Laat ik op zoek gaan naar deze vlammetjes en ze opporren. Wat wil ik nog uit het leven halen waar ik trots op kan zijn op mijn sterfbed? Dit is de eerste keer in mijn leven dat ik nadenk over de echte waarden en me niet laat meesleuren door de waan van alledag. Op mijn zesenveertigste jaar wordt dat hoog tijd ook!

De rest van de dag breng ik in en rondom het huis door. Met een bijl splijt ik houtblokken voor de open haard en ervaar ik hoe fijn het is om zwaar fysiek werk te doen. Het zorgt voor gronding en ik krijg weer iets van gevoel in mijn lijf terug. Voor even ontsnap ik uit de gevangenis van mijn gedachten. Gisterenavond is er op de heide iets gebeurd waar ik mijn vinger niet op kan leggen, maar het heeft iets wezenlijks veranderd. De inktzwarte laag van depressiviteit, die mij beknelde, lost op en ik voel iets van licht en vrijheid om me heen. Het is alsof ik door op mijn knieën om genade te vragen toegang heb gekregen tot een andere dimensie. De wereld is hetzelfde én toch ervaar ik haar anders.

Later op de avond kijk ik naar de televisie en blijf al zappend hangen in een documentaire die over geluk gaat. De bekende Schotse antropoloog Eon McEward heeft ontdekt dat het zoeken naar geluk in alle culturen voorkomt. Blijkbaar is gelukkig willen zijn iets dat bij ieder mens zit ingebakken en dat maakt dat iedereen op een of andere wijze een gelukszoeker is. De Schotse wetenschapper heeft ontdekt dat gevoelens van geluk vooral ontstaan als mensen hun leven als zinvol ervaren. Om deze stelling te bewijzen, wordt er een man van tweeënveertig jaar oud geïnterviewd. Door een motorongeluk is hij vorig jaar met een dwarslaesie in een rolstoel terechtgekomen. Hij vertelt dat hij al na een paar maanden op zijn oude geluksniveau zat, omdat hij zijn werk bij een non-profitorganisatie weer kon oppakken. Na het motorongeluk gaf hij met nog meer passie zin aan zijn leven. Dan gaat de documentaire in op een onderwerp, dat mij het meest raakt: het gaat om het verschil tussen de westerse wijze van het geluk zoeken en de oosterse manier van geluk vinden.

De meest gebruikte 'westerse aanpak' om het geluk te realiseren, is dit buiten jezelf te zoeken. Westerse mensen gaan daarom reizen, zoeken een goeroe of schaffen een boot of een tweede huis aan. De 'oosterse aanpak' is gericht op geluksgevoelens van binnenuit. Oosterse mensen gaan mediteren of doen dagelijks hun tai-chi-oefeningen. Door de weg naar binnen te volgen, proberen ze bij het geluk te komen. Veranderingen in de natuur komen van binnenuit; denk aan een bloem, die uit zaad voortkomt, een vrucht komt van de boom, een vogel komt uit het ei en een kind komt uit de moeder. Volgens professor McEward is de sleutel naar geluk het ontdekken van een hoger bewustzijn. Dat is hetgeen Boeddha ooit verlichting noemde. Hoger bewustzijn ontstaat als je in staat bent om boven jezelf uit te stijgen, om 'van buitenaf'' jezelf te observeren om je zo bewust te worden van je gedachten, gedrag en gevoelens. Het lijkt me geweldig om dat te ontdekken.

'Onze intuïtie is een heilige gave. Onze ratio is slechts de trouwe dienaar van onze intuïtie.'

Albert Einstein

-13-

De wereld van het onbekende dwingt respect af. Voor mij is die onbekende wereld mystiek en ongrijpbaar ten opzichte van de wereld waar ik altijd in heb geleefd. Het besef dringt door dat er onzichtbare krachten bestaan die op mijn leven inwerken. Altijd heb ik gedacht dat mijn ziekte en het mislukte huwelijk met Aline pure pech waren. Langzaam besef ik dat ik mijn leven met mijn gedachten meer heb gestuurd dan dat ik ooit kon vermoeden. Dit onderwerp ligt nu op tafel tijdens het gesprek met mijn psycholoog, die veel bekende Nederlanders onder zijn clientèle heeft.

Dokter Borghout is een wetenschapper pur sang en hij ziet er ook zo uit; heldere ogen, denkrimpels, een klein baardje en een bedachtzame motoriek. Vandaag heeft hij ruim de tijd genomen om mijn gedachtegedachtepatronennpatronen te analyseren. Na het gesprek met de zwerver in Amsterdam en de documentaire over geluk, is deze analyse de volgende positieve stap op weg naar genezing. Dokter Borghout laat mij beseffen dat de gedachten over mezelf en de gevoelens die ik daarbij heb, bepalen wat er in mijn leven gebeurt. Bewustwording van mijn gedrag, gedachten en gevoelens is boeiend om te ervaren en van een afstand naar mezelf kunnen kijken, is nieuw voor me. Hij leert me dat er talloze manieren zijn om in mijn leven te bereiken wat ik wil. Alles wat er in mijn leven gebeurt, start met hoe ik over mezelf denk. Ik leer dat onze gedachten en gevoelens magnetisch zijn, positieve gedachten trekken positiviteit aan en negatieve gedachten doen datzelfde met negativiteit. Door de discussie begrijp ik dat ik veel voorzichtiger moet omgaan met mijn gedachten en de daaruit volgende gevoelens. Hoe meer ik me concentreer op de zaken die ik niet wens in mijn leven, hoe meer ik juist datgene dat ik niet wil, aantrek. Als opdracht krijg ik de oefening mee om me de komende week bewust te zijn van mijn gedachten en gevoelens. Als ik de deur uitstap realiseer ik me dat dokter Borghout vandaag mij de wellicht belangrijkste regel uit de hele psychologie heeft geleerd: ik word wat ik denk.

Met een opgelucht gevoel stap ik in mijn auto. Voor het eerst zie ik een paar heldere lichtstralen door de inktzwarte lucht breken, die mijn geest de laatste jaren heeft beheerst. Het is me duidelijk dat het zo niet verder kan. Te lang heb ik mijn leven laten leiden door angst en in die strijd ben ik mezelf verloren. Ik heb precies gekregen waar ik zolang bang voor was. Daar kom ik pas nu -zwaar gehavend- achter. De neerwaartse spiraal moet ik stoppen en dat kan alleen als ik mijn gedachten en gevoelens positief verander. Als ik nu niets doe, raak ik verder in de greep van de negatieve spiraal en raak ik naast mijn baan en huwelijk ook nog mijn kinderen Marit en David kwijt.

Vandaag is het een therapiedag. Dokter Van der Velde staat voor de middag op het programma. We spreken eerst uitgebreid over voeding. Vervolgens meet hij mijn bloedwaarden,

die beter zijn geworden door het gebruik van de vitaminepreparaten.
'Vandaag gaan we de volgende stap maken', zegt dokter Van der Velde. 'Heb je ooit iets gedaan met ademhalingsoefeningen?'
Ik schud ontkennend mijn hoofd.

'Bij veel patiënten is het mij opgevallen dat ze veel te snel ademen. Daarom is het goed om te werken aan de juiste ademhaling. Ik geloof heilig dat het de sleutel naar herstel is. Alles in je lichaam beïnvloedt elkaar. Door de juiste ademhaling wordt je lichaam rustiger en dat geeft een positief effect op gedachten. Daarom is de juiste ademhaling de volgende stap op weg naar een evenwichtig en gezond leven. Het is niet mijn specialiteit, maar als je wilt, kan ik je doorverwijzen naar een goede ademtherapeut.'

Dokter Van der Velde schrijft een naam en een telefoonnummer op een papiertje en dan nemen we afscheid. De behandeltijd zit erop en in de wachtkamer zit de volgende patiënt te wachten.
Thuis bekijk ik het briefje met de naam en het adres van de ademtherapeut. Eerlijk gezegd heb ik nog nooit bewust op mijn ademhaling gelet. Dat is iets wat er gewoon altijd is, zonder dat ik erop let. De dokter heeft me nieuwsgierig gemaakt en ik bel het telefoonnummer dat op het briefje staat. De ademtherapeut zit de komende weken vol met afspraken. Toevallig is er morgenochtend een afspraak uitgevallen, een kans die ik met beide handen aanpak. Als mijn ademhaling werkelijk zo belangrijk is, dan wil ik daar zo snel mogelijk mee aan de slag. Met hoop op een betere toekomst komt iets van mijn oude energie terug.

In de avond ga ik naar het Baarnse Bos om een lange wandeling te maken. Ik parkeer mijn auto bij kasteel Groeneveld en slenter in de regen over het verlaten bospad. Het gesprek met dokter Borghout vanochtend maakt me bewust van mijn gedrag. Ben ik het slachtoffer van mijn verleden? De angst voor armoede is door de nijpende thuissituatie ontstaan. Na het vroege overlijden van mijn vader kon mijn moeder de eindjes maar moeizaam aan elkaar knopen. Ik werd op school gepest voor mijn gedateerde kleding, waarbij er nooit ruimte was voor de hippe merken. Ik heb mezelf als tiener bezworen nooit meer in de armoede terecht te komen. In mijn optiek kon je alleen rijk worden door hard te werken. In dat zwoegen ben ik mezelf verloren. Nu ik zo hard ben gevallen, realiseer ik me mijn beperkingen. Mijn baan ben ik kwijt en het geld gaat er net zo hard uit, als het ooit is binnengekomen. Armoede was helaas niet de enige angst die mijn leven bepaalde. De angst om alleen te zijn heeft me veel te lang in de gevangenis van een mislukt huwelijk gehouden, waar de passie al lang geleden was verdwenen. Vandaag heb ik geleerd dat de oplossing in bewustwording ligt. Door nieuwe gedachten te creëren, kan ik een andere realiteit laten ontstaan. Dit inzicht helpt me om positief gestemd te raken en mijn gedachten te richten op wat ik echt wil: een zinvolle invulling van het leven. Mijn leven is zéker nog niet over. Het begint pas nu!

Ik loop terug naar de auto over het verlaten bospad. De regen heeft me schoongespoeld en mijn negatieve gedachten heb ik denkbeeldig achtergelaten in het bos! Ik heb het gevoel dat het einde van de ellende nabij is en neem mezelf plechtig voor dat het nú genoeg is en ik mijn gedachten positief ga laden.

'Blijf weg bij negatieve mensen. Zij creëren een probleem voor elke oplossing.'

Albert Einstein

-14-

Het eerste dat ik deze dinsdagmorgen zie, is de spreuk op de scheurkalender in het toilet: *De wereld is als een spiegel. Kijk je boos, dan kijkt zij boos terug. Glimlach je, dan glimlacht zij terug*. Tijdens het handen wassen, zie ik in de toiletspiegel hoe verbeten mijn blik is. Sinds ik me het kan herinneren, ben ik boos op de wereld geweest. Eigenlijk is dit ontstaan sinds het moment dat mijn grote, sterke vader ons is ontvallen. Die verbeten blik heb ik altijd gehad en ik dacht altijd dat het in mijn gesloten karakter zat. Ik had niet het vermogen om van een afstandje naar mezelf te kijken en hard te lachen om dat drukke baasje, dat vooral bezig was om een schijnveiligheid op te bouwen. Nu begrijp ik dat ik juist datgene heb aangetrokken wat ik voel, waar ik van houd, waar ik aandacht voor heb en wat ik denk.

Geen wonder dat mijn leven zo is gelopen. Ik zocht naar status, geld en bezit, waarbij ik vergat dat het leven draait om innerlijke groei, te genieten van de gelukkige momenten en het zinvol bezig zijn. Daarbij had ik geen enkel besef dat ik op het verkeerde pad zat. Pas nu begin ik in te zien dat de wereld, die ik als waarheid heb aangenomen, niet meer is dan een spiegel van mijn geest. Zo heb ik de wereld altijd als hard en meedogenloos ervaren. Kwam dat niet juist omdat mijn geest zo hard en meedogenloos was?

Nu dit inzicht er is, verandert mijn denken compleet. Ik wil geen harde, meedogenloze wereld en ga mijn levensinstelling aanpassen. Dat is alleen te realiseren door de reis van mijn hoofd naar mijn hart te maken. Zo sta ik aan de vooravond van de meest inspirerende reis die een mens kan ondernemen. Het zijn mooie dromen, maar voorlopig wacht vandaag eerst de afspraak met de ademtherapeute.

Francine van der Water is een wonderlijke vrouw, die ergens halverwege de veertig jaar oud moet zijn. Ze straalt een ongekende energie uit en op een foto in de wachtkamer heb ik gezien dat ze als vrouw een *Iron-Man-uitdaging* heeft voltooid. Ooit heb ik een documentaire gezien over de *Iron-Man* en weet sindsdien dat deze haast onmenselijke prestatie bestaat uit: zes kilometer zwemmen, honderdtachtig kilometer fietsen en aansluitend het afleggen van een hele marathon. Waar haalt de mens de energie vandaan om minimaal veertien uur achtereen te kunnen sporten? Francine ziet er niet uit als een therapeute, maar lijkt meer op een model van een bekend modehuis. Ze heeft lange blonde haren, het atletische lijf van een dertigjarige en verder valt op dat ze een trouwring draagt. Grappig dat ik daar sinds mijn status als vrijgezel weer op let en het zegt ook iets over de zaken waar ik mijn aandacht nu op richt.

'Wat kan ik voor je doen?', vraagt Francine.

'Ik ben door dokter Van der Velde gestuurd.'

'Je moet je in het leven niet laten sturen,' antwoordt Francine op een droge toon. 'Beter is het om het stuur in eigen handen nemen.'

Die opmerking komt binnen en ik voel me enigszins beschaamd, omdat zij de tekst gebruikt die ik vroeger op kantoor bezigde.

'Ik heb een burn-out en wil daar zo snel mogelijk vanaf.' Francine glimlacht, waarbij het voelt alsof ze met haar helderblauwe ogen dwars door me heen kijkt.

'We gaan aan de slag. Blijf een paar minuten in normaal tempo doorademen', zegt ze. 'Bij elke uitademing steek je de rechterhand omhoog.'

Ik doe wat ze van me vraagt en zie dat Francine op haar horloge kijkt en notities maakt op een schrijfblok.

'Stop maar, ik zie het probleem al', zegt ze na ongeveer tien minuten. 'Je ademt in rusttoestand alsof je de marathon aan het lopen bent. Dat is de kern van het probleem. Als je in rusttoestand een ademfrequentie hebt alsof je de marathon loopt, put je je lichaam uit totdat je lijf niet meer verder kan. Je blijft met je veel te snelle ademhaling dagen, maanden en zelfs jaren doorgaan totdat je compleet bent uitgeput. Dat is de oorzaak van je problemen. Je hebt waarschijnlijk ook last met slapen?'

'Dat klopt.'

'Weet je hoeveel maal jij gemiddeld per minuut ademt?'

'Geen idee', zeg ik.

'Ik kom op een gemiddeld aantal ademhalingen van tweeëntwintig maal per minuut. Een gezond mens heeft in rust een ademfrequentie tussen de acht en twaalf ademhalingen per minuut. Dit betekent ook dat je een hele hoge hartslag moet hebben.'

Haar diagnose is opmerkelijk, maar raak. Hoe kan het zijn dat ik de hele tijd ademhaal alsof ik aan het hardlopen ben? Geen wonder dat ik nauwelijks kan slapen. Probeer maar eens in slaap te vallen terwijl je flink aan het rennen bent! Dat is praktisch onmogelijk, zelfs als je helemaal stuk zit.

'De te hoge frequentie heeft alles te maken met de toegenomen stresshormonen in je lichaam, die zorgen dat de ademhaling op hol slaat. Dit proces heet in ons jargon hyperventilatie. In wezen betekent het een te groot ademvolume voor de arbeid die je levert.'

'Wat gebeurt er met mijn lijf tijdens de te snelle ademhaling?'

'Het betekent over het algemeen dat je jezelf vergift, doordat er te weinig zuurstof in je bloed komt, waardoor ook je hart extra inspanning moet leveren om alle organen van de broodnodige zuurstof te voorzien. Dat levert gevoelens van onrust en angst op. Mensen denken dat gevoelens van angst en paniek van buitenaf komen, maar dat klopt medisch gezien niet. De onwenselijke gevoelens zijn lichamelijke reacties op een overschot aan kooldioxide en een tekort aan zuurstof in je bloed. Je hartslag wordt daardoor nog hoger en je voelt je duizelig en onprettig. Je zuurstof komt niet in de haarvaten en je krijgt klamme voeten en handen. Praktisch ieder mens met koude, zweterige handen lijdt aan een vorm van hyperventilatie. De oorzaak van je problemen is dat je ademhalingsmotor op hol geslagen is en dat levert op den duur grote lichamelijke ongemakken op. Ik kan je verzekeren dat veel van je gezondheidsklachten oplossen als je de ademfrequentie onder controle krijgt.'

Het is heerlijk dat iemand zo eenvoudig uitlegt wat de lichamelijke oorzaak is van mijn angst- en paniekgevoelens.

'Wat kan ik eraan doen?'

'Ik leer je een eenvoudige ademhalingsoefening. Als je deze een week lang elke dag oefent, ben je van de grootste lichamelijke ellende af.'

'Zo eenvoudig kan het niet zijn.'

'Zo eenvoudig is het inderdaad', antwoordt Francine met een glimlach op haar gezicht. 'Je moet leren te matigen in de hoeveelheid lucht die je per minuut binnenkrijgt. Het is net als met voeding, waar soberheid ook heilzaam is.

'Hoe moet ik dan ademen?' vraag ik.

'De ademhaling bestaat uit drie belangrijke onderdelen; het eerste deel is de ademfrequentie, oftewel het aantal ademhalingen per minuut. Die gaan we terugbrengen naar maximaal tien ademhalingen per minuut als je in rusttoestand bent. Als tweede punt werken we aan de hoeveelheid adem die binnenkomt bij een enkele inademing. We gaan leren dat je bij het inademen kleine teugjes lucht naar binnenhaalt. Als derde onderdeel ga ik je leren dat je na elke uitademing een rustpauze van een paar seconden neemt voordat je opnieuw inademt. Doe mij maar na; je ademt een klein beetje lucht gedurende drie seconden in. Direct adem je in drie seconden lucht uit en vervolgens houd je vier seconden rust. Die vier seconden rust is het allerbelangrijkste onderdeel van de hele ademhalingsoefening. In deze rust komt je lichaam mooi in balans. Je gaat voelen dat je bloed tot in de kleinste haarvaten gaat stromen. Elke ademhaling duurt tien seconden en opgeteld adem je zes keer per minuut. Door intensief te oefenen is binnen een week je wereld veranderd. Laten we eerst samen de oefening doen.'

Deze dame weet van aanpakken en ik volg haar ademritme. De eerste ademhalingen maken mij onrustig en ik kan het langzame tempo niet volgen zonder in ademnood te komen. Na een minuut of vijf wordt het beter en hebben we hetzelfde ademritme. Op dat moment gebeurt er iets bijzonders in mijn lijf. Ineens voel ik de zo verlangde rust. Zo goed heb ik me in de afgelopen maanden nog niet gevoeld. Dit lijkt meer op tovenarij dan op een ademhalingsoefening. Zó gemakkelijk kan het niet zijn! Altijd heb ik gedacht dat het externe factoren waren die mij hebben laten omvallen; te hard werken, stress en te weinig slaap. Nu krijg ik nieuwe inzichten; het gebrek aan een aantal essentiële vitamines en een verkeerde ademhaling hebben me aan de rand van de afgrond gebracht. Uiteraard was de stress wel de oorzaak van het te snel ademhalen en verkeerde voeding. Daar ligt tegelijkertijd de sleutel tot de oplossing. Tevreden neem ik afscheid van Francine en we spreken over drie weken af voor een vervolgsessie. Als huiswerk krijg ik de opdracht mee om elke dag op verschillende tijdstippen in totaal een uur de geleerde ademhalingsoefening uit te voeren.

Optimistisch gestemd rijd ik uit Hilversum weg en stop langs de snelweg bij het Van der Valk restaurant 'De Witte Bergen' voor een warme kop soep. Het restaurant is vol met druk pratende zakenmensen in donkere pakken en serieuze blikken. Het geroezemoes doet me aan kantoor denken en ik voel mijn adem direct hoog in de borst zitten. Als ik vervolgens bewust de ademhalingsoefening doe, ervaar ik na een paar minuten weer de rust. Het blijft haast ongeloofwaardig dat deze eenvoudige ademhalingsoefening zoveel effect heeft.

Tijdens de drukke lunchperiode is er aan de leestafel nog een lege stoel. Ik ga zitten en bestel een kop tomatensoep met een broodje. Onwillekeurig valt mijn oog op een magazine dat in het rek midden op de leestafel staat. Het is het New Yorkse *Time Magazine*. Ik pak het tijdschrift en scan de tekst op de omslag. Mijn blik valt op de titel: *Geheime broederschappen ontrafeld*. Dat onderwerp heeft direct mijn belangstelling, al was het maar omdat ik altijd iets met broederschappen heb gehad. Ergens heb ik altijd geloofd dat mijn vader een tempelier was. Op geen enkele wijze heb ik dat kunnen bewijzen, maar deze gedachte is nooit uit mijn hoofd verdwenen. Nadat de ober de kop soep heeft neergezet, blader ik door het magazine en zoek het artikel op.

Het artikel is de weerslag van een interview met een van de leden van de oeroude Schotse broederschap: *De Orde van de Distel*. John McCloud is in het dagelijks leven professor aan de universiteit van Edinburgh en grootmeester van deze broederschap. Hij vertelt over het genootschap, dat al eeuwen wordt voorgezeten door de koningin van Engeland en dat bestaat uit zestien leden. Ze komen geregeld bijeen in de St Giles' Cathedral in Edinburgh, wat het bestuurscentrum is.

'Men hoeft de wereld niet te begrijpen, men moet alleen zijn plaats erin weten te vinden.'

Albert Einstein

-15-

Hoe meer ik luister naar mijn innerlijke stem, hoe beter ik de wereld kan horen. Voor het eerst in mijn leven geef ik mijn intuïtie ruimte om haar boodschap te ventileren. Het is deze stem die me ertoe brengt om het Engelstalige artikel te lezen. Daarin kom ik te weten hoe de Schotse *Orde van de Distel* is ontstaan. Ze komt voort vanuit een veel bekender genootschap: *De Orde van de Tempeliers*. Het artikel weidt uit over de magie van de beide broederschappen, over hun wijsheid, trouw en onmetelijke rijkdommen. Er is altijd een directe verbinding tussen *De tempeliers* en *De Orde van de Distel* blijven bestaan. Deze is geheim en alleen toegankelijk voor ingewijden.

De Orde van de Distel is een openbaar orgaan, maar *De Orde van de Tempeliers* leidt na hun verbanning in 1362 door de paus een ondergronds bestaan. In het artikel staat een quote die direct raakt, zonder dat ik dit logisch kan verklaren: *Als de de eeuwige tijd voorbij is, opent zich de witte lelie*. Het is de mystiek van de boodschap, die me doet nadenken over wat hier precies wordt bedoeld. Aan de andere kant doet deze zin me aan mijn moeder denken, die een Franse lelie om haar hals had hangen. Maar niet alleen mijn moeder zit in mijn gedachten. Tijdens het lezen van het artikel moet ik voortdurend aan mijn vader denken.

Mijn gevoel zegt me dat dit artikel iets te maken heeft met het geheim dat mijn ouders in hun graf hebben meegenomen. Mijn verstand schreeuwt om het hardst van niet, maar mijn gevoel zegt ja. Het is een vorm van innerlijk weten, die rechtstreeks toegang heeft tot een voor mij onbekende oerbron van kennis en wijsheid. Ooit hunkerde ik naar antwoorden op vragen, die al zoveel eeuwen openstaan. Als jonge jongen was ik al op zoek naar het mysterie van het leven. Vanaf mijn puberjaren deed ik de zoekende geest af als irrelevant. De verdrongen nieuwsgierigheid is de laatste weken in mijn geest weer opgelaaid. Het lijkt of mijn hart langzaam opengaat, omdat ik weet dat ik de mooiste en beste dingen alleen kan waarnemen met een open hart. Het artikel gaat in op het belang van onze generatie om een leefbare wereld voor onze kinderen, kleinkinderen en achterkleinkinderen achter te laten.

Na het lezen van het interview blijf ik met een aantal fundamentele vragen zitten: waarom gebeurt er wat er gebeurt en waarom doen mensen vooral die dingen die ze niet willen? Waarom wordt de ene mens moeiteloos rijk en gelukkig en ervaart de andere mens zijn leven als een poel vol ellende en pijn? De vragen zijn er wel, maar de antwoorden ontbreken. Toch ben ik overtuigd dat er een universele waarheid moet bestaan die ons leven kan verklaren. Dit is het grote geheim dat het universum nog niet heeft prijsgegeven, maar waar grote wetenschappers als Albert Einstein en Isaac Newton hun leven lang naar hebben gezocht en nooit hebben gevonden. We spreken hier over *De Theorie van het Alles*, die verklaart waarom alles gaat zoals het geschiedt. Ik reken af en neem het tijdschrift mee. Mijn leven lijkt op een mysterieuze puzzel zonder handleiding, waarbij het artikel in *Time Magazine* een belangrijk puzzelstukje is. Hoe of wat weet ik niet, maar het gaat mijn leven op de kop zetten. Ik stap in mijn Porsche, die ik helaas volgende week moet inleveren bij de leasemaatschappij. Dit staat symbool voor de boodschap dat het graaien genoeg is geweest en dat het hoog tijd is om iets zinvols te gaan doen met mijn leven.

In huis is het stil. De hulp heeft het huis schoongemaakt en de goudvis zwemt in zijn vissenkom alsof er niets is gebeurd. Helaas is met het vertrek van Aline ook de ziel uit het huis verdwenen en dat is voelbaar. Haar specifieke wierookgeur van sandelhout is verdwenen en ook alle Boeddha's heeft ze meegenomen naar de woning van haar nieuwe liefde. Op de bank sla ik nogmaals het *Time Magazine* open. Het artikel van professor McCloud blijft me in zijn greep houden en ik lees het opnieuw. Wie weet zit er een geheime boodschap in deze tekst. Wat deze boodschap is en voor wie deze is bedoeld, is een raadsel. Ik staar naar de hoge ingebouwde boekenkast in onze woonkamer, die recht tegenover onze bank staat. Een onbekende kracht stuurt mijn ogen en onwillekeurig scan ik de rij met boeken, totdat mijn blik blijft hangen bij een oud boekwerk met lederen kaft, dat ik van mijn moeder heb gekregen en dat ooit aan mijn vader heeft toebehoord. Waarom mijn oog intuïtief juist op dit boek blijft rusten, is een raadsel, maar ik loop naar de boekenkast en pak het vergeelde boek. De titel van het boek is: *Tempeliers, Een geheim broederschap*. Het lijkt of een onzichtbare kracht een spel met me speelt.

Direct sla ik het open op de eerste bladzijde en begin in het boek te lezen dat ooit mijn moeder toebehoorde. Zo kom ik te weten dat de oorsprong van de tempeliers ligt in het begin van de twaalfde eeuw in Jeruzalem. In die tijd was deze heilige stad net door de christenen van de Moren veroverd. Losgeslagen en verdwaalde Turkse en Moorse soldaten overvielen en beroofden westerse pelgrims, die Jeruzalem als heilig doel hadden. Een kleine groep ridders uit Frankrijk en Vlaanderen voelde zich vanuit hun geloof geroepen om deze westerse pelgrims te beschermen. In het jaar 1118 vertrok een groep ridders onder leiding van Hugo van Payns, een edelman uit de Champagnestreek, naar het Heilige Land om de aan hen opgedragen taak uit te voeren. De monniksridders kwamen na een barre tocht in Jeruzalem aan en werden door de koning van Jeruzalem ondergebracht in de onderaardse kamers van de heilige Tempelberg, die *De stallen van Salomon* werden genoemd. Daar smeedden zij een broederschap onder de naam: *De Orde van de Tempeliers*, vernoemd naar de tempel van koning Salomon waar ze verbleven.

Op een avond werden zij bezocht door een mysterieuze man met wijd uitstaand wit haar, die geheel in het wit was gekleed. Bij de poort zei de man dat hij Hugo van Payns moest spreken. Volgens de overlevering heeft deze man met hem gesproken over een geheime papierrol, uit de tijd van Jezus Christus. Op deze papierrol zou in het Hebreeuws *De Theorie van het Alles* zijn opgeschreven. Daarbij wist de man te vertellen dat de papierrol kort na het overlijden van Jezus Christus is verstopt in de grotten van de Tempelberg. De tempeliers geloofden de man niet en wezen hem hardhandig de deur. Een van de leiders, Godfried van Sint-Omaars, kreeg echter dezelfde avond nog een visioen, waarin hij de papierrol zag oplichten. Hij besloot de papierrol in de tempel van Salomon te gaan zoeken. Na maandenlang speuren, stuitte de edelman bij toeval op een sluitsteen in een onopvallende nis, diep verborgen in de kelders van de Tempelberg. Naar verluidt vond hij in de nis een stuk hout, dat afkomstig moest zijn van het kruis van Jezus Christus en een in het Hebreeuws beschreven papierrol.

Na de vertaling van de tekst bleek de papierrol *De Theorie van het Alles* te bevatten. De tempeliers wisten vanaf die tijd hoe het universum werkt en hoe mensen gedachten en energie kunnen omzetten in materie. De eerste alchemisten ter wereld waren dus de grootmeesters van *De Orde van de Tempeliers*. Hugo van Payns schreef euforisch een brief naar zijn familie over deze geheime teksten en de daarin onthulde kennis, zonder deze exact te beschrijven. Deze brief is bewaard gebleven en ligt nu in de archieven van het museum Het Louvre in Parijs. Vanaf die dag bestudeerde elke grootmeester deze geheime kennis. Hugo van Payns beschreef *De Theorie van het Alles* in de oprichtingsakte van de broederschap en legde daarmee de grondbeginselen van de schepping vast voor het nageslacht.

De tempeliers besloten hun kennis geheim te houden en ze brachten het crucifix en de vertaalde papierrol naar hun hoofdkwartier in Frankrijk, waar ze in een kleinere kring van grootmeesters de teksten en de grondprincipes van het universum verder bestudeerden. Door het toepassen van *De Theorie van het Alles* werden de tempeliers in korte tijd steeds machtiger, rijker en invloedrijker. Zij leken het lot te kunnen besturen en waren binnen tweehonderd jaar de rijkste en machtigste organisatie in Europa, met leningen aan de koningen van Engeland en Frankrijk. *De* enorme macht van de monniksridders wekte afschuw en jaloezie bij de Franse koning, Filips de Schone. Daarnaast wilde hij zijn lening aan *De Orde van de Tempeliers* niet terugbetalen, omdat dit het faillissement van Frankrijk zou betekenen. Daarom verspreidde de koning geruchten dat de broederschap aan satansverering zou doen. Dit leidde ertoe dat de paus - die overigens in die tijd in Avignon woonde - de tempeliers in de ban deed. Het Franse leger viel op vrijdag 13 oktober (vrijdag de dertiende is zelfs in deze tijd nog een ongeluksdatum) van het jaar 1307 op bevel van Filips de Schone de boerderijen en kastelen van de tempeliers aan en ze werden massaal gevangen gezet op beschuldiging van ketterij.

Veel tempeliers vonden de dood en degenen die bleven leven, moesten hun eerder afgelegde eed afzweren. Op 18 maart van het jaar 1318 verklaarden de grootmeesters van de tempeliers, Jacques de Molay en de commandeur Godfried van Charney, hun onschuld en werden dezelfde dag nog op de brandstapel gezet. Alle Europese bezittingen van de tempeliers gingen over naar de Franse koning. Tot zijn woede kreeg de Franse koning niet de beschikking over het crucifix en de Hebreeuwse papierrol met daarin de beschreven *De Theorie van het Alles*. Het lukte een aantal tempeliers om met een schip Frankrijk te ontvluchten naar Schotland. Daar regeerde koning Robert the Bruce, die ook door de paus in de ban was gedaan en die hen met open armen ontving. Er zijn sterke vermoedens dat de gevluchte tempeliers de heilige relikwieën, waaronder het crucifix en de Hebreeuwse papierrol, hebben meegenomen naar Schotland. Tot op de dag van vandaag hangt er een mysterieuze sfeer om deze broederschap heen. Zij beschikken over kennis, waar zelfs de moderne wetenschappers nog altijd naar op zoek zijn. Zelfs een genie als Albert Einstein is het nooit gelukt de werking van het universum te achterhalen om te kunnen verklaren waarom er gebeurt wat er gebeurt.

'Hoe meer ik leer, hoe meer ik mezelf realiseer dat ik eigenlijk niets weet.'

Albert Einstein

-16-

Wat is het geweldig om te weten dat ieder mens elk moment kan beginnen met het redden van de wereld. Het punt is: dat je er ook zelf aan toe moet zijn en dat laatste kan ik niet zeggen. In plaats van de wereld te redden, zit ik deze ochtend op de sofa bij mijn psycholoog, met wie ik mijn volgende afspraak heb. Ik spreek met dokter Borghout over wat me nu echt bezighoudt en dat is vermoedelijk een onderwerp dat hij niet vaak hoort in zijn spreekkamer. De halve nacht heb ik wakker gelegen en nagedacht over *De Orde van de Tempeliers* en de geheimen die zij met zich meedragen. Was mijn vader een tempelier of wil ik, net als iedere zoon, dat zijn vader een held is? Ik geloof dat er een theorie bestaat die alles kan verklaren. Er moeten toch antwoorden te vinden zijn op vragen als: waarom doen wij wat wij doen? En waarom gebeurt er wat er gebeurt? Het is niet vreemd dat de tempeliers mij zo aantrekken.

Als kleine jongen voelde ik al onbekende energieën die ik niet onder woorden kon brengen. Er zijn zoveel meer energieën dan wij in het dagelijks leven op het eerste gezicht kunnen zien. Ik ben ervan overtuigd dat er van bovenaf meer wordt gestuurd, zonder dat we ons er bewust van zijn. Mijn spirituele kant is weggedrukt op het moment dat mijn moeder overleed. Ineens was ik wees en zo teleurgesteld in het leven, dat ik niet meer geloofde dat er iets meer kon zijn tussen hemel en aarde. Daarna leefde ik mijn leven, geleid door mijn onverzadigbare ego en gekooid in de ongebreidelde zucht naar meer, meer en nog eens meer. De burn-out heeft me ruw wakker geschud en het spirituele aspect in mezelf weer tot leven gewekt. Vanuit de mist ontwaar ik langzaam de contouren van een voor het menselijk oog onzichtbare wereld. Er moet toch iets van een universeel bewustzijn bestaan waar nog veel geheimen op ons liggen te wachten. We hebben geen enkele controle over ons leven, alhoewel nog niet iedereen dat door heeft. Bij wie komen de vooraf gemaakte planningen altijd uit? Het leven heeft voor ieder van ons een pad in gedachten, dat we aflopen en dat wordt gestuurd door louter toeval. Er bestaat een universeel bewustzijn dat ons leven stuurt en we hebben niets te vertellen over het zinvolle toeval dat ons pad kruist.

We doen af en toe alsof we God zelf zijn, maar zijn krachteloos voor de natuur en het lot. Niemand weet waar inspiratie en ideeën vandaan komen en geen mens kan zijn gedrag honderd procent logisch verklaren. We zijn ons maar beperkt bewust van wat er is. Zelfs zoiets eenvoudigs als tijd is mysterieus; we begrijpen niets van de tijd en koppelen dat gemakshalve aan kloktijd. Kloktijd wil zeggen dat een tijdseenheid constant is. Maar als tijd een constante eenheid is, hoe komt het dan dat soms de tijd vliegt, terwijl een andere keer de tijd voorbij kruipt? Er zijn zoveel meer mysteries in ons universum. Hoe kan het dat we plaatsen duidelijk herkennen waar we nog nooit zijn geweest? Hoe kan het zijn dat we mensen herkennen die we nog nooit hebben gezien? We kunnen - zelfs met de meeste moderne technieken - niet bewijzen dat bidden helpt, dat er een God bestaat of dat er spirituele helpers bestaan. Aan de andere kant geldt; als God complete onzin is, waarom bidden mensen dan al duizenden jaren tot Hem? Meer dan tachtig procent van de gehele wereldbevolking gelooft in een bepaald godsbeeld en zien engelen als geestelijke helpers. Kortom; het universum is zelfs in onze tijd nog een groot mysterie, waar we maar bitter weinig van weten, maar waar we wel voelen dat er meer is. Was het niet Albert Einstein - de meest geniale geest die ooit heeft bestaan - die stelde: *hoe meer kennis ik vergaar, hoe meer ik weet, dat ik eigenlijk niets weet?*

Mijn filosofische inslag heb ik niet van een vreemde; dankzij mijn moeder was ik al vroeg in mijn leven bezig met de belangrijke vragen van het leven. Mijn geboorteplaats en tijdstip was geen toeval. De vrouw die mij baarde, was de meest wijze vrouw die ik ooit heb gekend. Met haar kon ik over universele energie en geestelijke helpers praten en zij begreep in mijn ogen de essentie van het leven. Het boek over tempeliers heeft ze me met een reden gegeven. Mijn moeder liet zich ooit ontvallen dat mijn vader een Tempelier was. Daar wilde ik meer te weten over komen, maar ze deed net alsof het een verspreking was geweest en heeft nooit meer met een woord over dit onderwerp gerept. Is het toeval dat ik pas nu het boek over *De Orde van de Tempeliers* heb gelezen? Misschien niet! In het boek wordt over *De Theorie van het Alles* gesproken zonder dat er precies wordt uitgelegd wat deze theorie is.

Was het niet Albert Einstein, die op zijn sterfbed constateerde dat hij wel de relativiteitstheorie had uitgevonden, maar dat de alles verklarende theorie voor hem helaas een groot geheim was gebleven? Zou een alles verklarende theorie werkelijk bestaan? Na de sessie neem ik afscheid van dokter Borghout, die nauwelijks aan het woord is geweest. Ik was het afgelopen uur meer open naar een buitenstaander toe dan de laatste tien jaar bij elkaar.

De middag besteed ik aan het opnieuw doorlezen van het boekje over de tempeliers. Elk woord zuig ik in me op en klamp me daaraan vast. Op het internet zoek ik naar meer informatie over deze illustere broederschap. Het blijft een groot raadsel hoe deze ridderorde in zo'n korte tijd zo machtig en succesvol in Europa werd. Ik raak er steeds meer van overtuigd dat ze geheime kennis toepasten om zo succesvol en machtig te worden. Het maakt me nog meer nieuwsgierig. Wat voor een kennis hebben ze in de tempel van Salomon gevonden? Pas om zes uur kruip ik achter de computer vandaan en loop het dorp in. Bij mijn favoriete Italiaanse restaurant L'Elefante Bianco aan de Naarderweg bestel ik een pizza tonno en een glas Siciliaanse witte wijn. Misschien weet professor McCloud meer over *De Theorie van het Alles* en kan hij me iets meer vertellen over een eventueel verband tussen het einde van de eeuwige tijd en de witte lelie. Onder het genot van een verrukkelijke tiramisu neem ik het ferme besluit om contact met de professor te leggen.

Later op de avond knip ik in het stille huis de lichten aan en plof op de bank neer. Opnieuw zijn het de gedachten die met me op de loop gaan. Hoe kan het gebeuren dat ik in deze ellendige situatie verzeild ben geraakt? Natuurlijk moest ik keihard werken en was er altijd stress in mijn leven.

Toch is dat geen reden voor de gezondheidsproblemen van deze omvang. De macht en het ego hebben het gewonnen van de zingeving en de liefde in mijn hart. Dat heeft me uiteindelijk gevloerd, zoals velen het slachtoffer worden van hun ego en de schijnwereld van hun gedachten. Het ego 'wil' van alles en 'moet' van alles omdat het eenvoudigweg niet weet dat we elk moment verbonden zijn met de universele bron van alles. Mijn genezing gaat pas komen als ik bereid ben om daadwerkelijk de reis van mijn hoofd naar mijn hart te maken. Dat is de boodschap van mijn ziekte. Als ik op deze manier naar mijn huidige situatie kijk, zijn de gezondheidsproblemen meer een zegen gebleken dan een plaag.

Een goed glas wijn is als vrolijk vriendje in het doodstille huis op zijn plaats. Ik loop naar de keuken om een goede fles te openen. Aan de keukentafel zit ik een tijdje te dubben en besluit dan om professor McCloud een e-mail te sturen. Maar hoe kom je aan een e-mailadres van een Schotse professor? Ik pak mijn laptop en toets de naam van de professor op Google in. Op de website van de universiteit van Edinburgh zijn helaas geen e-mailadressen te vinden. Gelukkig is de professor lid van het sociaal netwerk LinkedIn, waar ik zijn persoonlijke e-mailadres vind. Even later zit ik op een passende tekst te broeden. De professor moet weten dat ik geïnteresseerd ben in een ontmoeting. Aan de andere kant wil ik mezelf niet teveel opdringen. Na het ledigen van het tweede glas wijn stuur ik hem het volgende e-mailbericht:

Geachte professor McCloud,

Mijn naam is Roderick de Brauw van Assem uit Nederland. Ik werd gegrepen door een recent interview van u in Time Magazine, waarin u vertelt over de broederschappen in Schotland. U moet weten dat ik na een moeilijke periode op mijn werk op zoek ben naar zingeving in mijn leven en dat daarin onverwachts broederschappen een rol lijken te gaan spelen. Mijn vermoeden is dat mijn overleden vader ooit een tempelier is geweest. Dit vermoeden wil ik graag verder uitzoeken. Kunt u me verder helpen? Uiteraard ben ik bereid daarvoor naar Edinburgh te komen.
Ik hoop dat u positief reageert op deze e-mail en zie ernaar uit u persoonlijk te ontmoeten.

Met vriendelijke groet,

Roderick de Brauw van Assem
Zevenende 70
Laren
Nederland

'Tijd bestaat, omdat anders alles tegelijk zou gebeuren.'
Albert Einstein

-17-

Het leven is geen boek met een gegarandeerd goede afloop. Dat besef ik maar al te goed. In een boek speelt de schrijver voor God en bepaalt wat er gebeurt. Zo kan hij de hoofdpersoon eerst in een diepe crisis storten om hem vervolgens aan zijn haren uit het zwarte gat te trekken. Die macht over mijn leven heb ik niet. Mijn meest vurige wens is om mezelf aan mijn haren uit de poel van ellende te trekken, maar dat lukt me niet. Kan professor McCloud de rol van God spelen en mij verlossen van de depressieve gevoelens?

Ik kruip in het koude bed, val al snel in slaap en kom in een droom terecht. Waar dromen precies vandaan komen, kan geen mens vertellen, maar dat ze een voorspellende waarde hebben, kan niemand ontkennen! Deze droom voelt niet als een normale verwerkingsdroom. Het is als een religieuze ervaring; voor me zie ik levensecht een groene kale vlakte, zoals de Highlands in Schotland eruit moeten zien. Ergens midden op de eindeloze vlakte staat een boom zonder blad die mijn aandacht trekt. Het is een boom van een bijzondere soort. De kale takken zijn zo lang, dat ze tot ver in de hemel groeien. Ik loop naar de metersdikke boom toe en voel me bij elke stap sterker worden. Het is een gevoel van verbondenheid met alles en iedereen om me heen. Ik ga bij de boom staan en zie vanuit de hemel een witte energie, die zich met de snelheid van het licht door de oneindig lange takken naar beneden verspreidt. Het duurt niet lang of de hele boom staat in een oogverblindend wit licht en ik word naar de boom toegetrokken. Met mijn handen raak ik de boom aan en via mijn armen verspreidt het licht zich door mijn lichaam. Zo moet verlichting voelen, die door Indiase yogi's is omschreven als de ultieme vorm van geluk. Het is een fijn en intens gevoel, dat ik niet ken en dat het best te typeren is als thuiskomen bij jezelf. Precies op dat moment schrik ik wakker, maar gek genoeg blijft het gevoel wel hangen. Direct weet ik dat ik naar Schotland moet afreizen. Het waren onmiskenbaar de Highlands geweest waar de levensboom stond en de boodschap lijkt me kraakhelder.

Ik pak het kussen naast me en omklem het. Ik mis het warme lijf van Aline tegen me aan en haar kussen is slechts een surrogaat, maar het is beter dan niets. De vertrouwdheid en de warmte van haar aanwezigheid in huis is verdwenen, tezamen met de levendigheid die David en Marit meebrachten. Natuurlijk irriteerde ik me meer dan eens aan haar spirituele gedrag, maar de wierook en het kaarslicht brachten ook warmte en sfeer in huis. Aan de stilte in huis kan ik niet wennen. In Schotland hoop ik de laatste restjes van mijn ziel aaneen kan lijmen om weer te gaan bouwen aan de meest zuivere kant van mezelf. Zover is het helaas nog niet en ik merk dat mijn gedachten met me op de loop dreigen te gaan.

Daarom stap ik uit bed en loop naar de badkamer, waar ik op de klok zie dat het half drie in de nacht is. Vervolgens sluip ik op mijn tenen over de gang, loop langs de slaapkamers van

Marit en David en open de slaapkamerdeuren. De kamers zijn leeg en opgeruimd en ik weet dat er niemand in huis is die ik wakker kan maken. Zelfs onze altijd kwispelende Boomer is bij Aline en haar nieuwe vriend ingetrokken. Beneden knip ik het licht in de keuken aan. Mijn blik valt op een ingelijst en ondertekend basketbalshirt van de ster van de New York Yankees, Rodriquez, die ik ooit van een zakenreis naar Wallstreet voor David heb meegenomen.

Op de keukentafel ligt het Time Magazine en voor de zoveelste keer lees ik het interview met professor McCloud. Nadat ik een kop thee heb gedronken en halverwege het artikel ben, ga ik terug naar mijn slaapkamer. Gelukkig val ik snel weer in slaap en opnieuw droom ik heftig; ditmaal zit ik in een levensechte gesloten kooi met dikke tralies om mij heen. Ik voel een helse, haast ondraaglijke pijn in mijn lijf en zak uit pure wanhoop door mijn knieën. Ik buig mijn hoofd en vouw mijn handen. Het gevoel van pijn en de paniek in mijn lijf is groot en ik wil en kan niet verder zo doorgaan met leven. De benauwende kooi, waarin ik als een gewond dier leef, is niet meer draaglijk. De redding is nabij zonder dat ik het weet. Vanuit de hemel zweeft er een blauwachtige geestverschijning naar me toe, die mij de hand reikt. Als ik de hand pak, verlaat ik met een ruk mijn fysieke lichaam en ervaar een niet te omschrijven lichtheid en vrijheid. De pijn en de paniek in mijn lijf zijn als bij toverslag verdwenen en tot mijn verbazing zweef ik door de tralies naar buiten, waar ik mezelf geknield op de grond zie liggen. Ik ben me haarfijn bewust van de verschillende dimensies om me heen en ervaar een niet te beschrijven rust. Dit is de pure energie van mijn zuivere ziel, die tijdelijk huisde in mijn lichaam. Zonder dat ik me ertegen kan verzetten, wordt mijn ziel door een enorme kracht in een nauwe tunnel gezogen, terwijl mijn lichaam in de kooi geknield achterblijft. In de tunnel voel ik me net zo levend als op aarde. Door de werveling in de tunnel word ik door elkaar gehusseld, zoals het er in de meest spectaculaire achtbaan aan toe moet gaan. Tijdens de turbulente reis, waarin alles rondom mij draait, raak ik mijn oriëntatie kwijt. Aan het einde van de tunnel wordt het rustiger en stiller om me heen, zodat mijn snelheid afneemt en ik een machtig licht boven mij ontwaar. Elke cel in mijn lijf hunkert naar dat licht, dat helderder is dan de volle zon midden op een zomerse dag. Nu ik het licht zie, herken ik de plaats van voor mijn geboorte. Hoe kan ik de herinnering aan mijn oerbron ooit hebben verloren tijdens mijn leven op aarde? Dit is de plaats waar we allen vandaan komen en ook weer naartoe gaan. Het licht voelt als thuiskomen en een diep innerlijk weten heeft altijd geweten dat deze plaats bestaat. Gevoel van geluk overvalt me. Dit is de plaats, waar ik mijn leven lang naar op zoek ben geweest. In de verte hoor ik een soort oerwoudgeluid, dat steeds sterker wordt. Ik neurie met de klank mee en voel iets in mij resoneren. Helaas is het verder opgaan in het hemelse licht me niet gegund. Net voor het einde van de tunnel word ik door een onbekende entiteit tot stilstand gebracht.

'Ik maak me bekend als je beschermengel', hoor ik een vriendelijke zachte stem zeggen. 'Jouw tijd is nog niet gekomen. Je levenstaak begint pas in deze fase van je leven. Je hebt geleerd om je ego los te laten, zodat je hart zich kan openen. Vanuit je ego draai je steeds dezelfde rondjes op een gelijk bewustzijnsniveau, terwijl je vanuit je hart dezelfde rondjes in een spiraalvorm omhoog draait. Dat heet bewustzijnsontwikkeling of persoonlijke groei.'

Daarna stuurt de beschermengel mij terug door de tunnel en ik passeer weer de verschillende turbulente sferen, totdat ik met een klap weer in mijn fysieke lichaam beland. Direct voel ik weer de schrijnende pijn van een doorleefd en mentaal uitgeput lijf, dat fysiek is gesloopt door de manische drang naar meer, meer en nog eens meer.

Ik schrik zwetend wakker en drink een paar slokken water. Ik was aangesloten op de bron van alle kennis in de kosmos. Dat weet ik zeker. Ik was in een toestand dat ik alles wist en het klopte allemaal zoals het was. Maar op het moment dat ik me dat realiseerde, gleed al die kennis als zand tussen mijn vingers weg. Nu vraag ik me af of het een droom was of toch echt. De rest van de nacht lig ik naar de donkere schaduwen op het plafond boven me te staren. In de nachtelijke duisternis zijn de angsten in mijn hoofd erger dan overdag. Mijn gevoelens gaan met me op de loop en ik voel de tranen langs mijn gezicht lopen. Mijn God, ben ik psychisch nog wel in orde? Ik droom en toch ook weer niet. Het is alsof ik ben opgesloten in een kooi, waarin de allesvernietigende pijn en angst vrij spel hebben. Mijn natte t-shirt kleeft aan mijn lichaam en het lijkt of ik gek word. In mijn dromen zie ik niet bestaande bomen en waanbeelden van wezens die tegen me praten. Zélfs mijn gevoelens heb ik niet meer onder controle! Wat gebeurt er met me en wanneer houdt dit in hemelsnaam een keer op?

'Als je stopt met leren, begint het sterven.'

Albert Einstein

-18-

Voor de tweede keer deze nacht schiet ik mijn ochtendjas aan voor een kop thee in de keuken. De tikkende klok in de hal geeft aan dat het pas half vijf in de ochtend is. Ik loop op blote voeten naar het aanrecht, waar ik een theekop onder de cooker zet. Met een kop gemberthee zit ik niet veel later in de donkere koude huiskamer op de bank. De wereld op dit onmogelijke uur is stil en zuiver en ik laat me meevoeren in deze sfeer. Uit de lade pak ik een notitieboek en schrijf de volgende woorden op:

Stilte is een adempauze,
slechts het beginpunt,
in een vacuüm van de tijd.

Wie naar zuiverheid zoekt,
vindt wat altijd al aanwezig was,
een stilte die huist in ieder mens.

Tevreden lees ik het gedicht na. Deze woorden zijn een uiting van mijn diepste zelf en worden opgetekend door een man die zichzelf nooit heeft gevonden. Het gedichtje doet me stilstaan bij het fenomeen stilte die de meest onderschatte kracht is die we kennen. Het universum schreeuwt nooit en alleen in stilte kun je de signalen uit het universum verstaan. Als je stil bent, weet je welk pad je moet volgen. Stilte is ook de taal van onze ziel en alleen in stilte horen we onze intuïtie. Tot nu toe heeft stilte nooit een grote rol in mijn leven gespeeld. Anders gezegd heb ik mijn leven tot nu toe geleefd zonder al te veel naar de impulsen van mijn ziel te luisteren. In mijn drang naar succes en rijkdom heb ik keihard gewerkt en hard geschreeuwd. Mijn beslissingen nam ik op basis van logica en mijn hang naar zekerheid. Zo ben ik zakelijk aan de top gekomen, ten koste van mijn gezondheid, relaties en mijn leven.

De ene mens wordt met de jaren wijzer, maar voor mij was er een stevige burn-out nodig om tot deze inzichten te komen. Het voelde als een mokerslag, die mij laat inzien dat ik mijn leven vergooide in mijn allesoverheersende zucht naar meer, meer en nog eens meer. Nadenken deed ik niet. Ik liet me meevoeren door de waan van de dag en werd verdoofd door de zoete smaak van succes. Van alles had ik teveel, behalve van mijn ziel. Als ik later rijk en succesvol ben, dan komt het wel goed. Dát was jarenlang mijn mantra. Nooit had ik gedacht dat ik onderweg kon sneuvelen en Utopia nooit zou bereiken. De afgelopen jaren zijn verloren tijd geweest en het manische harde werken heeft mijn ziel uitgeperst als een stuk uitgeknepen citroen. Nu het bijna te laat is, kom ik tot bezinning. Voor het eerst in mijn leven stel ik mezelf vragen over wat ik werkelijk met mijn leven wil doen en wat geluk en liefde voor mij persoonlijk betekenen. Ik begin de giftigheid van een te sterk ego te begrijpen en mijn ziel krijgt ruimte om zich te uiten.

Na deze mijmeringen drink ik mijn kop gemberthee leeg, loop de trap op naar mijn slaapkamer en duik weer in bed. Niet lang daarna val ik in een diepe slaap, die duurt totdat ik om tien uur de enthousiaste stem van de DJ op de radio hoor. Voor het eerst in maanden heb ik een gat in de dag geslapen. Mijn hoofd voelt wattig aan en na een uitgebreide douche ga ik opgemonterd naar beneden. Daar check ik allereerst de binnengekomen e-mailberichten. Helaas zit er geen antwoord van professor McCloud bij. Teleurgesteld maak ik me klaar voor weer een dag vol zinloosheid, waarin niets hoeft.

Een mens weet pas wat het is om zich nutteloos te voelen als je buiten het arbeidsproces staat. Alleen al om van dit vervelende gevoel af te komen, zou ik willen terugkeren naar mijn stressvolle baan bij De Grauw. De druk op mijn werk is onmenselijk hoog en daar hoef ik niet na te denken hoe ik de dag invul. Mijn secretaresse vult en beheert mijn agenda. Hier thuis is er niemand die mijn dagindeling bepaalt en wil er ook niemand een afspraak met me. Is het toch beter om weer naar kantoor te gaan en daar de draad op te pakken? Mijn angst voor de directe confrontatie met Klaas en mijn collega's weerhoudt me om in de auto te stappen en me spontaan te melden. Is het niet beter eerst een afspraak te maken met Klaas om met hem het re-integratietraject te bespreken? Het levert hem geen directe business op en ik weet nu al dat hij geen tijd daarvoor gaat vrijmaken.

Nog voor ik mijn definitieve besluit neem om wel of niet naar de zaak te gaan, gaat de deurbel. Het is mijn vriend Jan Willem, die breed lachend voor de deur staat. Met zijn net iets te bruine gezicht achter de zwarte zonnebril, zijn sportieve lijf gestoken in een strak donker maatkostuum op een spierwit overhemd, lijkt hij meer op een Italiaanse maffiabaas dan op de vertegenwoordiger in ICT-randapparatuur die hij in werkelijkheid is.

'Ik kwam even bij je kijken', zegt Jan Willem, terwijl hij me joviaal op de schouder slaat.

'Dat is aardig van je. Heb je even tijd voor een bak koffie?'

'Tijd heb ik eigenlijk niet. Daarom beschouw ik je aanbod maar als een rondje van de baas. Ik moest toch in de buurt zijn.'

Jan Willem zet zijn zonnebril af en loopt achter me aan naar de keuken. Even later zitten we samen aan de keukentafel. Jan Willem valt direct met de deur in huis, zoals ik dat van hem gewend ben.

'Je kunt niet eeuwig thuis blijven zitten en je moet verder met je leven, Roderick. Pak jezelf bij de lurven en ga weer aan de bak.'

Ik schuif ongemakkelijk op mijn stoel. Hoe bedoelt hij dat ik verder moet met mijn leven? Op dit soort goedbedoelde adviezen zit ik niet te wachten. Hoe weet hij nu hoe ik me voel? Mijn ongemak kan ik niet verbergen en de sfeer voelt gespannen door de druk die Jan Willem me oplegt. Om mezelf uit de benarde situatie te redden, pak ik het *Time Magazine* van de keukentafel en druk het interview van professor McCloud onder zijn neus.

Jan Willem leest het artikel vluchtig door, terwijl ik twee verse koppen koffie uit het roestvrijstalen Italiaanse espressoapparaat laat komen. Ik zet de koppen op tafel en schuif weer aan.

'En?' vraag ik.

Jan Willem schuift het magazine weg en hij kijkt mij ondeugend aan.

'Een goed artikel. Laat ik je een geheim verklappen', zegt hij op een bezwerende toon, 'sinds een paar maanden heb ik een coach, Roderick.'

'Een coach?'

'Ja, en nog eens een lekker ding ook', zegt hij met een grote grijns op zijn gezicht. 'Zo'n type van een uiterst gereserveerd voorkomen en veel afstandelijke klasse, totdat je haar weet op te winden, zodat de tijgerin in haar wordt losgemaakt. Dan verandert ze in een wilde vamp.'

'Is je dat dan al gelukt?' vraag ik.

'Natuurlijk niet, alleen in mijn fantasie.'

'Waarom heb jij trouwens een coach?' vraag ik.

'Binnen ons bedrijf krijgt iedereen die een beetje meetelt een coach aangeboden. Eerst had ik ernstig bezwaar, maar na de eerste sessie met Bibi wil ik niet anders meer. Je hebt af en toe een klankbord nodig, Roderick. Iemand die je ziel blootlegt en die je ongezouten de waarheid kan vertellen. Bibi is overigens de afkorting van Brigitte, een mooie naam hè?'

Ik grinnik.

'Je bent weer eens verliefd!'

Jan Willem lacht geheimzinnig, maar ontkent het niet.

'Wat moet ik anders, Roderick? Nadat Babette er vorig jaar met Jaap vandoor is gegaan, werd mijn leven inktzwart en leek het zonder enige waarde aan me voorbij te trekken. Ik sliep steeds slechter en werd geleidelijk aan depressief.'

'Nooit iets van gemerkt', zeg ik.

'Nee, natuurlijk niet. Daar ga ik toch niet mee te koop lopen? Overdag lachte ik en 's nachts klom ik tegen het behang op. Het ging steeds slechter met me, totdat Bibi in mijn leven kwam. Zij heeft me geleerd om rechtop te lopen met mijn hoofd omhoog. Elke ochtend moet ik met al mijn kracht tegen mezelf zeggen: *'Ik ben sterk en kan het leven aan.'* Ik noem het de *Bibiaanse geluksformule*. Sinds ik deze magische woorden iedere ochtend bewust en hardop voor de spiegel uitspreek, is mijn leven daadwerkelijk veranderd. Ik kijk onder het lopen omhoog en niet meer naar de grond. Dat klinkt gek, maar je hoofd letterlijk oprichten, is een wereld van verschil. Zonder dat ik het me realiseerde, keek ik praktisch altijd naar de grond, omdat ik teveel in gedachten was verzonken. Zo raakte ik verstrikt in mijn hoofd en zag de schoonheid om me heen niet meer. Bibi heeft me geleerd dat als alleen al de angst dat je leven mislukt, zorgt dat het ook daadwerkelijk zo gebeurt. De angst in je trekt het onheil vanzelf aan. Het klinkt belachelijk en toch werkt het zo. 'Onze gedachten werken als een magneet', zegt Bibi en ik heb het ervaren Roderick. Elke ongelukkige situatie greep ik aan om te bewijzen dat mijn leven was mislukt. Door mijn hoofd op te richten en mijn instelling aan te passen, veranderde mijn leven en kon ik de depressiviteit achter me laten. Dát is de boodschap van Bibi, niet alleen voor mij, maar dit geldt ook voor jou!'

'Het lijkt me allemaal wel erg simpel geredeneerd', zeg ik. 'Je roept dat je sterk en gelukkig bent en je wordt het ook.'

'Dan geloof je het niet. De oplossing voor onze problemen is eenvoudiger dan we denken. Daarom zweer ik bij de *Bibiaanse geluksformule*. Voer het gewoon een week uit, Roderick en je gaat ervaren dat het werkt.'

Jan Willem zet zijn zonnebril op en stapt op. Eerlijk is eerlijk, hij straalt een jaloersmakende kracht uit.

'Roderick, je hoofd oprichten en dat ene simpele zinnetje heeft mij uit de ellende gehaald. Probeer het gewoon eens, tabee.'

Hoewel Jan Willem een rare druif is, heeft hij mij aan het twijfelen gebracht. Eerlijk gezegd is mijn blik vaak op de grond gericht en loop ik dikwijls vast in mijn denken. Misschien moet ik toch de dag beginnen met het *Bibiaanse gelukszinnetje*. Jan Willem heeft zeker een opportunistische inslag. Hij gelooft in ieder geval ergens in; al is het maar in een geluksformule. Zichtbaar heeft hij de weg omhoog gevonden en daar ben ik jaloers op. Wellicht zoek ik teveel naar het geluk en moet ik de moed bijeen rapen om op reis te gaan. Dan begint het avontuur, dat me gaat brengen naar wat het meest dichtbij is: mezelf.

Gedurende de dag controleer ik herhaaldelijk mijn e-mail. Helaas tref ik geen bericht aan van professor McCloud. Ik heb de moed al bijna opgegeven als laat in de middag mijn smartphone een bliepje geeft en het antwoord van de professor in mijn mailbox zit.
De toonzetting van zijn antwoord is gematigd positief. Gelukkig staat er in de mail een telefoonnummer vermeld. Direct toets ik het opgegeven nummer in. Na enige keren te worden doorverbonden, hoor ik een zware stem met een Schots accent aan de andere kant van de lijn. De professor is aan zijn stem te horen verrast dat ik zo snel bel. Hij stelt voor elkaar aanstaande vrijdag om klokslag drie uur in de St Giles' Cathedral in Edinburgh te treffen. Ik bevestig onze afspraak en verbreek vervolgens de verbinding. Het is gelukt! Vrijdag ga ik de professor in Schotland ontmoeten.

'Tracht niet een man van succes te zijn, maar probeer liever een man van waarde te zijn.'

Albert Einstein

-19-

De regenachtige vrijdag 20 november 2009 ziet er niet uit als de dag die mijn leven gaat veranderen. Ik sta om half zeven op om in een taxi te stappen die me naar Schiphol brengt. Het licht gespannen gevoel dat ik altijd heb als ik op reis ga, is tot in de kleinste haarvaten aanwezig. Niets wijst erop dat de reis naar Schotland de wedergeboorte van Roderick de Brauw van Assem gaat bewerkstelligen en toch voelt het wel zo. De eerste keer ben ik zesenveertig jaar geleden geboren en vanochtend voelt het alsof de weeën op gang komen voor mijn wedergeboorte. Hoewel ik weet dat het belachelijk klinkt, laat het idee me niet los. Het inchecken op Schiphol verloopt soepel en voor ik het weet, sta ik achter de douane. Tax free koop ik een fles Schotse whisky en doe in een lounge mijn ademhalingsoefening. Daarna voel ik me beter dan ik me kan heugen. De afgelopen maanden was ik geestelijk en lichamelijk een wrak en nu voel ik me licht en opgewekt. Onze geest is blijkbaar veel sterker dan gedacht. Is dit dan het effect van de *Bibiaanse geluksformule*, die ik vanochtend vroeg voor de spiegel heb uitgesproken?

'*Welcome to Edinburgh International Airport and thank you for flying Air UK*', klinkt het uit de krakende luidspreker boven me. Ik berg het Time Magazine op en kijk uit het vliegtuigraam. De zon schijnt toevallig vandaag in het land waar de zon zich vrijwel nooit laat zien. Het geluk is blijkbaar aan mijn zijde en de helpers boven hebben het goede met me voor. Nadat ik mijn koffer van de bagageband heb opgehaald, loop ik naar de taxistandplaats bij de uitgang van het vliegveld. Daar staan de kenmerkende zwarte, hoge Engelse taxi's in een lange rij op klandizie te wachten. Engeland is een van de weinige landen waar de bestuurder rechts zit en dat geeft aan hoe eigengereid de Engelsen zijn en hoezeer ze vasthouden aan tradities.

De taxichauffeur is een norse, fors gebouwde Schot met kort rood stekelhaar, die ondanks mijn meerdere pogingen om tot een conversatie te komen het gesprek grommend en met onverstaanbaar gemurmel afbreekt. Blijkbaar heeft de man slecht geslapen, in ieder geval heeft hij geen plezier in zijn werk.

De kenmerkende smalle grauwe in aardekleuren gepleisterde huizen langs de kustweg geven Edinburgh een weinig sprankelende sfeer, ondanks de zonneschijn. Ik zal zeker niet de enige zijn die de deprimerende sfeer hier ervaart, want na elke kilometer wisselt een kleine Engelse pub steevast de rijtjeshuizen af. De kroeg is blijkbaar de plaats waar de Schotten hun depressieve gevoelens wegdrinken. We rijden verder langs de kustweg en passeren de stadsgrens van Edinburgh. Hier verandert de deprimerende sfeer van de buitenwijken en gaat over in een ambiance van spiritualiteit en mystiek, die onmiskenbaar over het centrum van de stad hangt. De Keltische wijsheid ligt in de eeuwenoude muren verankerd en dat voel ik tot in mijn diepste vezels. Mijl na mijl rijden we door de stad en aan het steeds drukker wordende verkeer te merken, naderen we de oude kern van Edinburgh. Met haar huizen die door de roet zijn aangetast, doet de stad middeleeuws aan. De moderne hoge kantoorpanden, die zoveel oude steden hebben verpest, ontbreken in de Schotse hoofdstad. De typische wit met geel gekleurde dubbeldekkers banen zich een weg door het hectische verkeer en hoog op de heuvel zie ik het beroemde kasteel van Edinburgh liggen. De nukkige taxichauffeur vervolgt -afwisselend scheldend en heftig toeterend - zijn weg en zet me keurig af bij het opgegeven hotel *'The Edinborough Lodge'* in Princessstreet. Ik pak noodgedwongen zelf mijn koffer uit de kofferbak van de taxi en ik reken tot op de penny nauwkeurig met de norse man af. Het weglaten van een fooi is blijkbaar de welbekende druppel. De vloekende Schot rijdt met hoge snelheid weg. Wij zijn geen vrienden en gaan dat ook nooit worden.

The Edinburgh Lodge is een klein familiehotel in oud-Engelse stijl, met twee grote *hanging baskets* met heideplantjes aan weerszijden van de voordeur. In de lobby zie ik dat het half één plaatselijke tijd is en ik zet mijn horloge gelijk. Om drie uur heb ik een afspraak met professor McCloud in de St Giles' Cathedral, die gelegen is aan *The Royal Mile,* in het oude centrum van Edinburgh.
Een vriendelijk glimlachende man met opgeschoren haar en een rood-wit geruite Schotse kilt staat achter de receptie en begroet me. Na de check-in loop ik de hout bewerkte trap met rode loper op en ga op zoek naar mijn kamer. Het is altijd een verrassing wat je te wachten staat als je de sleutel van je hotelkamer omdraait. Ditmaal is het een plezierige verrassing. De kamer is typisch Engels ingericht met veel tierelantijnen, een heus hemelbed en witte bloemetjesgordijnen voor de ramen. Het zou het favoriete interieur van mijn oma kunnen zijn. In ieder geval is de kamer totaal anders ingericht

dan de spirituele-sfeer bij ons thuis, waar Aline, gesteund door een leger binnenhuisarchitecten, haar stempel op heeft gezet. Waarschijnlijk moet het huis straks verkocht worden om de scheiding te kunnen betalen en de alimentatie te kunnen ophoesten. Misschien is dat ook beter zo en betekent een nieuw huis een nieuwe start in mijn leven. Ditmaal ingericht zonder Boeddha's, Tibetaanse gongs en wierook, maar juist strak, minimalistisch en modern. Mijn koffer leg ik op bed en ik loop naar de badkamer, die enigszins gedateerd, maar wel schoon en gepoetst is.

Op het witte nachtkastje naast het bed ligt een bijbel voor de broodnodige stichtelijke bezinning en naast het woord van God staat een schaaltje Engelse toffees. Ik kan me niet bedwingen en stop er één in mijn mond. De donkerbruine ouderwetse toffee is zo kleverig, dat het lijkt of mijn kiezen stuk voor stuk uit mijn kaak worden getrokken. Engeland is waarschijnlijk het enige land ter wereld waar je de originele kleverige toffees als welkomstgroet vindt. Nadat ik even heb gelegen, kleed ik me aan voor een bezoek aan de eeuwenoude stad, waar de geschiedenis van de muren druipt.

Ik heb de locatie goed gekozen, want het hotel ligt op loopafstand van de beroemdste straat van Schotland en zelfs van heel Engeland, *The Royal Mile*. De straat is een langgerekt lint van eetgelegenheden, souvenirshops, winkels met Schotse kilts, whiskyproeverijen en winkels vol prullaria, waarvan je bij thuiskomst denkt: wat moet ik ermee? De economische wet in deze winkelstraat is: de toerist vraagt om voedsel, drank en vertier en de Schotten leveren dat in ruil voor harde euro's. Zo werkt het nu en zo werkt het al eeuwenlang.

De temperatuur van vijftien graden is heel acceptabel voor de tijd van het jaar en mijn maag laat weten dat het etenstijd is. Op een verwarmd terras bestel ik een glas Engels bier en een sandwich met tonijn. Terwijl ik op mijn bestelling wacht, laat ik de stad op me inwerken. Om me heen staan uitsluitend middeleeuwse huizen, waarbij de mystieke sfeer en spiritualiteit te voelen is. Achter de kermisachtige inrichting van de straat is het alsof ik midden in een groot donker bos ben en ergens in mijn achterhoofd weet ik dat hier ooit magiërs en tovenaars hebben gewoond. Ze zijn al lang verdwenen uit het bos, maar hebben hun energie tussen de bomen achtergelaten. Als ik mijn lunch heb afgerekend, slenter ik langs de winkels de heuvel op, die in de verte uitkomt op de ingang van het beroemde Edinburgh Castle. Mijn horloge geeft aan dat het even voor twee uur is als ik de contouren van de St Giles' Cathedral zie opdoemen. Dit pronkstuk van de stad staat aan een plein halverwege *The Royal Mile*.

Als ik voor de beroemde middeleeuwse kerk sta, ben ik onder de indruk. De kathedraal is gebouwd onder Keltische architectuur en heeft veel kenmerkende torentjes en prachtige gebeeldhouwde bogen. De buitenmuren zijn aangetast door de tijd en toch is de kracht van het bouwwerk nog altijd voelbaar. In deze kathedraal bevindt zich het hart van Schotland. Zelfs in deze tijd van ontkerkelijking boezemt de kathedraal ontzag en nederigheid in. In de prachtig bewerkte stenen nissen staan de beelden van trotse ridders en heiligen, die Schotland hebben gemaakt tot wat het nu is.
Juist als ik de kathedraal wil betreden, valt mijn blik op een bijzondere afbeelding. Precies boven de hoofdingang is een Franse lelie uit steen gehouwen. Dagelijks lopen talloze men-

sen in en uit de kathedraal en ik durf erom te verwedden dat niemand zich bewust is van deze Franse lelie, die eeuwen geleden bewust hier is geplaatst. De Franse lelie is voor mij het teken dat dit een bijzondere kathedraal is en zelfs de bakermat van de Schotse magie. Ik loop de kathedraal binnen en zie een informatiebalie, waar de entreebewijzen voor het bezoeken van dit werelderfgoed worden verkocht.

Voor een pond koop ik een ticket en loop vervolgens langs het bronzen beeld van de Schotse schrijver Robert Stevenson. Wat hij in deze kathedraal moet, weet ik niet, maar het zal zeker een historische reden hebben. Daarna bezoek ik een hoogtepunt: *Holy Blood Aisle*. Dit is een kleine kapel, waarin het graf van de graaf van Moray zich bevindt. Ik loop naar het midden van de kathedraal en geniet van de bijzondere gebrandschilderde ramen, die voor het zachtgele licht in de kathedraal zorgen. Het voelt of ik hier ooit eerder ben geweest, maar dat is zeker niet het geval, in ieder geval niet in dit leven. En toch zit de kathedraal op een of andere wijze in mijn geheugen verweven. Ik herken het licht, de vorm en de sfeer. Het gevoel dat ik hier eerder ben geweest, raak ik niet kwijt, hoe sterk ik mezelf ook inprent dat vorige levens onzin zijn. Ik ga in een kerkbank zitten en laat de overweldigende sfeer over me heen spoelen. De pilaren in de kerk, die rustpunten zijn voor de hoge gotische bogen, geven de kathedraal de sfeer van weidsheid en kracht. Mijn blik wordt getrokken naar de rechterhoek in de kathedraal, waar tussen de bogen de heroïsche vaandels van de zestien ridders van de Schotse broederschap *De Orde van de Distel* hangen. Het is onbewust mijn eerste kennismaking met deze illustere ridderorde.

'Alles wat groots en inspirerend is, is gecreëerd door een individu dat kon werken in vrijheid.'

Albert Einstein

-20-

Waar ons bewustzijn huist, weet niemand, net als geen mens weet waar de herinneringen blijven. In de kerkbank dringt het besef tot me door dat deze kathedraal de afgelopen eeuwen alles heeft meegemaakt. Zij stond er in tijden van vrede, maar ook in tijden van oorlog. De kerk heeft de ontdekking van de auto, het vliegtuig en de telefoon meegemaakt, maar ook de opkomst van het internet en de mobiel. Veel gelovigen beschouwden dit door de eeuwen heen als hun kerk. Maar ook de ongelovigen hebben hier hun nood geuit. De kathedraal was er voor mensen die hoopten op een betere toekomst en voor degenen die wanhoopten over een somber verleden. Kortom, hoe de wereld ook wijzigde, de kathedraal veranderde niet mee en heeft de tand des tijds doorstaan.

Ik stop met mijmeren en loop rond tien voor drie voor de tweede keer naar de informatiebalie om daar geduldig op mijn beurt te wachten.

'Kan ik u helpen?' vraagt een jonge vrouw, gekleed in blauwwitte Schotse ruit.

'Ik kom voor professor McCloud. Om drie uur heb ik hier een afspraak met hem.'

De vrouw weet blijkbaar wat haar te doen staat. Ze zegt niets en sluit het geldkistje dat op de tafel staat. Dan vraagt ze me even geduld te hebben en loopt naar de winkel met religieuze attributen, die zich aan de zijkant van de kathedraal in een ruime nis bevindt. Even later komt ze teruggelopen, gevolgd door een man met grijs golvend haar. De man draagt een gedateerd en versleten bruin pak en hij loopt recht op mij af.

'Kan ik u helpen?' vraagt de man. Zijn toon is gereserveerd en bijna vijandig te noemen.

'Ik heb om drie uur een afspraak met professor McCloud, hier in de St Giles' Cathedral.'

De man zegt niets, maar zijn heldere ogen kijken mij doordringend aan.

'Uw naam alstublieft?'

'Roderick de Brauw van Assem', antwoord ik. De ontvangst komt me niet allerhartelijkst voor. Waarom doet deze man zo onaardig?

'Waar komt u vandaan?'

'Uit Nederland.'

'Wacht u alstublieft even hier.'

De oude man sloft terug naar zijn winkel en komt pas tien minuten later weer naar me toegelopen.

'Volgt u mij maar', zegt de man, die licht met zijn rechterbeen trekt, alsof zijn ene been korter is dan het ander. We wandelen langs de banieren in de richting van een groot afgesloten hek met brede spijlen, dat helemaal rechts achterin de kerk is gesitueerd. De oude man pakt uit de binnenzak van zijn bruine tweedjasje een grote gietijzeren sleutel en opent in een draaibeweging het slot, waardoor het hekwerk piepend wordt geopend. Twee toeristen staan nieuwsgierig toe te kijken en maken een foto van ons. De man gebaart mij door te lopen. Ik doe een paar stappen naar voren en hoor het hekwerk achter mij dichtslaan, waarna de man de sleutel in het slot omdraait en zonder iets te zeggen wegloopt.

Gespannen loop ik door de spaarzaam verlichte gang, die onverwacht een scherpe bocht naar rechts maakt. Zodra ik de hoek om ben, valt mijn mond open van verbazing. Ineens doemt vanuit het niets de allermooiste kapel op, die ik ooit in mijn leven heb mogen aanschouwen. Door de prachtig gebrandschilderde ramen valt een zachtgeel licht naar binnen en dat geeft de kapel een warme gloed. In de ruimte staan rondom vijftien tronen opgesteld, versierd met het allermooiste houtsnijwerk dat Schotland rijk is. Boven elke troon is een geschilderd wapen aangebracht, die bij de vertegenwoordigde broederschap hoort. Aan de kop van de kapel staat tussen twee marmeren pilaren de hoofdtroon. Boven deze troon hangt een banier met de Schotse vlag met daaronder een groot schild, waarop het familiewapen van het Engelse koningshuis is aangebracht. Naast de hoofdtroon staan aan weerszijden manshoge brandende kaarsen. De zoete onbekende geur moet afkomstig zijn van speciale wierook. De schoonheid van de kapel is adembenemend en ik ervaar een stilte die ten minste zo indrukwekkend is. Intuïtief loop ik naar het midden van de kapel en laat de schoonheid op mij inwerken. Ik zie dat de kapel zeker twintig meter hoog moet zijn en dat het plafond prachtig gedecoreerd is met goud geschilderde Franse lelies. Alles in de kapel ademt een sfeer van ingehouden klasse en stijl uit.

'Je bent hier gekomen op een plaats waar je behoort te zijn', hoor ik een zware stem zeggen.

Ik kijk verschrikt om me heen, maar ik kan niemand ontdekken.

'We hebben je geroepen en je bent gekomen.'

Ik ben in verwarring. Wie heeft mij geroepen en wie praat er tegen mij? Ik kijk rond, maar de stem is door de nagalm in de kapel niet traceerbaar.

'Als de de eeuwige tijd voorbij is, opent zich de witte lelie', schalt het door de ruimte.

Ik voel een koude rilling door mijn lijf trekken. Dit is de zin, die ik in *Time Magazine* heb gelezen. Wat heeft dit allemaal te betekenen?

'Waarom en door wie ben ik geroepen?'

'Alles komt op de juiste tijd,' zegt de stem en daarna is het stil.

'Ik geloof dat de religie van de toekomst vooral een kosmische religie zal zijn. Het boeddhisme is de godsdienst, die religie en wetenschap het meest met elkaar verbindt.'

Albert Einstein

-21-

'Wie heeft mij geroepen?', vraag ik nogmaals.
Het blijft opnieuw lang stil. Juist als ik me wil omdraaien om weg te lopen, komt vanachter één van de houten tronen een oudere man naar voren gelopen. Hij blijft even stilstaan om mij goed in zich op te nemen en loopt vervolgens langzaam en stap voor stap naar mij toe. De man is gekleed in een lange, witte monnikspij, waarop met rood stiksel een Franse lelie is geborduurd. Zijn gezicht is door de overhangende monnikskap niet te zien. Het lijkt of ik eeuwen terug ben in de tijd en dat benauwt me.

'Mijn naam is McCloud', hoor ik de man zeggen. 'Ik ben de graaf van Canterbury en de achtenzeventigste ridder van *De Orde van de Distel*. Daarnaast ben ik professor in de wiskunde en natuurkunde op de universiteit van Edinburgh. Ik heet u van harte welkom op de thuisbasis van *De Orde van de Distel*.'

Met een bewerkte, manshoge houten staf in de hand stampt de man drie keer op de met mozaïek ingelegde stenen vloer. Dit lijkt op een toneelstuk van Shakespeare en mijn verbazing neemt verder toe. In wat voor theater ben ik terechtgekomen? De man haalt zijn monnikskap naar beneden en loopt op mij af. Met zijn helderblauwe ogen in een open gezicht en zijn wijd uitstaande grijze haren is hij een excentrieke persoonlijkheid. De man geeft me een stevige hand.

'John McCloud.'

'Roderick de Brauw van Assem', stel ik mezelf voor. Ondertussen kijk ik diep in zijn staalblauwe ogen en merk dat er geen diepte in te ontdekken is.

Wat is dit voor een vreemde voorstelling? Het is alsof *Darth Vader* uit *Star Wars* meespeelt in de western *Once Upon a Time in the West*.

'Meneer De Brauw van Assem, is het uw lot dat u hier heeft gebracht of heeft u onze ontmoeting gestuurd?'

Ik frons mijn wenkbrauwen.

'U had mij gevraagd om hier af te spreken,' antwoord ik.

'Dat is geen antwoord op mijn vraag', zegt de professor. 'Mijn vraag is of uw leven wordt gestuurd of dat uzelf uw leven stuurt?'

Wat is dit voor een semantische discussie? Niemand weet toch in hoeverre we ons leven sturen of dat we slechts toeschouwer zijn van onze levensfilm. Zelfs de meest briljante filosofen hebben daar geen antwoord op kunnen formuleren. Wat ik weet, is dat toeval een grotere rol in mijn leven speelt dan ik wil toegeven. Zonder het harde werken was ik nooit overspannen geraakt, in restaurant 'De Witte Bergen' terechtgekomen en had ik niet het *Time Magazine* gelezen. Dan had ik de naam van professor McCloud niet geweten en was ik hier nooit in verzeild geraakt. Dat is zoveel toeval bij elkaar, dat ik het niet kan bedenken, laat staan kan sturen. Het leven zorgt dat geen van mijn planningen ooit is uitgekomen, daar was ik al op jonge leeftijd achter. Aan de andere kant geldt: als ik het artikel wel had gelezen, maar geen actie had genomen door een e-mail naar de professor te sturen, dan had ik hier ook niet gezeten. De vraag is: kies ik er autonoom voor om een e-mail te sturen of worden zelfs mijn gedachten gestuurd door een onmetelijk grote onbekende kracht? Waar het idee vandaan komt om een e-mail aan de professor te sturen, is een vraag die geen wetenschapper kan beantwoorden. Komen mijn gedachten uit mezelf voort of is er toch ergens een intelligent universeel veld dat mijn gedachten stuurt?

'Ik heb geen idee', zeg ik.

'Laat ik de vraag op een andere manier formuleren: denk je dat je toevallig hier bent?' vraagt de professor.

'Nee.'

Het antwoord is er sneller uit dan ik het kan bedenken.

'Dat klopt inderdaad', zegt McCloud. 'Toeval bestaat niet als je begrijpt hoe het universele bewustzijn werkt. Dat ga ik je op een later moment deze week uitleggen.'

'Met welke reden ben ik hier?' vraag ik.

'Alle antwoorden komen op de juiste tijd, Roderick', antwoordt de professor. 'Je bent hier niet zomaar. De wereld is sinds het verstrijken van de eeuwige tijd sterk aan het veranderen. Een toenemend aantal mensen realiseert zich dat het niet verder kan met hoe wij met de planeet aarde omgaan. Vanuit een hoger bewustzijn wordt er ingegrepen. De verbinding tussen het hart van mensen met de planeet aarde moet worden hersteld, zodat we liefdevoller en zorgzamer met onze leefomgeving omgaan.

'Wat is precies het hoger bewustzijn?' vraag ik.

'Daar bevindt zich het universele veld, waar ruimte en tijd niet bestaan. Dit intelligente veld, bestaande uit zuiver bewustzijn, bestuurt onze wereld op een volstrekt logische wijze, in ieder geval vanuit de hogere dimensie bezien. De kennis over een overkoepelend bewustzijn is overigens al eeuwen oud. Tempeliers hadden door *De Theorie van het Alles* vroeg in onze geschiedenis toegang tot dit hogere bewustzijn.

Deze kennis werd vanaf de twaalfde eeuw van grootmeester op grootmeester doorgegeven. De laatste openbare grootmeester van *De Orde van de Tempeliers* was Jacques de Molay. Hij werd door de Franse Koning op 18 maart van het jaar 1314 op de brandstapel gezet. Zijn laatste woorden waren: *Après la chute des Tours, ouvre les fleur de Lis.* De vertaling van deze Franse zin is: *als de eeuwige tijd voorbij is, opent zich de witte lelie.* Historici hebben hun hoofd gebogen over deze cryptische laatste zin, die werd uitgeschreeuwd door een in brand staande grootse man in de laatste seconden van zijn leven. De witte lelie is in de leer van emblemata het symbool van de maagd Maria en staat voor zuiverheid en maagdelijkheid. Zo ontdekten antropologen dat de witte lelie bij de tempeliers symbool staat voor een nieuwe aarde. Op 21 december van het jaar 2012 kwam er een einde aan de cyclus van de lange telling in de Maya kalender. Er volgde geen catastrofe, maar een wereld die opnieuw begint met een schone lei. Het is een frisse start van een wereld, waarin we begrijpen hoe alles met iedereen en alles samenhangt en we respectvol en zorgzaam met elkaar en de leefomgeving moeten omgaan. Het internet en de social media zijn de twee katalysatoren geweest om deze beweging in te zetten. We zien op een klein scherm in onze hand wat de invloed is van onze overconsumptie op deze wereld. Pas nu begrijpen we de betekenis van de laatste boodschap van Jacques de Molay en weten we dat de tijd was aangebroken om te gaan bouwen aan een nieuwe wereld, die we de naam *Terra Nova* geven.'

De professor loopt weg en verdwijnt achter de pilaar. Zijn woorden dreunen na in mijn hoofd. Wat is dit voor een slecht georkestreerd toneelspel? Kan ik met deze wetenschap nog vluchten naar mijn oude en onwetende leventje? Ik wil gewoon mijn oude leven weer terug om als fusie- en overnamespecialist aan de slag te gaan en deals te maken. Geld verdienen en consumeren, zonder dat ik mij besef dat we met z'n allen de wereld aan het vernietigen zijn. Alles in mijn leven moet weer worden, zoals het ooit was. De wereld redden laat ik graag aan iemand anders over, want waarom moet ik dat doen? Ik ben toch géén politicus of milieuactivist? Het lijkt me beter om nu weg te lopen en het vliegtuig terug naar Amsterdam te nemen. Dan doe ik gewoon net of dit gesprek nooit heeft plaatsgevonden en ik nog nooit van tempeliers heb gehoord. Alles in mijn lijf roept op om zo snel mogelijk weg te vluchten!

'Een avond waarop iedereen het eens is, is een verloren avond.'

Albert Einstein

-22-

Of ik mijn rol als leider van een nieuwe beweging ga vervullen of weer als fusie-en-overname-specialist aan de slag ga, wordt bepaald door het afgesloten hek bij de kapel. Vluchten kan ik niet, want hoe hard ik ook aan het hek ruk, het blijft gesloten. Daarom heb ik geen andere mogelijkheid dan te wachten op de professor die het hek kan openen. Na enig wachten verschijnt de professor in een lichtgrijs pak, dat rond 1960 in de mode moet zijn geweest. Hij kijkt mij met een veelbetekenende glimlach aan, alsof hij wist dat ik niet weg kon lopen van mijn verantwoordelijkheid. McCloud ziet er overigens uit als de typische professor, met zijn grijze verwarde bos haar, donkere wenkbrauwen en een kromme rug, die vanzelf deze vorm gekregen heeft, na tientallen jaren boven de studieboeken te hebben gehangen. De professor opent het hek en vraagt mij hem te volgen. Via de achteruitgang van de kathedraal komen we buiten in een zijstraat van *The Royal Mile* terecht.

De mystieke sfeer van de kapel maakt plaats voor de harde werkelijkheid van de straat, waar mensen gehaast elkaar voorbij lopen op weg naar hun volgende bestemming. Ook de Schotse professor zet de pas erin en wel zodanig dat ik moeite heb om de kwieke senior te volgen. Hij loopt het plein over en slaat dan linksaf, de heuvel op, in de richting van het kasteel van Edinburgh. Het is druk op straat op deze zonnige najaarsdag. Hier en daar speelt een straatmuzikant, die zijn best doet om de voorbijgangers te verleiden tot het doneren van een paar penny's voor zijn muzikale kunsten. We passeren een bioscoop waar ik op een aanplakbiljet zie dat daar een 3D-film over het monster van Loch Ness draait. Verder zijn er vooral winkels, vol met toeristische prullaria, Schotse pubs en fish-and-chips restaurants. Alles wat toeristen kan behagen, is hier op *The Royal Mile* te vinden in ruil voor geld. De meest roemruchte straat van Schotland eindigt op het voorplein van het kasteel.

Net voordat we de brede houten ophaalbrug van het kasteel betreden, draait de professor zich om. Hij wijst naar de twee manshoge standbeelden, die aan weerszijden van de poort in een nis van de metersdikke kasteelmuren zijn opgesteld.

'Dit waren mannen die hun dromen hebben nagejaagd', zegt de professor. Het rechter standbeeld is van Robert de Bruce, de befaamde koning van Schotland. Hij stierf in het jaar 1329 en heeft hier nog altijd een heldenstatus. De man aan de linkerkant van de poort is zijn belangrijkste bevelhebber, William Wallace. Iedere Schot kent, zelfs in deze tijd, de beide helden. Robert de Bruce was een man van grote dromen. Hij wist zijn leger tot grootse daden te bewegen, zodat het onbeduidende Schotse leger op 24 juni van het jaar 1314 de oppermachtige Engelse krijgsmacht in de slag om Barnackhurn versloeg. Met deze overwinning legde hij de basis voor de Schotse onafhankelijkheid.'

Ik knik welwillend, zonder precies te begrijpen waar de professor met zijn verhaal naartoe wil.

'Voor jou ligt de opdracht om na te denken over de vraag hoe het kleine, onbeduidende Schotse leger de oppermachtige Engelse krijgsmacht kon verslaan?'

De professor loopt door, over de houten loopbrug en koopt twee toegangsbewijzen voor het kasteel. Na de kaartcontrole volg ik de professor, die de weg door het eeuwenoude kasteel goed kent.

'Op deze plaats is de Schotse geschiedenis gevormd', zegt de professor. 'Het kasteel van Edinburgh is gebouwd op een enorme rots, waardoor het door de eeuwen heen niet te veroveren was. We lopen over de muren en ik kijk naar de heuvels rondom de Schotse hoofdstad, waar ik ook andere kastelen zie liggen. We lopen door naar de top van de heuvel, waar zich de uitkijkposten van het kasteel bevinden. Op een binnenplaats bevindt zich een smal stenen gebouw, dat er van buiten uitziet als een middelgroot woonhuis. De professor stopt voor het gebouw en loopt door de houten deur naar binnen en ik volg hem op de voet. De kapel is niet groot en er zijn geen andere mensen binnen. Direct valt een houten kist op die als altaar dient en waarover een doek is gedrapeerd met daarop een rood gekarteld geborduurd kruis. De kist staat voor een gebrandschilderd raam met daaronder een nis, waarin een beeldje van een vrouw met een boek op haar schoot staat. Onder het beeldje staat op een naamplaatje: de heilige St. Margaret. Om haar nek draagt St. Margaret een verweerde, metalen ketting, die bestaat uit schakels in de vorm van Keltische knopen. De professor wenkt me om naast hem op een houten kerkbankje te komen zitten.

De professor wijst naar een gebrandschilderd raam boven de ingang van de kapel.'

Ik kijk naar de beeltenis van de woeste ridder, die zo detoneert in dit vredige, witte kerkje.

'Is dat Robert de Bruce?'

'Dat klopt. De beeltenis is van de meest roemrijke koning van Schotland. Wat weinigen weten, is dat zijn leven sterk verweven is met *De Orde van de Tempeliers*. Uit een recente studie kwam naar voren dat de Schotten door Robert de Bruce hun onafhankelijkheid te danken hebben aan *De Orde van de Tempeliers*.'

'De tempeliers?'

'Inderdaad, deze orde bestaande uit monnik-soldaten is in het jaar 1119 in Jeruzalem gesticht door de Vlaamse ridder Hugo van Payns, de Fransman Godfried van Bouillon en zes andere ridders. Ze waren naar Israël gekomen, omdat de toenmalige paus Urbanus hen had opgeroepen om het heilige graf te bevrijden van de moslims. De ridders lieten een rood kruis op hun witte kleding aanbrengen en werden daarom in de volksmond kruisvaarders genoemd. Ze brachten een groot huurleger op de been en reisden af naar Jeruzalem. Op 15 juni van het jaar 1099, precies om 15:00 uur in de namiddag, veroverden ze met 40.000 manschappen Jeruzalem en kregen hun hoofdkwartier op de plaats, waar in de tijd van Jezus Christus de oude tempel van Salomo had gestaan. Daarom werden zij 'De tempeliers' genoemd.'

Ik ken het verhaal, dat zo is beschreven in het boekje over tempeliers dat ik ooit van mijn moeder heb gekregen.

'Al snel organiseerden de tempeliers zich als een leger en werd de algehele leiding overgedragen aan een grootmeester, die een vorstelijke rang kreeg en rechtstreeks onder pauselijk gezag werd geplaatst. Tot zover is er niets opmerkelijks te vertellen en waren ze niet meer dan een privéleger van de toenmalige paus. Het grote mysterie rondom deze ridderorde is nooit meer verdwenen. Bij toeval ontdekten ze in de grafkelder van hun hoofdkwartier een stuk crucifix, waaraan Jezus Christus was gekruisigd. Bij het crucifix lag een eeuwenoude papierrol met de titel: *De Theorie van het Alles*. Het in het Hebreeuws opgestelde document hebben de grootmeesters laten vertalen en vanaf die dag was alles anders.'

'Wat is precies *De Theorie van het Alles*?' vraag ik.

'De werkelijkheid is slechts een illusie, maar dan wel een hardnekkige.'

Albert Einstein

-23-

'Albert Einstein leerde de wereld de formule $E=MC^2$. Daarmee zegt hij dat massa of materie in werkelijkheid samengebalde en opgeslagen energie is', zegt de professor. 'Volgens Albert Einstein is alles energie, jij en ik zijn zuivere vormen van energie. Maar ook een steen is energie, water is energie en eigenlijk is alles wat bestaat een vorm van energie. $E=MC^2$ is een onderdeel van *De Theorie van het Alles,* waarmee we kunnen verklaren waarom er gebeurt wat er gebeurt. Ik ga je anders leren denken, waardoor je in staat bent om als een magiër de realiteit te veranderen. De tempeliers begrepen dat ze met deze kennis het toverboek en de toverstok tegelijkertijd in handen hadden. Daarom werden het crucifix en de papierrol met *De Theorie van het Alles* in een zilveren kist gestopt. Deze kist, in de vorm van een tabernakel, werd permanent door negen tempeliers bewaakt.

Het toepassen van de geheime theorie gaf de ridders ongekende krachten, waardoor ze onverslaanbaar waren. Alleen al de verschijning van witte kleding met daarop het geborduurde rode kruis zorgde voor angst bij de tegenstander op het slagveld. De geheime kennis uit de papierrol werd door de tijd heen doorgegeven aan de drieëntwintig opeenvolgende grootmeesters, die De Orde groter en machtiger maakten dan menig Europees genootschap. Met behulp van mythevorming, hun ijzersterke mentale kracht, *De Theorie van het Alles* en de vaardigheid om het toeval te sturen, werden de tempeliers de rijkste en machtigste broederschap ter wereld. Zo beheerden zij onder andere de Engelse en Franse schatkist en bezat zij meer dan 9000 landerijen en burchten, verspreid over Europa en het Midden-Oosten.

Hun succes en de uitzonderlijke financiële positie luidden tegelijk hun ondergang in. De tempeliers leenden veel geld aan de Franse koning Filips de Schone uit, om zijn oorlogen te kunnen financieren. De koning was helemaal niet van plan dit geld terug te betalen en hij wilde bovendien de geheime kennis uit de tempel van Salomo weten. De leider van *De Orde van de Tempeliers* weigerde om de geheime kennis te vertellen en de woedende koning verzon een list. De bisschop van Bordeaux, Clemens V, wordt in het jaar 1305 paus, door toedoen van de Franse koning Filips de Schone. In ruil voor deze gunst beschuldigde de paus de gehele *De Orde van de Tempeliers* van satanisme en hij banvloekte de tempeliers. Dat gaf de Franse koning een onderhandelingspositie ten opzichte van de grootmeester van *De Orde van de Tempeliers*. Hij wilde de waarheid achter 'het alles wat er bestaat 'uitruilen tegen de opheffing van de banvloek.

De onderhandelingen liepen op niets uit en op vrijdag 13 oktober van het jaar 1307 werden bij het ochtendkrieken tempeliers in Frankrijk massaal gearresteerd, ondervraagd en gefolterd. Deze dag is een belangrijke dag in onze geschiedenis en zelfs vandaag de dag kennen we vrijdag de 13^{e} als een ongeluksdag.' Inderdaad kent bijna iedereen de betekenis van vrijdag de 13^{e}. Hoewel het onbegrijpelijk lijkt dat deze datum van ruim 700 jaar geleden als een vast begrip voortleeft en van generatie op generatie wordt doorgegeven, weet nog steeds iedereen dat vrijdag de 13e een ongeluksgetal is.

'In een groot schijnproces werden de tempeliers door het pauselijk gezag officieel beschuldigd van immoraliteit, sodomie en ketterij. Door de martelingen en wrede folteringen bekende een groot aantal van hen de ten laste gelegde beschuldigingen. In het jaar 1312 werd *De Orde van de Tempeliers* bij pauselijk bevel opgeheven en de bezittingen werden overgedragen aan de Franse overheid en het Vaticaan in Rome. De grootmeester, genaamd Jacques de Molay, werd in Parijs op de brandstapel gezet. Het vuur werd aangestoken en hij vervloekte zijn twee rechters; paus Clemens V, koning Filips de Schone en zijn twee raadgevers, de ministers Nogaret en Marigny: hij wenste hen binnen een jaar dood. Daarna sprak hij, net voor zijn sterven, de zin uit: *Als de eeuwige tijd voorbij is, opent zich de witte Lelie.*

Het vonnis van de vier vervloekte rechters kwam binnen het jaar tot vervulling en het noodlot sloeg ongenadig hard toe. Als eerste slachtoffer stierf binnen enkele weken paus Clemens V onder helse pijnen. Filips de Schone kreeg een half jaar na de moord op Jaques de Molay een ernstig ruiterongeval en overleed enkele dagen later. Minister Nogaret stierf in november van datzelfde jaar door toedoen van vergiftigde kaas en minister Marigny werd opgehangen wegens plichtsverzuim. De vloek van de grootmeester kwam uit en binnen een jaar waren alle vier de verantwoordelijken daadwerkelijk overleden. Wat de leider van de tempeliers bedoelde mijn zijn laatst uitgesproken zin bleef een raadsel, tot er een koppeling werd gemaakt met de Maya kalender van de lange telling. Deze stelt dat op 21 december 2012 een nieuwe tijd is aangebroken. Veel mensen dachten dat op deze datum de wereld zou vergaan. Ze dachten dat een Apocalyps verlossing zou brengen. Dat is niet zo'n gekke gedachte want zowel het Jodendom, Christendom en Islam spreken over het vergaan van de wereld. 'Het Jodendom, Christendom en ook de Islam voorspellen allemaal een Apocalyps. Veel mensen vinden dat we slecht met de wereld omgaan en de aarde onherstelbaar kapot maken. De wereld is niet vergaan, maar toch is er iets fundamenteels veranderd. Meer dan de helft van de wereldbevolking is via het internet met elkaar verbonden. Voor het eerst worden we ons bewust dat ons consumptiegedrag consequenties heeft in de rest van de wereld. Dat onze CO^2 uitstoot leidt tot de opwarming van de aarde, onze overmatige voedselconsumptie leidt tot het ontbossen van de aarde en we Moeder Aarde langzaam uitputten. Kortom, voor het eerst in de geschiedenis zijn we ons echt bewust dat alles met elkaar en iedereen is verbonden en dat ons consumptiegedrag consequenties heeft voor het voortbestaan van de planeet aarde.'

De professor is lange tijd stil en zit met gesloten ogen naast me.

'Roderick, sluit je ogen', zegt hij. 'We staan op het punt van een transitie naar een nieuwe tijd. De tijd dringt! De eeuwige tijd voorbij is. Als het ons niet snel lukt om de aarde te verduurzamen, laten we een onleefbare wereld achter voor onze kinderen, kleinkinderen en de daaropvolgende generaties. De volgende oorlogen gaan niet meer over olie en grondgebied. Ze gaan over beschikken van toegang tot zoetwater. De opwarming van de aarde is niet meer tegen te gaan. Het gaat geen vijftig jaar meer duren voordat hele bevolkingsgroepen op de vlucht slaan, op zoek naar een plaats die nog leefbaar is. Met de toename van de wereldbevolking gaat dit leiden tot een catastrofe. De afgelopen tachtig jaar is de wereldbevolking verdrievoudigd. Het dreigt onbeheersbaar te worden en leidt tot klimaatverandering, gebrek aan schoon water, hongersnood en milieubelasting. Als we nu niet ingrijpen, is de eindtijd van onze planeet aarde binnen vijftig jaar een feit. Jouw kinderen en kleinkinderen zullen vechten voor het laatste stukje leefbare aarde. Dat mogen we onze kinderen niet aandoen. Daarom is nu actie geboden en hebben we praktische dromers nodig die aan een nieuwe aarde met een duurzame beschaving kunnen bouwen. De wereld heeft nieuwe leiders nodig, die hun gedachten en dromen kunnen omzetten in energieneutrale woningen en werkplekken. We moeten bouwen aan een circulaire economie om de voorraden grondstof niet uit te putten. Dat vraagt om mensen die niet bang zijn voor nieuwe ideeën.

We zijn op zoek naar de Columbussen van deze tijd. Mensen die onbekende werelden kunnen ontdekken om deze toegankelijk te maken voor iedereen. Ooit droomde Henry Ford van een wagen zonder paard. Thomas Edison droomde meer dan honderd jaar geleden van een gloeilamp die op elektriciteit zou branden en de gebroeders Wright droomden van een machine die door de lucht zou vliegen. Zij hebben destijds de wereld veranderd en dergelijke pioniers zoeken we nu weer. Waar blijven de Henry Fords en Thomas Edisons van deze tijd die de wereld duurzaam weten te maken?'

De professor kijkt me doordringend aan en eigenlijk weet ik niet precies of en wat ik moet zeggen.

'Terra Nova is een nieuw genootschap dat deze krachten gaat bundelen', gaat de professor verder. 'Terra Nova moet het opnemen tegen bestaande krachten die het liefst alles bij het oude willen houden. De huidige machthebbers zullen zich niet gewonnen geven en de touwtjes in handen willen houden.'

'De meeste mensen denken dat intellect het kenmerk is van grote wetenschappers. Ze hebben ongelijk! Wat alle grote wetenschappers kenmerkt, is karakter.'

Albert Einstein

-24-

Als we naar buiten lopen, merk ik hoe onvoorspelbaar het weer in Schotland kan zijn. De blauwe lucht boven de stad heeft in korte tijd de kleur aangenomen van een dood kanaal op de televisie. De laaghangende donkere wolken kunnen elk moment losbarsten en de lucht is even dreigend als de toestand van onze planeet.

We lopen gehaast over het met kasseien geplaveide plein, naar de ridderzaal. Ik volg de kwieke professor en verbaas me over zijn goede conditie. Net voordat de eerste regendruppels vallen, gaan we de sober ingerichte ridderzaal binnen en nemen plaats op een houten bank.

'Waarom vertelt u me dit allemaal?' vraag ik.

'Jouw vader was een bijzonder man die veel voor de broederschap *De Orde van de Distel* heeft betekend. Verder kan en mag ik er niets over zeggen.'

De woorden raken me. Mijn gevoel dat mijn vader hier iets mee te maken heeft, klopt dus.

'De leiders van *De Orde van de Tempeliers* hadden enkele van de meest briljante wiskundigen in dienst genomen om *De Theorie van het Alles* verder uit te werken', zegt de professor en hij gaat verder met zijn uitleg. 'In de tientallen jaren studie ontdekten de wiskundigen het geheim van het universum. Volgens de beschreven *De Theorie van het Alles* voltrekt alles in het universum zich volgens bepaalde patronen. Ze ontdekten dat aan ons dagelijks leven getallen, cijferreeksen en formules ten grondslag liggen. Zie het universum als een computer. Je ziet op het computerscherm een vakantiefoto en je realiseert je niet dat deze foto in de hardware en software van de computer uit nullen en enen bestaat. De wiskundigen waren op zoek naar de hardware en software van het universum. Daarbij wisten ze verbanden te leggen tussen getallen, reeksen, cycli, die ons dagelijkse leven vormen. Als je de software van het universum kent en de sleutel hebt van de programmeertaal, kun je de realiteit gaan creëren en het lot gaan sturen. Dat is exact de basisgedachte geweest van een handjevol monniksridders om de meest succesvolle organisatie van Europa te bouwen. Als wiskundige vind ik de software van het universum intrigerend en vandaar dat ik mij tijdens een lange studie heb geconcentreerd op de wijze waarop ons dagelijks leven te vatten is in formules, cycli en getallen. Veel van wat de moderne wiskunde nu nog niet weet, hadden de tempeliers in de twaalfde en dertiende eeuw al ontdekt en het voor zichzelf beschreven. De kennis hebben ze in de tempel van Salomo gevonden.

Een aantal van de authentieke documenten is verzameld in de bibliotheek van de Universiteit van Edinburgh. Jarenlang heb ik deze documenten bestudeerd en ben tot de conclusie gekomen dat de kosmos daadwerkelijk een ordening van getallen is. Laat ik je een voorbeeld geven. Elk gevoel dat we kennen, correspondeert met een getal. Zo hoort 'verlamming' bij het getal 13 en 'enthousiasme' bij het getal 18. Bijvoorbeeld ook de emotie 'geluk' heeft een vast getal; 9. Veel mensen hebben hier vanuit hun intuïtie een gevoel bij. Tijdens mijn studie ben ik nog een stap verder gegaan. Het blijkt dat elk getal niet alleen voor een bepaalde emotie staat, maar ook een bepaalde trillingsfrequentie heeft. Praktisch ieder mens heeft geluksgetallen in zijn of haar arsenaal. Op onbewust niveau weten we al dat elk getal een andere trillingsfrequentie heeft. Een ander praktisch voorbeeld is het huisnummer van het huis waarin je woont. Gek genoeg heeft de plaats waar je woont invloed op je energie en op de situatie waarin je je bevindt. De kracht van getallen is al duizenden jaren bekend. Elke goed opgeleide astroloog kan je vertellen hoe je geboortedatum, geboortetijdstip en geboorteplaats je karakter bepalen en vorm geven aan de realiteit die je beleeft. Kortom: astrologie is een vertaling van de software van het universum.

De wiskundigen binnen *De Orde van de Tempeliers* hebben aan de hand van de Hebreeuwse teksten op de papierrol ontdekt dat elk getal een trillingsfrequentie heeft, die toegang geeft tot een bepaalde werkelijkheid. Er bestaat geen absolute realiteit. Er zijn oneindig veel realiteiten, net zoveel als er getallen zijn. Wat is het grootste getal?'

'Geen idee. Daar heb ik nog nooit over nagedacht', zeg ik.

'Het grootste getal is een oneindig groot getal. Daarom zijn er ook oneindig veel realiteiten en beleeft ieder mens zijn eigen realiteit. Ik geef je een concreet voorbeeld. Wat is de straat en het huisnummer van het huis waar je woont?'

'Ik woon op Zevenende nummer 17', zeg ik.

De professor rekent in een boekje de letters en cijfers naar een getal om.

'Je woont in een hectisch huis, waar je geen rust zult vinden of langdurige vaste relaties kan opbouwen.'

Ik sta perplex door de uitleg! Met geen mogelijkheid kan ik zeggen dat mijn leven niet op zijn kop staat.

'Dat klopt zeker. Hoe weet u dat?' vraag ik.

'Ieder mens kan de sfeer in een huis intuïtief aanvoelen. Er zijn huizen waar harmonie en rust heerst en er zijn woningen die staan voor hectiek en ongeluk. Elke arts, die enige tijd in een plaats werkzaam is, kan je vertellen in welke straten onevenredig veel ziektes en overlijdens voorkomen. Er zijn huizen waar elke opvolgende bewoner ellende heeft. Er zijn doorgangshuizen waar een snelle doorstroming van bewoners is en er zijn woningen waar de bewoners hun leven lang blijven wonen. Elke woning heeft een bepaald trillingsniveau, dat invloed heeft op haar bewoners. De energie die ons omringt en waarop we zijn aangesloten, bepaalt wat we ervaren. Energie is een golfbeweging die natuurkundig te beschrijven is. Anders gezegd: het universum is een soort computerscherm waar we beelden op zien. De aansturing geschiedt door de universele software, die te beschrijven is in getallen, cijfers en cycli. Die vormt universele energie, die je aantrekt.

Niet toevallig was het juist de grote wiskundige Albert Einstein, die de belangrijkste ontdekkingen heeft gedaan hoe het universum werkt. Hij koppelde verbeelding aan wetenschap en kon zo revolutionaire wetenschappelijke ontdekkingen doen. Het creëren vanuit verbeelding is anders, dan logisch beredeneren vanuit het denken. Wij kunnen gebruik maken van deze kennis. Als we ontdekken dat alles wat we zien en ervaren gebaseerd is op een onzichtbaar web van invloedssferen, verandert onze kijk op de wereld. Anders gezegd; ieder mens bouwt zijn realiteit op basis van de energie die hij aantrekt.'

Ik luister niet aandachtig naar de uitleg van de professor. Ten eerste omdat dit voor mij zeker geen alledaagse kost is, maar vooral omdat er al geruime tijd een belangrijke vraag mijn gedachten beheerst.

'Tempeliers waren een geducht ridderleger en ze wisten hoe het universum werkt', zeg ik. 'Hoe kon het dan in hemelsnaam gebeuren dat de tempeliers zich massaal en zonder enig verzet door Filips de Schone lieten oppakken?'

De professor glimlacht.

'Slimme vraag Roderick. Ook dat gegeven heb ik uitgezocht. Bij de onderzochte documenten zat ook het dagboek van de laatste openbare grootmeester; Jacques de Molay. Daarin heb ik gelezen dat het een bewuste keuze van de tempeliers is geweest om zich als groep te laten ontbinden. Ze hadden inderdaad een wijdverspreid netwerk en ze hadden spionnen dichtbij de Franse koning en de paus zitten. Daarnaast bezaten de tempeliers machtige burchten en waren ze uitstekend getraind. Als Jacques de Molay het ontbinden van de tempeliers niet had gewild, dan was het Filips de Schone nooit gelukt om hen te vernietigen.'

De professor laat een stilte vallen en komt nu met zijn hoofd nu dichterbij.

'Het dagboek van de laatste grootmeester van *De Orde van de Tempeliers* heeft veel onduidelijkheden weggenomen. Volgens het dagboek was er op 10 maart van het jaar 1307 in Sainte Chapelle, op het eiland Île de la Cité in Parijs, een geheime bijeenkomst, waarbij alle belangrijke grootmeesters en belangrijke tempeliers aanwezig waren. In deze kapel werd besloten om de ridderorde in de openbaarheid op te heffen en om als ondergronds broederschap verder te gaan.

De naam van het ondergrondse genootschap werd omgedoopt in *De Orde Terra Nova*. Deze geheime orde is eeuwenlang alleen opengesteld voor tempeliers en wordt nu openbaar voor iedereen die wil helpen een duurzame planeet te realiseren. De oorspronkelijke tempeliers uit *De Orde Terra Nova* kunnen deze opdracht niet meer zonder hulp klaren. Ze hebben ieders hulp nodig om de aarde ook voor de toekomstige generaties leefbaar te houden.

De eerste en nooit officieel bekendgemaakte grootmeester van de geheime ondergrondse broederschap Terra Nova, was de Schot Henry Sinclair. Dit was een bekende familie binnen de kring van tempeliers, die in de 13e en 14e eeuw al eerder twee grootmeesters had geleverd. Zo kon de broederschap zonder veel verlies aan kennis van de zichtbare *De Orde van de Tempeliers* overgaan in de ondergrondse *De Orde Terra Nova*. In de St Giles' Cathedral is een van de zetels voor de grootmeester van *De Orde Terra Nova*. Bij de bijeenkomsten is deze stoel altijd bezet. Nog nooit heeft iemand het gezicht onder de witte monnikskap gezien.
In het dagboek heb ik gelezen dat Jacques de Molay nog voor zijn dood Henry Sinclair als nieuwe grootmeester van de ondergrondse *De Orde Terra Nova* heeft geïnaugureerd. De nieuwe leider vertrok met alle belangrijke relikwieën en de papierrol met *De Theorie van het Alles* per schip naar Schotland, nog voordat de Europese vestigingen van *De Orde van de Tempeliers* werden aangevallen en ontbonden. Zo zijn het heilige crucifix en *De Theorie van het Alles* in Schotland terechtgekomen.'
Er komt een groep toeristen de ridderzaal ingelopen. Ze maken een paar foto's en verlaten de ruimte dan weer, zonder

dat ze enig idee hebben welke geheimen deze ruimte herbergt.

Nadat de toeristen de ridderzaal hebben verlaten, vervolgt de professor zijn verhaal.

'In deze ridderzaal troffen Robert de Bruce en Henry Sinclair elkaar en werd er afgesproken dat *De Orde Terra Nova* de Schotse koning zou helpen in zijn onafhankelijkheidsstrijd tegen de Engelsen, in ruil voor zijn eeuwige gastvrijheid. Zo werd Schotland de vestigingsplaats van *De Orde Terra Nova* en konden de leden zich ondergronds hergroeperen. Tot op de dag van vandaag wonen overal ter wereld leden van *De Orde Terra Nova*. Je herkent ze niet in het dagelijkse leven. Toch zijn ze in alle lagen van de bevolking aanwezig. Leden van *De Orde Terra Nova* zijn niet uit op macht. Ze willen werken aan een betere wereld. Nu de mensheid de aarde als veilige basis dreigt te vernietigen, heeft *De Orde Terra Nova* hulp nodig van de gewone burger om extra slagkracht te organiseren. Nadat op 21 december 2012 volgens de Mayakalender de eeuwige tijd voorbij was en we met een schone lei aan een betere wereld kunnen gaan werken, is *De Orde Terra Nova* vrij toegankelijk voor de normale burgers Zo kunnen we gezamenlijk een vuist te vormen tegen de ongebreidelde hebzucht en het egoïsme, die Moeder Aarde dreigen te vernietigen.'

Dit verhaal is te wonderlijk voor woorden. Hoe kan het zijn dat er op deze wereld een geheime orde bestaat, die strijdt voor een duurzame wereld en dat niemand daarvan afweet? Nog nooit heb ik iets over *De Orde Terra Nova* in de media gelezen. Het klinkt mij eerlijk gezegd romantisch en fantasierijk in de oren. Een geheime orde van een dergelijke omvang zou in onze maatschappij allang zijn ontdekt door de media. Alles wat we doen, wordt ergens vastgelegd. Een geheime orde kan in onze moderne informatiemaatschappij gewoonweg niet bestaan!

'Waarom heb ik nog nooit van *De Orde van Terra Nova* gehoord?' vraag ik.

'Allereerst geldt dat *De Orde Terra Nova* pas nu een openbaar genootschap wordt. Eeuwenlang hebben ze ondergronds geopereerd. Daarnaast weten leden van *Terra Nova* het toeval zo te sturen dat niemand ooit achter hun bestaan is gekomen. Er bestaat een wereld achter onze zichtbare realiteit. Daar ga ik je de komende dagen over vertellen als ik *De Theorie van het Alles* uitleg.'

De woorden van de professor intrigeren mij mateloos. Er bestaat blijkbaar een theorie die ons universum kan verklaren en zelfs de toekomst kan voorspellen. Deze Schotse professor in de wiskunde heeft van deze theorie een studie gemaakt. Dit had ik zelfs in mijn stoutste dromen niet kunnen vermoeden.

'Herinner je nog de kist die als altaar diende, onder het gebrandschilderde raam van de St.-Margaret Chapel?'

'Ja.'

Ik wist niet dat het een kist was. Het altaar met daarover de gedrapeerde witte doek met het rode tempelierskruis staat me helder voor de geest.

'In deze kist bevindt zich een perkament, waarop de overeenkomst tussen Henry Sinclair en koning Robert de Bruce is opgetekend. Slechts weinig mensen kennen het bestaan van dit eeuwenoude perkament in deze St.-Margaret's Chapel.

In ruil voor vestiging in Schotland kreeg Robert de Bruce inzage in *De Theorie van het Alles*.'

Het is een bizar gegeven. De tempeliers bestaan, zij het dat ze in het diepste geheim opereren onder de naam *De Orde Terra Nova*. In Edinburgh bevindt zich hun hoofdkwartier, waar alle lijntjes van de wereldwijde cellen bijeenkomen. Ze zijn nu naarstig op zoek naar gewone burgers om een vuist te vormen en de wereld te redden van haar ondergang. Het lijkt of ik in een spannend jongensboek verzeild ben geraakt!

'Bent u ook lid van *De Orde Terra Nova*?' vraag ik.

'De bron van onze ellende bestaat daarin dat we meer verwachten van laboratoria, dan van gebedsruimten.'

Albert Einstein

-25-

Vanaf het moment dat mensen kunnen praten, beginnen de moeilijkheden. Hoe ouder we worden, hoe dominanter de rol van het praten is in ons leven. Daardoor vergeten we te luisteren en zijn we vooral gericht op zenden. Dat herken ik van mijn werk op kantoor. Een groep mensen die vooral kan schreeuwen, zonder enig benul te hebben van wat er bij de ander speelt. Daardoor missen ze de essentie van het leven. Stel je eens voor dat mensen uitsluitend nog datgene zouden zeggen wat waardevol is. Reken maar dat het een stuk rustiger in de wereld wordt. Professor McCloud is de man die drommels goed weet wat luisteren is en die alleen iets zegt, als dat ook waarde heeft. Hij is het type man dat dwars door mensen heenkijkt.

'Er bestaat een overkoepelend universeel bewustzijn. Dit veld kun je zien als de software en het geheugen van het universum. Alle informatie uit het verre verleden, het heden en uit de verre toekomst ligt daar opgeslagen en het veld verbindt ieder mens met alles en iedereen om zich heen. Het veld is zowel in tijd als in ruimte oneindig groot en het ligt voorbij de grens van wetenschap en mystiek. Het is onbeschrijfelijk ingewikkeld en daarom ook zo mooi.'

'Hoe ziet dat veld eruit?' vraag ik.

'Het universele bewustzijn bestaat uit energie, die meetbaar is in getallen en trillingen. Deze trillingen bestaan weer uit frequenties, vibraties, cycli, golven en octaven.'

'Ik begrijp niet precies wat u bedoelt', zeg ik.

'Ik heb je al verteld dat er zeven miljard realiteiten op deze aarde zijn. Ieder mens heeft zijn realiteit, afhankelijk van de energie die hij aantrekt. Je kunt dat gemakkelijk in de dagelijkse praktijk ervaren. Als je down of depressief bent, neem je de wereld anders waar dan wanneer je vrolijk en opgewekt bent. Op de ene plaats voel je je goed in je vel zitten. Een andere plek kan zorgen voor een opgejaagd gevoel. Kortom, ieder mens creëert zijn realiteit en stemt deze af met zijn trillingsgetal. Dit noemen we onze grondtoon. Hoe hoger de trillingsfrequentie en het daarmee samenhangende trillingsgetal, hoe helderder en bewuster je bent en hoe zuiverder je grondtoon is. Aan de hand van je stemming bepaal je wat je wel en niet ziet en ervaart en in welke realiteit je stapt. Het bijzondere van het universum is dat alle realiteiten parallel naast elkaar bestaan. Je kunt tussen de realiteiten kiezen.

Eerlijk gezegd gaat deze uitleg me een beetje boven mijn pet. Aan de andere kant heb ik daadwerkelijk ervaren dat ik na mijn ziekte in een totaal andere wereld terechtkwam dan voordien.

'Het universele bewustzijn is opgebouwd uit getallen en patronen. Achter de zichtbare wereld gaat een verborgen harmonie schuil, waar mensen met hun grondtoon op resoneren', zegt de professor. 'Als je verbinding maakt met het universele veld, ga je deze patronen en cijfers doorzien. Laat ik je iets van mijn geschiedenis vertellen, zodat je de theorie beter begrijpt.'

De professor schuift dichter naar me toe en zijn stem wordt zachter.

'Ik ben geboren en getogen in een klein plaatsje in het noorden van Schotland met de prachtige naam: Inverness. Mijn moeder is ingewijd in de oude Keltische wijsheid en kent de patronen van het universum. Daardoor was ze in staat mij te verklaren *waarom er gebeurt wat er gebeurt*. Het wiskundig talent heb ik van haar. Kennis vergaren was mijn favoriete bezigheid en zo ben ik summa cum laude afgestudeerd op de faculteit Wiskunde, met als tweede afstudeerrichting Natuurkunde. Direct na mijn buluitreiking bekleedde ik een betrekking op de Universiteit van Edinburgh, waar ik ruimte heb gekregen om de natuurkundige en wiskundige wetten die het universum verklaren, te ontrafelen. Ik heb ontdekt dat getallen, wetmatigheden, formules en verbanden het universum op het diepste niveau sturen. Deze bepalen subtiel en ongrijpbaar onze realiteit. Als je de universele wetten doorziet, begrijp je ook waarom er gebeurt wat er gebeurt. Zo wist ik dat mijn moeder gelijk had. Deze universele wetten zijn beschreven in: *De Theorie van het Alles*. Volgens deze theorie bestaat toeval niet. Op het hogere bewustzijnsniveau is alles wat er gebeurt zo logisch als 1 en 1 samen 2 is. Een onvoorstelbaar grote intelligentie stuurt onze wereld. Deze intelligentie is ongrijpbaar en onzichtbaar, maar voelbaar.

Op de universiteit besloot ik om de wetten van het universum en de werking van toeval te gaan onderzoeken. Deze ontdekkingsreis gaf me verder inzicht hoe precies het universum uit patronen en getallen is opgebouwd. Het lukte me helaas niet om zinvol toeval 100% wetenschappelijk te kunnen bewijzen. Om verder te komen in de sluitende bewijsvoering, had ik de kennis van *De Theorie van het Alles* nodig. Wat ik ontdekte, is dat de krachten die ons leven bepalen onzichtbaar zijn.'

'Wat houdt *De Theorie van het Alles* precies in?' vraag ik. Dat ga ik je vertellen. *De Theorie van het Alles* is de theorie die alle fundamentele theorieën uit de natuurkunde in zich verenigt. Dat betekent dat er een overkoepelende theorie bestaat die kan verklaren waarom dingen gebeuren, zoals ze gebeuren. Binnen deze theorie staan alle bestaande wetmatigheden en wetenschappelijk gevonden formules zoals de zwaartekracht, de elektrokracht, het magnetisme, de vacuümkracht, de tijd, de ruimte en massa in relatie tot elkaar en vormen een alles-overkoepelende theorie. Met *De Theorie van het Alles* kunnen we elke waarneming verklaren en deze maakt elke andere bewezen theorie in zich kloppend. Kortom onze wereld en de werking van het universum kan worden verklaard en voorspeld door *De theorie van het Alles*. Denk je eens in: met *De Theorie van het Alles* kunnen we de werking van zwarte gaten doorgronden en de oerknal verklaren. We weten hoe onze wereld is ontstaan en kunnen voor het eerst de toekomst nauwgezet berekenen. Met *De Theorie van het Alles* houdt de huidige vorm van wetenschap en fundamenteel onderzoek op en kunnen we alle verschijnselen berekenen, verklaren en voorspellen.

De Theorie van het Alles heeft zich nog niet aan de mensheid geopenbaard. Dit komt omdat deze theorie alleen vanuit een hoger bewustzijn kan worden begrepen. De theorie moet ons toevallen en kan niet worden berekend of bedacht. We zijn als mensheid nog niet zover dat we alle antwoorden die vrijkomen met *De Theorie van het Alles* momenteel kunnen doorgronden en toepassen. Gelukkig begrijpen we binnen nu en de komende vijftig jaar *De Theorie van het Alles* volledig als we in bewustzijn groeien. Nu moeten we het doen met een aantal elementen uit de theorie die bekend zijn en die vrij tot onze beschikking staan. De drie elementen uit *De Theorie van het Alles* zijn universele wetmatigheden: De eerste wet is; *alles is bewustzijn*. De kwantummechanica leert ons dat de allerkleinste deeltjes zuivere energie zijn. Dit is in de Natuurkunde bewezen en beschreven. Deze allerkleinste energiedeeltjes heten de Higgs-deeltjes. Ze hebben een bijzondere eigenschap: het zijn kwantumdeeltjes en ze lijken op de deeltjes zoals de onderzoeker zich dat vooraf voorstelt. Ons bewustzijn bepaalt de vorm van de deeltjes. Als de onderzoeker denkt dat de kwantumdeeltjes energiegolven zijn, dan blijken de kwantumdeeltjes daadwerkelijk energiegolven te zijn.

Volgens de $E=MC^2$ van Albert Einstein hebben zelfs deze allerkleinste deeltjes een massa. Dit is meermaals onderzocht en bewezen. De enige conclusie die we daaruit kunnen trekken, is dat onze verwachtingen de vorm van onze realiteit bepalen. Met andere woorden; dat wat je verwacht en denkt dat er gaat gebeuren, dat gebeurt ook en is de realiteit. Daar zit kort gezegd de kern van *De Theorie van het Alles*. Ieder mens bouwt op basis van verwachtingen en gedachten zijn realiteit. Als we daarover nadenken, verandert ons leven compleet. Elk moment hebben we de keuze uit oneindig veel toekomsten die onze realiteit zijn. Het geven van aandacht zorgt voor een nieuwe realiteit. Zoals gezegd bestaan er oneindig veel parallelle realiteiten in het universum en kies je er zelf voor.'

'Dat geloof ik niet. Dan zou iedereen succesvol, rijk en gelukkig zijn.'

'Helaas is dat niet het geval', zegt de professor. 'Veel van onze verwachtingen en gedachten zitten op onbewust niveau. Met die onbewuste gedachten en overtuigingen sturen we onze realiteit. Daarom ervaren mensen een realiteit, die ze helemaal niet kiezen. Inzicht in je onbewuste overtuigingen en -gedachten kunnen de situatie waarin we ons bevinden, goed verklaren. Dat vraagt om veel zelfkennis en is de moeite waard.'

Ik zit op het puntje van mijn stoel. Natuurlijk heb ik me afgevraagd waarom juist ik opgebrand raakte en zo vastliep in mijn leven? Zal ik hier in Edinburgh dan toch de antwoorden op mijn levensvragen vinden, die mijn gedachten beheersen in deze fase van mijn leven.

'Als het universum in zijn onbegrensde orde en precisie het resultaat van een blind toeval zou zijn, dan is dat net zo geloofwaardig als wanneer een drukkerij explodeert en alle druklettertjes weer op de grond terecht komen in een voltooid en foutloze vorm van het woordenboek.'

Albert Einstein

-26-

Er zijn niet veel mensen die iets weten over mijn jeugd. De vuile was houd je binnen, heeft mijn moeder me geleerd. Als iemand mij iets vroeg over mijn jeugdjaren, hield ik mijn lippen stijf op elkaar of ik ging snel over op een ander onderwerp. Wat heeft het voor zin om te vertellen hoe je een vaderfiguur hebt gemist en dat er in het gezin nauwelijks genoeg geld was om rond te komen. Mijn moeder was een trotse vrouw, die ondanks de armoede zich op een waardige wijze kleedde en op tijd naar de kapper ging. Ondanks haar uiterlijke verzorging, stijl en klasse had ze het niet gemakkelijk. Ze moest niets van het oppervlakkige gewauwel hebben en bij haar moest het altijd ergens over gaan. Dat liet ze mensen weten ook en dat maakte haar niet populair.

Ook ik had het niet gemakkelijk en moest vechten voor mijn plek op school. Ik droeg geen hippe kleding, die een toegangsbewijs vormen tot de groep populaire kinderen die het in de hiërarchie voor het zeggen hebben. We konden het gewoonweg niet betalen. Ik was een studiebol, verlegen en anders dan de andere kinderen. Mijn moeder deed bijzondere activiteiten met me, waar ik met niemand over kon praten. Zo leidde ze me op in de astrologie, in de numerologie en wist ik ook alles van het leggen van tarotkaarten. Mijn moeder leerde me de wiskundige patronen van oude muziek te herkennen en ze bracht me de beginselen van sterrenkunde bij. Mijn moeder had een wiskundige graad met als specialisatie de experimentele wiskunde. Zo heb ik meer cijfers, patronen en getallenreeksen gezien dan al mijn jeugdvriendjes bij elkaar. Ook al was ze briljant in cijfers, financieel kon ze niet goed voor zichzelf zorgen.

'Waarom ben ik uitgekozen om *De Orde Terra Nova* te gaan leiden?' vraag ik.

'Je hebt nog geen idee. Je bent hier niet toevallig, Roderick', zegt de professor. 'Direct nadat ik je e-mailbericht had ontvangen, ben je door leden van *Terra Nova* doorgelicht.'

'Waarom ben ik doorgelicht?' vraag ik.

'We wilden zeker weten dat we de juiste persoon hadden', zegt de professor. 'Je hebt het al vroeg zonder je vader moeten stellen. Je moeder heeft zijn taak overgenomen en ze heeft je de benodigde kennis bijgebracht.'

Ik voel me helemaal wit wegtrekken. Over het vroege overlijden van mijn vader heb ik nooit gesproken. Hoe weet deze man dat? Mijn aanvankelijke nieuwsgierigheid maakt nu plaats voor argwaan.

'De benodigde kennis bijgebracht, hoe bedoelt u dat?'

'Ga terug naar je jeugdjaren Roderick. Daar zijn de antwoorden te vinden. De opleiding van de levenstaak die je nu op je gaat nemen, is al lang geleden begonnen. Het is volstrekt logisch dat je hier nu bent. Dat ga je morgen beter begrijpen als ik je *De Theorie van het Alles* verder ga uitleggen. Ik zie je morgenavond om exact negen minuten over negen bij de Rosslyn Chapel, even buiten Edinburgh. Wees daar precies op tijd! Tot die tijd heb je vrijaf.'

De professor stapt op en loopt de ridderzaal uit, zonder verder iets te zeggen. Ik blijf in verwarring achter. 'Ga terug naar je jeugd, want daar zijn de antwoorden te vinden'. Deze zin galmt na in mijn hoofd. Wat bedoelt de professor daar precies mee? Natuurlijk ben ik in een van de Adellijke families grootgebracht, maar er was geen geld om bijzondere dingen te doen.

Ook ik verlaat nu de verder lege ridderzaal van het kasteel. Het is al laat in de middag en de meeste toeristen zijn verdwenen. De ondergaande zon verdwijnt achter de groene heuvels en de professor is nergens meer te bekennen. Net zo snel als de regen kwam, is deze ook weer verdwenen en is de lucht schoongewaaid. Ik loop langs het geplaveide pad richting de kasteelpoort en klim halverwege het pad op een van de vele trappen naar de hoge kasteelmuur. Daar ga ik op de brede stenen rand zitten en kijk uit over Edinburgh, dat door de ondergaande zon in brand lijkt te staan. Ik sluit mijn ogen en luister naar het gezoem van deze middeleeuwse hoofdstad van Schotland, die haar authentieke karakter zo mooi heeft weten te behouden. Voor het eerst sinds mijn ziekte en het verdwijnen van Aline uit mijn leven voel ik iets dat op geluk lijkt. Natuurlijk mis ik haar erg. Helaas is het daarvoor nu te laat. Ik probeer het gevoel vast te houden. Toch is het alweer verdwenen, voordat ik een poging heb kunnen wagen. Het lijkt alsof hogere machten spelen met de gevoelens van mensen. Alsof God bepaalt dat we om de beurt een blik mogen werpen in de hemel om daar de diepste gevoelens van geluk te ervaren. Voordat het geluksgevoel werkelijk is doorgedrongen tot in het diepst van ons wezen, landen we weer op aarde en moeten we lijdzaam wachten totdat het volgende onverwachte moment van geluk zich aandient.

Geconcentreerd loop ik de stenen trap af naar beneden en wandel door de poort het kasteel uit. Gedachten spelen met me en ik kan ze niet stoppen; ben ik niet méér een fusie- en overnamespecialist dan een toekomstig leider van een geheim genootschap? Zo had ik mijn leven niet bedacht. Wat is mijn werkelijke rol en welke energie stuur ik de wereld in?
Ik slenter tijdens de avondspits over de Royal Mile, die druk bevolkt is. Op de terrassen zitten grijze kantoorklerken achter hun pullen met schraal Engels bier. Anderen snellen zich naar de familie thuis om gezamenlijk het avondmaal te gebruiken. En ik...? Ik ben op weg naar niets. Het is nog te vroeg om me terug te trekken op mijn hotelkamer en te laat om de stad te verkennen. Gelukkig zie ik een leeg tafeltje onder een terrasverwarmer en besluit dat een glas bier helemaal niet zo'n verkeerd idee is na deze enerverende dag. Ik ga aan het tafeltje zitten en bestel bij een fors gebouwde Schot een groot glas Engels bier. Genietend van het koude bier kijk ik om me heen. Aan de overkant van de straat staat in het schemerlicht een jonge vrouw met drie zilveren ballen te jongleren. Ze is gekleed in een achttiende eeuwse jurk en draagt een zilverkleurig masker. Het lijkt hier alsof er een onzichtbare deken vol mystieke geheimen over deze stad heen hangt.

Niet alles is mystiek en ongrijpbaar. Een vrouw van middelbare leeftijd, die alleen aan een tafeltje verderop zit, kijkt verwachtingsvol in mijn richting. Ik negeer de vrouw die veel te zwaar voor haar lengte is en hopeloos mislukt in de liefde lijkt te zijn. Na een teug bier achterover te hebben gegoten, denk ik na over het gesprek met de professor. Wat weet hij precies allemaal uit mijn jeugd, dat ik met zoveel kracht uit mijn geheugen heb weten te verbannen? Veel herinneringen aan mijn jeugd zijn door de jaren heen naar de achtergrond verdwenen. Het overlijden van mijn vader toen ik zes jaar oud was, kan ik me helder en levendig voor de geest halen. Ik dacht eerst dat mijn vader sliep. Zo lag hij met gesloten ogen in de voorkamer opgebaard. Papa wordt vanzelf weer wakker, zei ik keer op keer tegen mezelf. Wat weet een jongetje van zes nu over de dood? De gedachte dat mijn vader weer wakker zou worden hield ik koppig vast, ondanks al die huilende mensen om me heen. Zo nu en dan aaide iemand mij over mijn bolletje met blond, krullend haar. Dat begreep ik niet. Een vader laat een zoon nooit in de steek en zeker *mijn* vader niet. Die was groot en sterk en kon gewoon niet doodgaan! Daarom wachtte ik geduldig op het moment dat hij wakker zou worden en iedereen terug naar huis kon gaan. Met die gedachte zat ik uren naast de kist en was daar niet weg te krijgen. 'Laat hem', had mijn moeder gezegd. 'Hij wil bij zijn grote, sterke vader zijn'. Inderdaad was mijn vader groot en sterk geweest. Hij kon mij met zijn gespierde armen, hoog in de lucht, als een vliegtuig door de woonkamer laten vliegen. Zo groot en sterk als zijn spieren waren, zo klein was het bloedpropje dat onverwachts zijn hartslagader had afgesloten en hem in zijn slaap van ons had weggenomen. Mijn moeder had gegild. Dat had niet geholpen en ook de mensen van de ambulance hadden niets meer voor hem kunnen doen. We waren te laat en zijn hart had het begeven.

Pas maanden na de begrafenis besefte ik dat ik mijn geliefde vader nooit meer zou zien. Ik werd daardoor nog meer een teruggetrokken en verlegen jongetje, dat per definitie het pispaaltje van de klas was. Omdat ik niet de macht had om iets terug te doen, werd het pesten erger en erger. Een half jaar later verlieten we ons oude, vertrouwde landhuis en verhuisden we naar een klein huisje aan de andere kant van Amsterdam. Het geld was op en hulp vanuit andere voorname families kwam er niet. Mijn moeder moest dus werken voor haar geld en ging als lerares aan de slag. De klap van het vroege overlijden van mijn vader was te groot. Daardoor kon ze de klas niet aan en werd uiteindelijk na veel persoonlijk leed ontslagen. Al snel bleek dat het thuiszitten niets voor haar was. Ze werd labiel en had zware depressies, waarbij ze dagen haar bed niet meer uitkwam. Door haar labiliteit is ze haar verdere leven alleen gebleven. We hadden niet veel bezittingen, maar we hadden elkaar. Niet alleen spullen ontbraken. Ik had weinig vriendjes en mijn moeder zat de hele dag thuis en concentreerde zich op mij. Zo had ze alle tijd om mij de meest vreemde dingen bij te brengen. Ik leerde over de sterrenstelsels en wist alles van de oude vedische astrologie. Ik wist precies wat elke tarotkaart betekende en ze bracht me de liefde voor wiskunde bij. Veel van haar kennis heb ik toegepast in mijn werk en ben daar de eerste jaren succesvol mee geweest. Ik doorzag een situatie sneller dan mijn collega's en kon het snelste rekenen van allemaal. Ik begreep de cyclische patronen om ons heen en wist wanneer het volle maan was en wat deze maanenergie deed met mensen. Ik kende de kracht van elke edelsteen en had bij onderhandelingen altijd de juiste steen in mijn zak, die mij extra kracht gaf. Ik kon spelen met de juiste tijdstippen waarop een deal werd gesloten en bepaalde nauwkeurig de locatie waarop de onderhandelingen werden gevoerd. Zo paste ik al onbewust veel toe van wat mijn moeder me ooit heeft geleerd.

Ineens ben ik met mijn herinneringen terug bij het huisje waar ik opgroeide in Amsterdam West. In ons halletje, dat het formaat van één bij anderhalve meter had, hing een oud, bronskleurig Keltisch kruis, waarvoor mijn moeder haar handen vouwde en haar hoofd boog, elke keer als ze daar langsliep. Als kind wist ik niet beter dan dat mediteren, tarotkaarten en astrologie bij het dagelijkse leven hoorden, net zoals taal en rekenen dat zijn. In mijn pubertijd trainde mijn moeder mijn logisch denkvermogen door mij schijnbaar onmogelijke wiskundige en natuurkundige opgaven te laten oplossen. Op mijn dertiende verjaardag begon ze me een oude, lang verloren Keltische taal te leren, die vroeger in Schotland werd gesproken. Ik las alles wat ik kon krijgen over kruistochten en *De Orde van de Tempeliers*. Als ik geen zin had en vragen stelde over de vreemdsoortige kennis die ze me bijbracht, antwoordde ze: 'Dat hoort bij je opvoeding en dat ga je later begrijpen'. Wellicht heeft het iets met mijn adellijke afkomst te maken, dat heeft ze me nooit verteld. Mijn moeder geloofde heilig dat het universum het goede met haar voor had, zelfs al was haar man van haar afgenomen. Ze leerde me ook andere zaken; ik leerde mediteren en het reciteren van vedische mantra's. Ik had geen flauw benul van wat ze betekenden. Ik was zo getraind in het opzeggen van de woorden, dat ik ze tot op de dag van vandaag nog kan opdreunen. Mijn moeder leerde me hoe ik met mijn gedachten de gebeurtenissen kon sturen om zo het leven naar mijn hand te zetten. Kortom: ik heb een unieke opvoeding gehad, waarvan ik me nu pas besef hoe bijzonder deze was. Het was in ieder geval een opvoeding die mijn adellijke afkomst waardig was. Al deze kennis heb ik diep weggestopt en ik heb niemand, zelfs Aline niet, ooit iets daarover verteld. Het paste zo goed bij haar belevingswereld. Helaas konden we op dat diepere niveau niet praten. Overigens had het ook nog een andere reden. Ik heb mijn moeder heb ik moeten beloven met niemand over haar bijzondere lessen te spreken.'

De ober loopt langs en ik bestel nog een pul donker bier. De straatartieste met haar zilveren ballen ruimt haar spullen op en verdwijnt uit het straatbeeld. Ook het tafeltje met de vriendelijk lachende vrouw van middelbare leeftijd is inmiddels leeg. Ik geniet van het bier. Op de achtergrond klinkt zachtjes Keltische muziek en ik sluit mijn ogen.

'De ware meester leidt geen leerlingen op, maar weer meesters.'

Albert Einstein

-27-

Het was in de nacht van zaterdag 12 oktober 1996 geweest. De volle maan stond hoog aan de hemel en het was alsof alle magische krachten op aarde tot leven kwamen. Juist in deze nacht overleed mijn moeder plotseling aan een hartstilstand en, tragisch genoeg, helemaal alleen. Pas in de loop van de volgende dag hadden alerte buren haar koude, verstijfde lichaam gevonden en mij gebeld. Overleden aan een niet te verklaren hartstilstand, had de huisarts geconstateerd en daarmee was de kous af. Ik had gehuild, nee, gekrijst. Het besef plotseling wees te zijn, zonder broers en zusters, was me teveel geworden. Ik stond er helemaal alleen voor en nu was ik de stamhouder van een lange familielijn met mijn zoon David als opvolger. Natuurlijk had ik de warmte van Aline, David en Marit, maar het contact met de gezinsleden voelt anders dan met mijn ouders.

Het leeg opleveren van mijn moeders huis in Amsterdam was een confronterende gebeurtenis. Tijdens het leegruimen kwamen herinneringen uit mijn jeugd terug in flarden beelden. In de kast in de woonkamer vond ik mijn oude boekjes met moeilijke sudoku's, die ik van haar moest oplossen en het pakje tarotkaarten met authentieke afbeeldingen. Mijn moeder had als hobby kunstschilderen. Het kenmerkende op al haar schilderijen is dat er ergens op het doek een Franse lelie is verstopt. Ik heb een klein olieverfschilderij van haar meegenomen, dat nu op mijn studeerkamer hangt. Het is een schilderij van de Amsterdamse grachtengordel. Op een luik van een grachtenpand staat pietepeuterig een Franse lelie afgebeeld. De Franse lelie heeft in mijn leven van jongs af aan een rol gespeeld, al was het alleen al dat de Franse lelie op al ons serviesgoed was afgebeeld. Haar schilderijen waren niet de enige bijzonderheid die ik aantrof. In de kledingkast vond ik in een doos met brieven. Het was een briefwisseling met een onbekend persoon, die de brieven ondertekende met een getekende Franse lelie. Het was hetzelfde symbool als mijn moeder om haar hals had hangen. De brieven met Schotse postzegels bevatten opdrachten, die mijn moeder met mij moest uitvoeren. Natuurlijk had ik van haar willen horen wie deze brieven uit Schotland had geschreven en vooral waarom? Jammer genoeg was ik te laat en heb de doos met brieven meegenomen naar huis. Mijn carrière nam al mijn tijd en aandacht in beslag en zo verzandde mijn voornemen om de herkomst van de brieven verder uit te zoeken. Zodoende liggen ze nu op zolder in een doos te verstoffen.

Er waren meer mystieke vondsten gedurende het leegruimen van het huis. Een paar dagen na haar overlijden werd er ingebroken en verdween het bronzen Keltische kruis uit de gang. Verder was er niets gestolen, alleen van het eeuwenoude kruis was geen spoor meer te bekennen. Ik ben er nooit achtergekomen wie dit kruis heeft meegenomen en het mysterie is ook nooit opgelost.

In de boekenkast op de studeerkamer vond ik een boek over *De Orde van de Tempeliers* en een eeuwenoud onbekend boek, waarin op de eerste pagina de naam van mijn vader was geschreven met een onbekende Keltische tekst eronder. Ik was de Keltische taal te weinig machtig om de inhoud te kunnen begrijpen. Zelfs de onderstreepte zinnen kon ik niet ontcijferen. Dit boek heb ik tezamen met het boek over de tempeliers meegenomen, bij ons in de boekenkast gezet en er eigenlijk nooit meer naar omgekeken. Ik vond meer raadselachtige spullen in mijn ouderlijk huis. Kleding die aan mijn vader had toebehoord vond ik in een oude koffer onder het bed van mijn moeder. Tussen de gedateerde overhemden en kostuums met het familie-embleem op de borstzak zat een witte monnikspij met een rood kruis verstopt. Dit was hetzelfde kruis dat ik op het altaar in de St. Margaret Chapel had gezien en waarmee de monnikspij van de professor was versierd. Al deze vondsten hadden een mysterieus karakter. Ik heb nooit de ware aard en de oorsprong kunnen achterhalen. Eerlijk gezegd heb ik daar ook niet mijn best voor gedaan. De jacht naar roem, geld en bezit nam al mijn aandacht in beslag. Tot ik hier in Edinburgh ermee wordt geconfronteerd. Het lijkt alsof er een luik naar een nieuw bewustzijnsniveau opengaat. Is mijn vader ooit een tempelier geweest of zelfs een grootmeester en heeft hij een rol gespeeld in *De Orde Terra Nova*? Met wat voor een doel of reden heeft hij het tempelierschap op zich genomen? Ik draaf te ver door! Natuurlijk hoopt elk kind dat zijn vader een echte held is. Of hij lid is geweest van de destijds geheime *De Orde Terra Nova,* weet ik niet. Daarvoor ontbreekt elk hard bewijs.

Ik neem een slok bier en zie mijn moeder levensecht in mijn gedachten. Nadat ik op kasteel Borgharen met Aline ben getrouwd, leefde mijn moeder een nog meer teruggetrokken bestaan. Ze behoorde niet meer tot de adellijke elite en voelde zich ook niet thuis in de burgerij. Voor veel mensen was ze een zonderlinge vrouw, die je beter kon mijden. Mensen oordelen te snel en keren zich te snel af van alles wat niet vertrouwd en gangbaar is. Het was rustig geweest op haar begrafenis. Aan niets was te merken dat ze ooit deel had uitgemaakt van een roemrijk adellijk geslacht. Uiteraard had ik vol lof over haar gesproken en natuurlijk waren Aline, David en Marit van de partij. Naast ons gaven alleen de buurvrouw, buurtgenoten en een zevental zwijgende mannen, die ik niet kon thuisbrengen, acte de présence. Zo nam ik op deze droevige dag afscheid van mijn ouderlijk huis en mijn jeugd. Hier komen oude herinneringen bovendrijven. Woorden en flarden uit de oude Keltische taal zingen door mijn hoofd. Ineens herinner ik me een gedichtje dat mijn moeder mij ooit leerde:

Dh'fhaodadh lorg thu do frith-rathad;
Dh'fhaodadh a 'ghaoth an uair sin a bhith aig ur ais;
Dh'fhaodadh a 'ghrian a' dealradh blàth air do ghnùis;
Agus faodaidh an cruinne-cè a dhìon thu, agus bheir thu sòlas.

Ik wens je dat je de juiste weg mag vinden;
en dat de wind in je rug blaast;
Ik wens dat de zon je gezicht mag opwarmen;
en dat het universum je mag beschermen en geluk schenkt.

Elk woord van dit versje ken ik zelfs na dertig jaar nog. Het begint te schemeren en het terras is leeggelopen. Ik leg een paar pond op het tafeltje en vertrek in de richting van mijn hotel. De receptioniste achter de balie herkent me en knikt me vriendelijk toe. Daarna loop ik de statige trap op naar mijn kamer, om me te gaan opfrissen voor het diner.

Die avond kom ik erachter dat een verfijnde keuken niet in het rijtje specialiteiten van de Schotse cultuur staat. Na lang zoeken bestel ik bij een rommelig restaurant de traditionele *fish & chips* en een groot glas bier. Na de maaltijd loop ik terug naar mijn hotel. Moe van de indrukken knip ik rond tien uur mijn bedlampje uit en kan de slaap niet direct vatten. Buiten hoor ik het geschreeuw van een stel feestvierende, dronken Schotten. Ik hoor ze vaag en val uiteindelijk van vermoeidheid toch in een onrustige slaap. Daarin droom ik dat ik door een donkere tunnel loop, waar het angstig stil is. Aan alles is te merken dat ik in gevaar ben. Dat gevaar laat niet lang op zich wachten. Ineens voel ik twee ijskoude handen op mijn schouders, die me willen vastpakken en me tot stilstand willen brengen. Ik ruk me los uit de ijzige klauwen en begin in het aardedonker weg te rennen. De paniek heerst in mijn lichaam. De kwelgeest laat me niet gaan en volgt me. Telkens weer trachten die ijskoude, graaiende handen mij vast te grijpen om me te vloeren. Door de paniek krijg ik extra kracht en ren hard, zonder enig richtingsgevoel. Ik raak langzaam buiten adem en de paniek verlamt me. Er is geen ontsnappen aan die twee ijskoude handen mogelijk. Ik wil al stoppen en mezelf overleveren aan de dood, als ik in de verte een lichtpuntje zie. Het witte licht geeft mij de kracht door te rennen en ik klamp me vast aan het licht, dat bij elke stap helderder wordt en mij voedt met energie. Het licht voelt als levensreddend als ik wakker schrik, badend in het zweet.

'Je kunt een probleem niet oplossen met de denkwijze die het heeft veroorzaakt.'

Albert Einstein

-28-

Terwijl ik onrustig in mijn bed lig te woelen en me irriteer aan het gelal op straat, denk ik aan mijn lange relatie met Aline. Het was het regelmatige getik van pumps op de trap geweest, die de bezorgers waren van een dag die ik niet had verwacht en in ieder geval niet had besteld. Natuurlijk was ons huwelijk al jaren niet meer goed. Dat Aline er daadwerkelijk vandoor zou gaan met David en Marit in haar kielzog, had ik nooit verwacht. Je hoeft niet zielsgelukkig te zijn om toch samen te kunnen leven? Ze vervulde haar rol als huisvrouw geweldig en haalde haar voldoening uit haar liefdadigheidswerk. Toch had Aline uiteindelijk voor de charmes en aandacht van een kunstenaar gekozen, met wie ze naar haar zeggen wél kon praten. Hoe clichématig kan een huwelijk eindigen? Een Gooise vrouw, die er met haar schilderleraar vandoor gaat en haar te hard werkende man achterlaat. De vader van Aline was direct in actie gekomen. Hij houdt van doorpakken en de brief van haar advocaat liet niet lang op zich wachten.

De financiële afwikkeling van ons ruim twintigjarig huwelijk had me nog dieper de grond ingetrapt. Hoe pijnlijk is het om je kinderen niet meer elke dag te mogen zien en te weten dat ze dineren met een excentrieke kunstenaar. Met deze zinloze gedachten lig ik naar het plafond te staren, totdat de wekker rinkelt en ik weet dat het zeven minuten over zeven is. Hoog tijd voor een frisse douche en een stevig Schots ontbijt. Voor de spiegel spreek ik *de Bibiaanse toverformule* van Jan Willem uit. Ben ik niet te goedgelovig? Baat het niet, dan schaadt het in ieder geval ook niet. De ijskoude handen uit mijn droom blijven me ook tijdens het scheren achtervolgen en pas achter mijn kopje thee en een geroosterde toast van witbrood met roomboter en jam, raak ik het angstige gevoel kwijt.

Pas vanavond heb ik de afspraak bij de Rosslyn Chapel met de professor, zodat ik vandaag alle vrijheid heb om te doen wat ik wil. Na ampele overweging besluit ik enkele toeristische attracties van Edinburgh te bezoeken. Het wordt langzamerhand drukker in de eetzaal en de meeste tafeltjes zijn nu bezet, veelal door stellen van middelbare leeftijd, die met de reisgids van Edinburgh in de hand samen smoezen over de invulling van de dag. Een serveerster, gehuld in zwart-witte kleding, ruimt de tafel leeg en vraagt naar mijn naam. Als ik mijn volledige naam heb gegeven, loopt ze naar de balie en komt ze terug met een witte envelop waarop mijn naam met de hand is geschreven. Ze legt de envelop voor me op tafel. Ik open nieuwsgierig de post en zie dat deze een brief bevat, die door professor McCloud is ondertekend.

'Mijn waarde Roderick,

Vandaag begint je opleiding tot grootmeester van De Orde Terra Nova. We beginnen deze opleiding met een oude Schotse wijsheid. Als je een handvol fijn zand pakt en deze in je open hand laat liggen, kost het geen moeite om het zand bij je te houden. Als je daarentegen het zand krampachtig probeert vast te houden door een vuist te maken, wordt het zand weggedrukt en valt het op de grond. Alleen door los te laten, kun je datgene behouden waar je gelukkig van wordt. Deze les geldt niet alleen voor zand, maar voor alles wat je wilt behouden. Alles wat we verkrampt proberen te behouden, raken we kwijt. We binden juist datgene dat we loslaten aan ons. Ontspannenheid is het toverwoord om gelukkig en succesvol te zijn. Probeer de opleiding tot grootmeester in De Orde Terra Nova in een staat van volledige ontspannenheid te ontvangen en de kennis zal aan je kleven. Als je verkrampt de kennis probeert vast te houden, raakt deze verloren. Het tweede onderdeel van je opleiding is in het centrum van Edinburgh te vinden. Meld je vanochtend om klokslag 9:00 uur op Castlehill nummer 7 in Edinburgh. Ze weten van je komst.

Met vriendelijke groet
John McCloud

Het is een bijzondere brief en ik besluit de opdracht te volgen. Het vervullen van de functie van grootmeester van een broederschap is een eervolle positie. Deze kans mag ik me niet laten ontglippen! Nieuwsgierig verlaat ik een uur later, gewapend met mijn 'city guide' en een rugzak, het Schotse familiehotel met de twee kenmerkende *hanging baskets* naast de deur. Edinburgh is een prachtige stad, compact en vol bezienswaardigheden. De dubbeldekkers rijden af en aan en de magische sfeer van de eeuwenoude stad houdt mij opnieuw in haar greep. Op het adres blijkt de Camera Obscura van Edinburgh te zijn gevestigd. Op dit vroege uur is de toeristische attractie nog gesloten. Als ik aanbel en mijn naam zeg, laat een vrouw mij binnen. Deze woning, uit de 18e eeuw, heeft ooit aan de Lord van Cockpen toebehoord. Zijn ziel waart hier voelbaar nog rond.

De vrouw die me stilzwijgend ontvangt, neemt me mee de trap af naar de kelder. Pas nadat we onderaan de keldertrap staan, draait ze zich om.

'Hartelijk welkom. Jij moet Roderick de Brauw van Assem zijn.'

'Dat klopt.'

'Mijn naam is Sylvie Cockpen en ik ben de achterkleindochter van captain Cockpen, die ooit in deze woning heeft gewoond. We gaan zo deze kelderdeur door. Daarachter is het pikdonker en dat heeft tot doel je visuele vermogen uit te schakelen. Hierdoor ervaar je dat andere zintuigen gevoeliger worden en dat mijn woorden beter tot je zullen doordringen. In het donker hoor je andere boodschappen uit dezelfde woorden. Volg me.'

Sylvie doet de zware kelderdeur open en we stappen naar binnen. Direct voel ik mijn hartslag in mijn keel bonken. Eerlijk gezegd heb ik het niet zo op pikdonkere ruimten en sta ik liever in het licht. Mijn voorkeur doet er niet toe. Achter mij hoor ik de kelder deur dichtslaan en is het direct donkerder dan ik ooit heb meegemaakt.

'Roderick!', roept Sylvie.

'Roderick', galmt het terug in de kelder.

Aan de tijdsvertraging van de galm af te meten moet dit een kelder met gigantische afmetingen zijn, die hoogstwaarschijnlijk meerdere huizen beslaat.

'Wie ben ik?' galmt de stem van Sylvie door de kelder.

'Wie ben ik?' klinkt de echo.

'Ik ben een lafaard', hoor ik haar nu zeggen, waarop de nagalm antwoordt: 'Ik ben een lafaard'.

'Het leven is onrechtvaardig', klinkt het naast me.

'Het leven is onrechtvaardig', klinkt het vanuit de kelder. Dan blijft het zeker vijf minuten doodstil en voel ik me meer dan ongemakkelijk. Waar gaat dit over? Ik begrijp er niets van en wil het liefst weg uit de duisternis.

'Ik ben een moedig mens', klinkt het ineens naast me.

'Ik ben een moedig mens', galmt de kelder terug.

'Het leven is mooi!', schreeuwt Sylvie.

'Het leven is mooi', galmt het door de kelder.

Sylvie knipt een zaklantaarn aan en ik knijp mijn ogen samen door het plotselinge felle licht. Ik bevind me in een grote ruimte met een laag plafond, waar ik net niet mijn hoofd stoot.

'Dit wordt het echo-effect genoemd. In feite ervaar je in deze kelder de belangrijkste metafoor die je in je leven kunt leren. De echo geeft je altijd terug wat je geeft. Zo werkt het leven ook. Je krijgt altijd terug wat je erin stopt. Anders gezegd; het leven is een spiegel van wat je denkt en van wat je doet. Zo kun je alles wat je wilt hebben in je leven oproepen. Als je meer liefde in je leven wilt hebben, begin dan eerst met meer liefde te geven! Wil je meer vriendschap in je leven, geef dan eerst meer vriendschap aan mensen. Alles wat je geeft, komt vroeg of laat weer bij je terug. Het leven is de echo van jouw gedachten en activiteiten. Als je zo leert denken, verandert je leven. Daarom begint verandering bij het loslaten van niet wenselijke gedachten en gewoonten. Als je niet wilt breken met vaststaande gewoonten en gedachten, verandert er niets in je leven en blijft alles zoals het altijd al is geweest. Verandering en een beter leven vraagt om moedig gedrag, door bestaande patronen en gedachten te doorbreken. De reden dat veel mensen niet verder komen in hun leven, is dat mensen gewoontedieren zijn die graag alles bij het oude laten. Je kunt pas een nieuw pad betreden, als je breekt met je oude gewoonten en gedachten. Dit is de enige reden dat de mensen met de grootste veranderingsbereidheid zich sneller ontwikkelen dan de meer behoudende mensen. Ben je tevreden met de echo in jouw leven? Leef je je passie en volg je je hart? Je bent op aarde om ten volle te ervaren wie je bent. Dat lukt niet door in je comfortzone te blijven zitten. Groeien doet pijn en brengt je verder. Als je niet gelukkig bent met de omstandigheden waarin je verkeert, verander dan. Laat je leven vol met gedachten, zekerheden, gewoonten en vastigheid los en zoek naar nieuwe wegen, ook al lijken deze in eerste instantie door de duisternis te gaan. Deze kelder is een onderdeel van de ondergrondse stad van Edinburgh, waar in de vorige eeuw mensen woonden. Volg me.'

Sylvie gaat voor met de lantaarn en in het licht zie ik dat de kelder een enorme ruimte is, die bestaat uit verschillende gangen en ruimtes. We lopen een paar minuten door de verschillende ruimtes heen, die vroeger kelders van bovenliggende huizen moeten zijn geweest. Dan lopen we over een soort straat met aan weerskanten ruimtes, waar vroeger handelsnijverheid plaatsvond. Na twee straten te zijn gepasseerd, blijft Sylvie stilstaan.

'Kom bij me staan en wacht op deze plaats totdat ik de kelder heb verlaten. Jouw opdracht is om in de duisternis de weg naar buiten te zoeken. Zodra je bij de uitgang bent, klop je op de kelderdeur en doe ik die voor je open. In de inktzwarte duisternis kun je niets anders dan je ratio loslaten en alleen vertrouwen op je intuïtie. Als je probeert vanuit je denkvermogen terug te komen, zul je snel verdwalen en de weg nooit terug kunnen vinden. Graag je telefoon inleveren, zodat je deze niet kan gebruiken.'

Ik geef mijn telefoon af en het licht van de zaklantaarn dimt langzaam. Het is nu zo donker in de kelder dat mijn ogen er pijn van doen.

'Macht zonder wijsheid is gevaarlijk en vernietigend.'

Albert Einstein

-29-

Het menselijk ras heeft kunnen overleven door haar vermogen in een reflex te kunnen handelen om zo gevaarlijke situaties te ontwijken of zelfs te kunnen ontlopen. Deze menselijke kracht kan omslaan in een zwakte als het oordelen doorslaat in vooroordelen. Dit zijn oordelen die zo min mogelijk aan de ervaring zijn getoetst. Zo geloven sommige mannen dat ze superieur zijn aan het vrouwelijk geslacht. Sommige moslims geloven dat hun geloof superieur is aan het christendom. Vooroordelen horen al net zo bij de mens als het zout water bij de zee. Het belangrijkste bezwaar tegen vooroordelen is dat het onze persoonlijke groei stopt en mensen tegen elkaar opzet. Loslaten is het tegenovergestelde van vooroordelen. De kracht van loslaten betekent dan ook de moed hebben om je vooroordelen los te laten en met een frisse blik je oordelen eerst beter te toetsen aan de praktijk. Ik ben nu niet met het thema vooroordelen bezig en probeer een uitweg door de duisternis te zoeken. Mijn zicht is nog geen hand voor ogen en toch moet ik de uitgang van de kelder zien te vinden. Daarbij moet ik erop vertrouwen dat er geen ratten, kakkerlakken, spinnen en ander ongedierte om mij heen aanwezig zijn. De paniek slaat toe en ik merk dat mijn ademhaling hoog zit en mijn hart in mijn keel bonkt. Als ik niets kan zien, moet ik op mijn gevoel kunnen vertrouwen.

Met mijn handen zoek ik tastend langs de vochtige muren naar vastigheid. Ik doe een paar stappen vooruit en blijf met mijn handen in contact met de muur. Na een tiental passen voel ik met mijn handen een hoek. Toch heb ik het idee dat ik de verkeerde kant op loop. Na een diepe zucht durf ik de muur los te laten en loop in de richting, waarvan ik voel dat ik de ingang naar de kelderdeur moet kunnen vinden. Zonder het vaste contact met de muur ben ik mijn richtinggevoel kwijt en weet ik niet waar en hoe ik loop. Ik probeer over de straat terug te wandelen naar de muur, maar voel niets meer met mijn handen. Elke stap in de inktzwarte duisternis doet me meer twijfelen en de angst neemt meer en meer bezit van me. Waar ben ik in hemelsnaam mee bezig en waarom doe ik dit eigenlijk?

Na nog een aantal stappen te hebben gezet zonder een muur te voelen, blijf ik stilstaan en probeer ik mijn ademhaling te reguleren en in mijn onderbuik te krijgen. Het beheersen van mijn ademhaling lukt wonderwel en ik voel me direct rustig. Nu kan ik mij met mijn volle aandacht op mijn intuïtie concentreren. Ik volg nu mijn innerlijk kompas, waarbij het lijkt alsof een onzichtbare hand me leidt. Met mijn armen beschermend recht voor mij uitgestoken, schuifel ik stapje voor stapje in de richting die mijn intuïtie aangeeft. Na honderd meter voel ik ineens weer met mijn handen de klamme, natte muur en een zucht van verlichting ontsnapt me. Waar ben ik nu precies en welke kant moet ik op? Links of rechts? Ik heb werkelijk geen idee. Ronddolen in een pikkedonkere stad is geen sinecure. Daar is het vinden van de juiste weg praktisch onmogelijk. Op gevoel besluit ik naar rechts te gaan. Ik schuifel langzaam verder langs de muur en passeer een nauwe gang naar een volgende straat. Stapje voor stapje schuifel ik verder en volg met mijn handen de muur. Het zweet gutst over mijn rug. Er komt geen einde aan de muur, waar ik af en toe met mijn hand over iets glibberige heen schuif. Naast me hoor ik het getrippel van een rat of een muis. Dit is niet leuk meer! Wat heeft dit in hemelsnaam met *De Orde Terra Nova* te maken? Ik loop tegen een muur op en direct slaat de twijfel weer toe. Loop ik niet gewoon in rondjes of loopt deze straat dood? In de duisternis verlies ik de controle over mijn lichaam. Mijn ademhaling is hijgend en mijn borst gaat snel op en neer. De angst domineert mijn gedachten en drukt mijn gevoel naar de achtergrond. Zo ga ik niet bij de uitgang komen! Ik maan mezelf weer rustig te zijn, vertraag bewust mijn ademhaling en breng deze opnieuw naar de onderbuik. Dat lukt me niet en een paniekerig gevoel, dat ik zo duidelijk herken van mijn burn-out, neemt de leiding over mijn lichaam zonder dat ik er iets aan kan veranderen. Er is weinig nodig om weer kopje onder te gaan in het zwarte gat van paniek en doodsangst.

Ik loop voor mijn gevoel zeker twee rondjes in de ruimte, zonder de uitgang te vinden. Een totale desoriëntatie maakt zich meester van me en met al mijn kracht vloek ik hardop. De vloek hoor ik in de ruimte echoën en ik denk direct aan het verhaal van Sylvie: het leven reflecteert in een spiegel wat ik geef. Het terughalen van haar woorden werkt als een rustgevend medicijn en op slag ben ik rustig. Als ik hieruit wil komen, moet ik vertrouwen op mezelf en op het universum. Mijn adem vertraag ik bewust en richt deze in mijn onderbuik. Nu lukt het wel! Door de lage en vertraagde ademhaling ebben de angst- en paniekgevoelens weg. Nu voel ik de juiste richting en vind om een hoek van de straat de ingang naar de kelder. Het is alsof er een energiebaan naar de uitgang van de kelder bestaat, die ik letterlijk kan voelen en die ik volg.

In de volgende ruimte schuifel ik vol vertrouwen langs de vochtige muur. Het lijkt alsof er magie in het spel is gekomen. Een onzichtbare hand dwingt me in de juiste richting te lopen. Ik vind weer een nauwe gang naar de volgende kelderruimte. Als ik geen idee heb welke kant ik op moet gaan, stop ik even, breng mijn adem tot rust en wacht tot mijn gevoel de richting aangeeft. Zo raak ik in een soort trance en merk dat het bewustzijn van tijd vermindert. Niet veel later voel ik de greep van de houten kelderdeur en glimlachend klop ik op de deur.

De deur gaat open en instinctief sla ik mijn handen voor mijn ogen tegen het felle licht.

'Roderick, door met andere ogen naar de werkelijkheid te kijken, heb je de uitgang gevonden', zegt Sylvie. 'Verandering kan alleen in je leven ontstaan als je met nieuwe ogen leert kijken. Er zijn onzichtbare energiebanen die kriskras over de aarde lopen en die we intuïtief kunnen voelen. Dat is ook de reden dat mensen met eenzelfde grondtoon elkaar tegenkomen. Je beweegt je in een wereld van gelijkgestemden. Dat hoeven niet altijd mensen te zijn die je kent. Door je grondtoon te vinden en vanuit je inlevingsvermogen aan te sluiten op deze energiebanen, ontstaan er nieuwe kansen en mogelijkheden. Dat is de les van deze donkere kelder. Doordat je zicht werd uitgeschakeld, werd je gedwongen om op je gevoel te koersen. Volg me naar boven.'

De Camera Obscura is ondertussen opengegaan voor toeristen en de eerste mensen met fotocamera's op hun borst lopen in het kapiteinshuis rond. Overal in het huis zie ik spiegels en optische illusies. We gaan een ruimte met twee ramen in waarin het lijkt of ik klein ben en Sylvie groot. In werkelijkheid is het precies andersom. De realiteit zoals wij die waarnemen, kan wel degelijk optisch bedrog zijn. We lopen de trap op naar de tweede verdieping en komen in een kamer die ingericht is volgens de stijl uit het begin van de negentiende eeuw. Bij het raam staat een heuse camera obscura opgesteld, die daar door Maria Short in het jaar 1852 werd neergezet. Het is een manshoge ruimte die de stad Edinburgh op zijn kop tegen een wand projecteert. Het is prachtig en indrukwekkend dat deze Camara Obscura 150 jaar geleden werd gebouwd.

'In dit huis tref je een wereld van illusies', zegt Sylvie. 'Wat ervaren we als een illusie? Wie zegt dat de wereld zoals wij hem ervaren, de reële wereld is? Ik heb begrepen dat je gaat beginnen aan een nieuw hoofdstuk in je leven. Durf te kiezen voor jezelf om je dromen te realiseren. Durf een stap in het onbekende te zetten en laat je verrassen door wat er op je afkomt. Zeg 'ja' tegen de rol die we voor je hebben bedacht binnen *De Orde Terra Nova*. Als je loslaat wat je tot nu toe hebt gedaan, creëer je ruimte om het anders te doen. Je gaat toegang krijgen tot lang vervlogen kennis.'

'Wat bedoel je met lang vervlogen kennis?' vraag ik.

'Deze ga je de komende dagen tot je nemen', antwoord Sylvie.

'Het belangrijkste is om nooit op te houden met het stellen van vragen.'

Albert Einstein

-30-

Je huid duur verkopen en uit het leven halen wat erin zit. Dat is voor de meesten van ons de kern van ons bestaan. We proberen binnen de gegeven omstandigheden succes, status, geld en bezit te verwerven en zijn zwaar teleurgesteld als het leven ons niet geeft wat we als ideaal zien. Onze ervaringen veranderen op het moment dat zingeving een belangrijk onderdeel in ons leven wordt. Pas dan kunnen we werkelijke bevrediging uit ons korte bestaan op aarde halen. Anders geformuleerd: in de korte tijd die we hier op aarde doorbrengen, is het de bedoeling om *een footprint* achter te laten waar je trots op bent en die bij je past. Door je levenstaak te volbrengen, kun je in de eindfase terugkijken op een bevredigend bestaan. Tot nu toe had ik nooit stilgestaan bij zingeving en was ik gericht op het verdienen van veel geld en het pronken met mijn succes en welvaart. In Edinburgh komt er een nieuwe dimensie in mijn leven bij: zingeving. Ik weet dat het leven me vraagt om de rol op te pakken van grootmeester in *De Orde Terra Nova*. Ik kan als leider mijn talent inzetten om een leefbare wereld achter te laten voor onze kinderen en de daaropvolgende generaties. Niet toevallig ben ik in dit tijdsgewricht geboren. We staan op een keerpunt in de tijd en leven in een tijdperk van grote verandering om als ras te kunnen overleven. Aan mij de taak om met al mijn energie bij te dragen aan een verduurzaming van onze planeet.

Ik neem afscheid van Sylvie en bedank haar voor haar wijze lessen. Omdat het pas elf uur in de morgen is, besluit ik een aantal toeristische attracties van Edinburgh te bezoeken. Allereerst staat het Parlementsgebouw op het programma, dat zich in de buurt van de St Giles' Cathedral bevindt. Het imposante gebouw in Italiaanse stijl werd volgens de reisgids in het jaar 1639 gebouwd voor het Schotse parlement. Sinds het jaar 1707 is het gebouw de zetel van het Schotse hooggerechtshof. Ik zie juristen, gehuld in zwarte toga's en witte pruiken op hun hoofd, gehaast met dossiermappen door de gangen lopen. Het is een prachtig schouwspel, dat laat zien hoe mooi tradities kunnen zijn!

Na de lunch is het tijd voor het hoogtepunt voor de whiskyliefhebber in mij: een bezoek aan het Scotch Whisky Heritage Centre. Daar leer ik hoe de Schotten whisky stoken en ik proef wat het verschil is tussen een zuivere malt whisky en een blended whisky. Na afloop koop ik een prachtige, twaalf jaar oude malt whisky van het merk Glengoyne. Als er thuis iets te vieren is, schenk ik mezelf altijd een prachtig glas whisky in. Helaas is er het afgelopen jaar weinig te vieren geweest. Ik hoop op betere tijden en dan moet er een goede whisky in huis zijn.

Met een kistje whisky slenter ik naar mijn hotel, met als doel nog even te gaan liggen voordat ik naar de Rosslyn Chapel afreis. Van een middagslaapje komt het niet. Op weg naar mijn hotel zie ik een uithangbord met de tekst: *Boek een*

excursie onder de oude stad. Daar ben ik vanochtend in de duisternis geweest en ben nu zeer benieuwd hoe deze er in het licht van een olielamp uitziet. Ik koop een ticket en breng met vijf andere toeristen en een gids een bezoek aan de verlaten stad onder de grond. De gids legt uitvoerig uit hoe deze stad in de late middeleeuwen onder de grond is ontstaan. In de loop van de eeuwen is de stad verder uitgebreid. Het is een fascinerende wereld, bestaande uit kelders en souterrains die ondergronds met elkaar zijn verbonden. Er waren zelfs pubs onder de grond. De mensen die onder de grond werkten en leefden, waren verstoken van vers water, daglicht en frisse lucht. Velen kwamen nooit in de buitenlucht. Het ontbreken van contact met de buitenlucht is uiteraard zeer ongezond voor mensen. De graatmagere gids met een pokdalig gezicht en uitpuilende ogen vertelt de meest gruwelijke verhalen over cholera, tyfus en pokken die er destijds onder de grond heersten. In 1645 stierven alle bewoners van deze duistere stad aan de gevolgen van de pest.
De donkere en vochtige gangen doen me aan mijn ervaring van deze ochtend denken. Pas nu dringt het tot me door in wat voor erbarmelijke omstandigheden de ondergrondse mensen moesten leven. De meeste bewoners werden niet ouder dan dertig jaar. De excursie maakt me misselijk en de paniekgevoelens van deze ochtend kan ik nauwelijks onderdrukken. In mijn schone hotelkamer neem ik een douche en ga op bed liggen om te rusten, voordat ik afreis naar de Rosslyn Chapel.

Rond half acht in de avond stap ik in een zwarte hoge Engelse taxi, die me bij de Rosslyn Chapel brengt. De kapel staat zo'n twaalf kilometer buiten Edinburgh. Vanuit de taxi schiet het

straatbeeld van Edinburgh langs me heen. Ik denk na hoe het komt dat ik hier zit. De filosofische kant, die altijd in mij geketend is geweest, krijgt de ruimte om zich te uiten. Is dat een samenloop van omstandigheden en louter toeval of stuurt een onzichtbaar, overkoepelend universeel veld mij? Ik stel me voor wat het betekent als toeval niet bestaat en een kracht mijn leven als in een film stuurt; mijn ziekte heeft dan een betekenis en het lijden heeft me persoonlijke groei opgeleverd. Er loopt een rode draad door mijn leven, die alleen vanuit een hoger bewustzijn waarneembaar en te begrijpen is. Het idee dat een kracht mijn leven stuurt, is even wennen. Toch kan het bijna niet anders zijn: zonder mijn inzinking had ik gewerkt en had ik nooit het artikel in Time Magazine gelezen. Dan was ik niet naar Edinburgh afgereisd en had ik niets geweten van *De Orde Terra Nova,* laat staan dat ik de professor had ontmoet. Als ik mijn ratio, logica en gedachten geen aandacht geef en me concentreer op wat ik voel en verbeeld, ontstaan er nieuwe inzichten. Was het niet Albert Einstein geweest, die stelde dat kennis je van A naar B brengt en verbeelding je overal brengt?
Zo kom ik tot de conclusie dat de belangrijkste gebeurtenissen in het leven zich ontvouwen als in een film, zonder dat ik daar veel aan kan veranderen. Ik kon mijn ziekte niet voorkomen, ik kon mijn zoektocht naar zingeving niet stoppen, net als ik nu weet dat ik vanavond in de Rosslyn Chapel moet zijn.

Het kan niet anders dan dat er een oneindig groot intelligent veld bestaat, van waaruit een hogere dimensie op een logische wijze de wereld ontvouwt. Duurzaamheid is een steeds belangrijker thema in onze maatschappij. Het is tijd om in te grijpen voordat we de aarde vernietigen en ik heb daarin blijkbaar een rol te vervullen. Vanuit een hoger bewustzijn is dit volstrekt logisch. Vanuit een lager bewustzijn lijkt het leven een tombola. Waarom mijn leven zo is gelopen, is voor mij niet te begrijpen. Het is alsof je een chimpansee de kwantumtheorie uitlegt. Anders gezegd: dat mensen de logische ordening van waarom er gebeurt wat er gebeurt niet kunnen zien, betekent nog niet dat deze ordening niet bestaat! Het intelligente veld bepaalt wat er in ieders leven gebeurt. Wij ervaren dit vanuit ons dagelijks bestaan als toevallige gebeurtenissen. Door vanuit een hoger bewustzijn naar je leven te kijken, herken je ook het zinvolle toeval. Dan wordt je leven op slag spannender en leuker. Zo ervaar ik dat in ieder geval. Geen van de mensen die ik in het dagelijkse leven ontmoet, komen toevallig op mijn pad. Als een detective kan ik de diepere betekenis van wat mij overkomt achterhalen. Niet toevallig ben ik in Edinburgh terechtgekomen. Vanuit een hoger bewustzijn is onze hele geschiedenis bepaald door wat wij 'toeval' noemen. Toeval is in werkelijkheid een logische opeenvolging van gebeurtenissen. Een niet te bevatten, overkoepelend intelligent veld dat altijd al heeft bestaan en ook altijd zal blijven bestaan stuurt ons leven. Het leven bestaat uit een aaneenschakeling van zinvolle gebeurtenissen, die mensen vaak als toeval ervaren, maar die in werkelijkheid gelijktijdig samenvallen in een voor een persoon zinvol verband. Dit wordt synchroniciteit genoemd. Je voelt dat er een bepaalde kracht zit achter de gebeurtenissen die je overkomen. Alles en iedereen in het leven is met elkaar verbonden en daardoor is synchroniciteit overal om ons heen. Het hele universum spant zich in om je te helpen op je levenspad. Als je met je ogen en hart openstaat voor tekens en toevalligheden met een boodschap, maak je altijd de juiste keuze. Soms voel ik op het moment zelf 'dit moest zo zijn'. Zo was het geen toeval dat ook de Schotse koning Robert de Bruce rond het jaar 1300 net door de paus in de ban was gedaan, zodat de tempeliers in grote getale hun veiligheid in Schotland konden vinden. Zonder deze banvloek was het hoofdkwartier van de tempeliers nooit in Edinburgh gevestigd geweest en was er uit *De Orde van de Tempeliers* geen *De Orde Terra Nova* ontstaan. Blijkbaar past het in het overkoepelende plan dat we sterke tegenstand gaan bieden tegen het toenemende consumentisme, waarbij we de wereld uitputten en onleefbaar maken voor de toekomstige generaties.

We verlaten de Schotse hoofdstad en rijden aan de linkerkant van de weg door de heuvels. Na twintig minuten rijden we een klein dorpje in, waar de taxi rechtsaf slaat. 'Rosslyn Chapel' staat met zwarte letters op een groot wit bord aangegeven. Bij een gesloten slagboom aan het einde van het dorp stopt de taxi.

'Dat is zesentwintig pond en dertig penny.'

Ik stop de man drie biljetten van tien pond in zijn handen en stap uit. De taxichauffeur bedankt me voor de fooi en kijkt mij meewarig aan voordat hij terugrijdt. Blijkbaar begrijpt hij niet wat een toerist in de avond bij de afgesloten Rosslyn Chapel moet doen. Als ik eerlijk ben, is het voor mij ook een raadsel. Op mijn horloge zie ik dat ik veel te vroeg ben. Zodoende besluit ik de tijd te doden in een Engelse pub die even verderop is gevestigd. Zes paar ogen kijken me aan als ik de eeuwenoude dorpskroeg binnenstap. Waarschijnlijk is het al van grote afstand te zien dat ik niet van 'hier' kom. Een man met een buik in de vorm van een biervat gooit verveeld pijltjes naar het dartbord, twee mannen zitten te smoezen aan een tafeltje en een oudere kerel hangt aangeschoten aan de bar. De pub is typisch Engels ingericht met veel tierelantijnen. In een hoek becommentarieert een schreeuwende verslaggever op het televisiescherm een Engelse voetbalwedstrijd. Ik schuif aan bij de bar en de barman vraagt met een knikje wat ik wil bestellen.

'Een kop thee alstublieft.'

De barman zet mijn bestelling even later voor me neer. Als ik de eerste slok thee neem, schuift de aangeschoten man aan de bar nieuwsgierig met zijn halve liter-pul verschraald bier in mijn richting en geeft mij een bemoedigende glimlach. Ik zie direct dat hij tussen een rijtje gele tanden een voortand mist. Wat wil deze man van me?

'Voor zover de wiskundige wetten verwijzen naar de realiteit, zijn ze niet zeker; Voor zover de wiskundige wetten zeker zijn, verwijzen ze niet naar de realiteit.'

Albert Einstein

-31-

'Mijn vrouw is gestorven en begraven', zegt de man met een nauwelijks te verstaan Schots accent, waardoor ik twijfel of ik hem goed versta. 'Gelukkig, want ze was lastig genoeg.'
Iets in mij waarschuwt me om zo snel mogelijk van deze man af te komen. Ik kan geen kant op als de naar zweet stinkende man nog verder naar me toe schuift. Ik besluit om geen navraag te doen naar zijn vreemde opmerkingen.

'Wat kom je hier doen?' vraagt de Schot.

'Een bezoek brengen aan de Rosslyn Chapel.'

De man begint hardop te lachen, waarmee hij een walm van alcohol over de bar verspreidt.

'De kapel is gesloten', zegt hij. De man schuift nog een stukje verder op, waardoor hij zich helemaal in het verboden gebied van mijn aura begeeft.

Ik wil hier weg en draai me van de zurig ruikende man weg en kijk naar het televisiescherm. De wedstrijd kan me niet boeien. Toch is het beter dan met deze vieze vent te praten.

'Dorpsgenoten fluisteren dat de Rosslyn Chapel een groot geheim met zich meedraagt.'

Nieuwsgierig als ik ben, draai ik me om en kijk naar de grijnzende man met zijn slechte gebit, die al ver in de zestig moet zijn.

'Wat voor een geheim?' vraag ik.

'Eerst wil ik een grote pot bier', antwoordt hij.

Ik bestel een grote pul bruin vocht en kijk even naar de man die een sinistere blik in zijn ogen heeft. Hij moet zeker iets op zijn kerfstok hebben. Dat weet ik gewoon.

'Alleen de oudere inwoners in dit dorp kennen nog het geheim van de Rosslyn Chapel', zegt de man, nadat hij eerst een flinke slok bier naar binnen heeft gewerkt. Hij schuift nu zo dicht naar mij toe dat ik de stank niet meer kan verdragen.

'In de kapel hangt een schilderij uit de middeleeuwen. De titel van dit kunstwerk is: Dans des doods. Op het schilderij staat de volgende tekst geschreven: *Ik roep een ieder op mee te dansen; de paus, keizer en alle schepselen, arm, rijk, groot en klein. Dans met me mee, want rouwen helpt niet! Je moet naar mijn pijpen dansen.* De dood heeft het in de kapel voor het zeggen. Mijn overleden vrouw had je er alles over kunnen vertellen. Zij maakte ruim dertig jaar lang de kapel in de avond schoon en de dood heeft haar tot zich genomen'.

De lodderige ogen van de man kijken mij met een berustende blik aan.

'Luister goed, mijn vriend. De Rosslyn Chapel heeft een niet-openbare ruimte. Het is een nis, waar zestien figuren uit de verschillende lagen van de bevolking uit steen zijn gehouwen. Direct naast elk van de menselijke figuren is ook een skelet uitgehouwen. De boodschap is: de dood overwint. Deze zestien figuren met hun skelet heten *De Dans des Doods*.'

Er gaat een rilling door mij heen. De man stopt met praten en slaat de rest van het bier in een teug achterover. Dan kijkt hij mij met zijn lodderige ogen weer aan.

'In de Rosslyn Chapel...', zegt hij nu langzaam en nadrukkelijk, '...komen de dood en het leven op één plek samen. Je hebt daar toegang tot het dodenrijk. Dat is het grote geheim van de Rosslyn Chapel. In de hele wereld is het dodenrijk afgescheiden van het leven. De angst voor de dood is bij velen groot en dat komt omdat mensen er niets van begrijpen. Daarom weten de meeste mensen ook niet of er een leven na de dood bestaat. In de Rosslyn Chapel heeft iedereen toegang tot het dodenrijk en kun je in contact komen met de zielen van overleden mensen. Dat is het bijzondere van deze kapel.'

'Hoe kan dat?', vraag ik.

'De trillingsenergie in de Rosslyn Chapel is zo hoog, dat bezoekers dat lijfelijk ervaren. Ze krijgen spirituele ervaringen en kunnen met entiteiten communiceren.'

Wat een vreemde ideeën. Ik weet niet wat ik met deze situatie aan moet.

'Je bent een vreemde man', zeg ik. Ik pak mijn portemonnee om af te rekenen.

'Ik kom al vijftig jaar in de kapel en ik weet wat ik weet', antwoordt de man. 'De Rosslyn Chapel is de plaats waar de hemel in directe verbinding staat met de aarde. Ik praat in de kerk elke dag met mijn vrouw en weet wat ik je moet vertellen.'

Hoofdschuddend sta ik op en loop de pub uit.

'Helemaal hartstikke gek', mompel ik in mijzelf.

Buiten haal ik diep adem. Wat een bizar gesprek was dit. Als ik ergens niet over wil praten, is het over de dood. Sterker gesteld: sinds het vroege overlijden van mijn vader mijd ik de dood als de pest. Als je er niet over spreekt, bestaat de dood ook niet, houd ik mezelf voor.

Via de dorpsstraat loop ik in de richting van de Rosslyn Chapel. Het idee om in contact te kunnen treden met het dodenrijk, benauwt me. Het is tegen negen uur als ik bij de familiekapel van Sir William Sinclair, de Prins of Orkney aankom. Ik loop over het donkere, lege parkeerterrein van de kapel en blijf bij een gesloten, gietijzeren hek wachten op wat gaat komen. In het maanlicht heb ik deels zicht op de kapel, die direct iets raakt in me. De contouren, met de pilaren en het middenschip, geven de kapel een mysterieuze uitstraling. De Rosslyn Chapel is een van de plaatsen in de wereld waarvan je instinctief weet dat het een bijzondere plek is en waar je een glimp kunt opvangen van het geheim van het universum.

Om 9:09 uur zwaaien de houten deuren van de hoofdingang van de kapel open en komen er drie mannen naar buiten gelopen. Met verbazing zie ik het gezelschap naderen. De buitenste twee mannen lopen in witte pijen met een rood tempelierskruis op hun borst en de kappen diep over hun hoofd heengetrokken. Tussen hen in loopt professor McCloud, die ook een witte pij met tempelierskruis draagt en zijn kap heeft afgezet. In een statige tred komt het drietal recht op het gietijzeren toegangshek afgelopen, waar ik wacht. Vanuit de kapel is op de achtergrond een hoog gezang te horen. Een van de monniken maakt met een vuistlange ijzeren sleutel het hek open. Nadat ik binnen ben gelaten, wordt het hek direct weer gesloten. De professor gebaart hem te volgen en ik loop achter hem aan. Achter mij lopen weer de twee begeleiders in de witte kledij. Ik ben te overdonderd om iets te kunnen zeggen. Bij elke stap wordt de Rosslyn Chapel imposanter en hoor ik het gezang in volume toenemen. Wat er gebeurt als ik de kapel binnentreed, is met geen pen te beschrijven. Ik voel een energie die groter is dan ik ooit heb gevoeld. Dit is een bijzonder gebouw. Het is het krachtcentrum van de ziel. Dat voel ik aan alles in mijn lijf. Het hoge gregoriaanse gezang is adembenemend en werkt op mijn lichaam in. Het lijkt of de zangers een andere toonladder aanhouden dan de moderne muziekstukken kennen. Ik probeer door diep adem te halen de controle over mezelf terug te krijgen, wat me slecht lukt. Bij de ingang van de kapel staat de professor stil en doet een stap opzij. Daardoor krijg ik zicht op een van de meest mooie gebouwen ter wereld met een ongekende gedetailleerdheid. De kapel lijkt wel in brand te staan door het overvloedige kaarslicht. Het is als een gedicht in steen gehouwen en prachtig versierd met beelden en symbolen, uitgehouwen in kalksteen.

Geschiedkundigen zeggen dat de Rosslyn Chapel een kleinere uitvoering is van de tempel van Salomo en dat de heilige graal die ooit door de tempeliers is meegenomen, in de onderaardse ruimtes van de Rosslyn Chapel ligt verstopt. Hoe het ook zij, er heerst hier een energie die niet van deze wereld is. De gebeeldhouwde witte stenen bogen boven mij weerkaatsen het flikkerende kaarslicht in de kapel. De frequentie neemt in intensiteit toe en ik voel me draaierig. Het is alsof er in mij een luik naar een nieuw bewustzijn open gaat. Het is een wereld die ik niet ken en waar ik mij nooit bewust van ben geweest. Ik voel me als een parkiet die altijd in een kooi in een kamer heeft gestaan en waar de wereld nooit groter was dan de kamer en de beperkte blik door de ramen naar buiten. Ineens staat de kooi open en vliegt de vogel door het open raam naar buiten. Daar ontdekt hij dat er bossen bestaan en zee en bergen en dat de wereld zoveel mooier is dan de omgeving waar zijn kooi staat. Ik raak door de energie in de kapel sterk geëmotioneerd. Dan gebeurt er iets dat je eenmaal in je leven meemaakt, als je geluk hebt tenminste.

'Het probleem vandaag de dag is niet de atoomenergie, maar het hart van de mens.'

Albert Einstein

-32-

Geluidsfrequenties beïnvloeden materie en zeker ook menselijke cellen en DNA. Dat is geen aanname. Het is wetenschappelijk bewezen. Wetenschappelijk onderbouwde onderzoeken laten zien hoe watermoleculen reageren op geluidsfrequenties. De Japanse wetenschapper Masaru Emoto heeft bewijs hiervoor geleverd bij het onderzoeken van kristalstructuren van bevroren water. Het bleek dat bevroren schoon bronwater onder de microscoop een zuivere kristalvorm had. De kristalstructuur van vervuild water daarentegen was vervormd.

Niet alleen de helderheid van het water bepaalde de zuiverheid van de kristalstructuur; muziek en andere geluidstrillingen, zelfs woorden en emoties, hadden ook een aantoonbaar effect op de vorm van de kristallen. De muziek van Mozart en Johan Sebastiaan Bach zorgde voor prachtige waterkristallen. Hardrock daarentegen leverde vervormde waterkristallen op. De emotionele lading van woorden hadden effect op de kristalstructuur van het water. De woorden 'liefde' en 'dankbaarheid' zorgden voor mooi gevormde waterkristallen. De woorden 'haat' en 'woede' leidden tot vervormde waterkristallen. Door positieve emoties, positieve gevoelens en goede intenties ontstaat een harmonieuze realiteit. Aan de andere kant ontstaat door negatieve emoties, weinig zelfvertrouwen, achterdocht en haat juist een niet-harmonische realiteit. Masaru Emoto heeft bewezen dat gevoelens, emoties en intenties mensen en materie beïnvloeden. In de eenvoud en schoonheid van een waterkristal ligt het bewijs dat ons universum een bovenmenselijk ontwerp kent.

Licht en geluid zijn blijkbaar de basiselementen van de schepping en juist in deze kapel word ik daarmee geconfronteerd. Het minutieus bewerkte stenen binnenschip is met honderden kaarsen verlicht, die de kapel doen oplichten alsof deze van goud is. De prachtig bewerkte hoge, gotische bogen en een prachtig gedecoreerd plafond is het mooiste dat ik ooit in mijn leven heb gezien. Rosslyn is meer dan een kapel. Er klinkt oude gregoriaanse muziek op een bijzondere toonhoogte en de hoge stemmen weergalmen door de ruimte. Zo moet de hemel zijn, bedenk ik me.

Op de grond ligt een roodfluwelen loper en aan de andere kant van de kapel staat op een verhoging een groot stenen altaar, bedekt met een wit kleed waarop een groot rood tempelierskruis is geborduurd. Aan weerskanten staat op het altaar een bloemstuk met prachtige witte lelies. De kerkbanken zitten vol met mensen met witte monnikspijen aan, die gesierd zijn met een rood, gekarteld kruis aan zowel de voor- als achterzijde. Het moeten er, zo snel te tellen, enige tientallen zijn. Door de helemaal over de hoofden heengetrokken monnikskappen zijn hun gezichten niet te zien. Het alsof ik in een wonderschone, Oscar-winnende film ben beland.
Plots houdt het koor op met zingen en is het doodstil in de kapel.

'Roderick de Brauw van Assem uit Nederland meldt zich', hoor ik de professor naast mij zeggen. Een lichte galm van zijn woorden bevestigt de aankondiging.
Mijn hart bonkt in mijn keel. Wat gebeurt er hier?
Professor McCloud geeft met een korte handbeweging aan hem te volgen en ik neem naast de professor vooraan op een verder lege kerkbank plaats.

Als ik zit, hoor ik drie keer een kort trompetgeschal door de kapel klinken en begrijp ik door het geschuifel dat de mensen achter mij zijn gaan staan. In de Rosslyn Chapel is rechts achter het hoofdaltaar een crypte, die alleen via een smalle stenen trap te bereiken is. Geschiedkundigen veronderstellen dat in deze kelder de heilige graal van Jezus is te vinden. Toch is daarvan nooit sluitend bewijs geleverd. Vanuit de crypte komen drie mensen in witte monnikspijen met rode tempelierskruizen langzaam de stenen trap omhoog gelopen. Hun gezichten zijn afgedekt door een witte kap, die diep over hun hoofd is heengetrokken. De middelste man loopt krom en voorovergebogen, zodat de beide anderen hem moeten ondersteunen. Het is een tafereel dat zo van het filmdoek lijkt te zijn weggetrokken. De kromgebogen man in monnikspij neemt plaats op een stoel voor het hoofdaltaar. Het is doodstil in de kapel.

'Roderick de Brauw van Assem', hoor ik een krakende stem zeggen, die verraadt dat de man op hoge leeftijd moet zijn. 'U bent geroepen en het lot heeft u hier gebracht. De de eeuwige tijd voorbij is en de witte lelie heeft zich geopend.'
Ik kan niets anders doen dan het gebeuren met verbazing gadeslaan. Wat is dit voor een poppenkast? Welke machten bezitten deze mensen en hoe ben ik hier terechtgekomen?

'U bent hier met een reden en wij hebben een boodschap voor u vanuit het universele bewustzijn waar het verleden, het heden en de toekomst samenkomen. Uw vader heeft u geroepen.'

Ik slik als ik de naam van mijn vader hoor. Hij is er nog!

'Wij stevenen af op de langzame vernietiging van onze aarde. Het doel van het leven is niet om meer olie uit de grond te boren, meer auto's te produceren of meer welvaart te verwerven. De taak van ieder mens is om te groeien op het geestelijk vlak. Het werkterrein is onze ziel en dat is waar we daadwerkelijk bevrediging uit halen. De meesten van ons hebben dat niet begrepen. De hebzucht van een toenemend aantal mensen is simpelweg te groot voor het zelfherstellend vermogen van de aarde. De temperatuur gaat stijgen en grote delen van de aarde zullen onderlopen, zoals in de tijd van de Ark van Noach. Nu is er nog tijd om in te grijpen en we willen dat je mensen bewust gaat maken van het feit dat er iets moet veranderen. *De Orde Terra Nova* is in het leven geroepen om mensen te waarschuwen voor overconsumptie en het uitputten van de aarde.

We zijn hier vandaag met een reden bijeen. Deze kapel is door Sir William Sinclair voor de tempeliers in het begin van de veertiende eeuw gebouwd. Zijn graf is hier als eerbetoon aanwezig. Officieel is dit een kapel. In werkelijkheid heeft *De Orde Terra Nova* hier haar hoofdkwartier. Als je goed kijkt, zijn de symbolen van *De Orde van de Tempeliers* en *De Orde Terra Nova* in de decoratie van de kapel verwerkt.

'Ik heb geen speciaal talent, ik ben alleen gepassioneerd nieuwsgierig.'

Albert Einstein

-33-

De mens werkt, eet, slaapt, vrijt en doet zijn normale dagelijkse dingen en heeft geen idee dat hij leeft in een bijzonder tijdperk. De homo sapiens gaat de komende eeuw de toekomst van de aarde bepalen. De opwarming van de aarde, voornamelijk veroorzaakt door CO^2-uitstoot door het gebruik van fossiele brandstoffen, is aan het versnellen en dit heeft grote consequenties voor de volgende generaties. We stevenen af op een situatie dat er meer plastic in de oceaan ligt dan vis. De huidige vervuiling van zoetwater brengt in de toekomst volksverhuizingen op gang, waarbij gevochten wordt om de laatste watervoorraden. Kortom, wij bepalen op dit moment met ons gedrag de toekomst van de aarde. Wat we nu doen, heeft invloed op de planeet in het volgende millennium.

'Er is een wetmatige harmonie van alles wat bestaat', hoor ik de oude man met een krakende stem zeggen. 'Alles wordt van het begin tot het einde bepaald door het universele bewustzijn. Kijk omhoog naar het plafond.'

Ik kijk naar boven en zie de prachtig bewerkte stenen dakconstructie van de kapel.

'Precies onder het hoogste punt van de tweede boog met een loodlijn naar beneden, ligt een leisteen. Dit is de sluitsteen naar een ondergrondse ruimte. Onder deze sluitsteen ligt de zilveren tabernakel, die de tempeliers in de veertiende eeuw hebben meegenomen uit Frankrijk.'

De monnik in de stoel knikt en de twee daarnaast gezeten mannen lopen naar de aangegeven marmeren vloersteen, waar een rode loper overheen ligt. Ze schuiven de rode loper voorzichtig opzij en met een koevoet wrikken de twee monniken de loszittende plaat van zwart leisteen omhoog. Zorgvuldig wordt de vloersteen opzij geschoven. Onder de vloersteen blijkt een gat te zitten, waaruit de twee mannen de zilveren tabernakel omhoog trekken. Vervolgens zetten ze de kist op het wit gedekte altaar, precies op het rode gekartelde kruis. Gespannen en nieuwsgierig kijk ik naar de tabernakel.

'Deze kist bevat de originele papierrol met *De Theorie van het Alles* en het enige relikwie van Jezus Christus dat nog op deze aarde aanwezig is. Het is een stuk van het crucifix van Jezus en het is gevonden door de oprichter van de tempeliers, de eerste grootmeester Hugo van Payns, in de grafkelder in Jeruzalem in het jaar 1121 na Christus. Sindsdien is het stuk kruishout altijd in het bezit van de tempeliers geweest en hebben wij dit bijzondere relikwie bewaakt. De bijbel leert ons dat Jezus Christus opstond uit het dodenrijk. Hij is de enige mens geweest die in hetzelfde lichaam terugkeerde vanuit het rijk van de doden.'

Een ijskoude rilling trekt door mijn lichaam. Als er een toegang is tot het zielenrijk, dan is het ook mogelijk contact te maken met mijn vader om hem te vertellen hoezeer ik hem mis. De oude man praat verder.

'Deze kapel heeft Sir William Sinclair hier laten bouwen. Op deze plek bevindt zich een verbindingspunt tussen onze aardse- en de hemelse energie. Er loopt een aantal belangrijke leylijnen over de aarde, waar de hemelse energiestromen en de aardse energiestromen met elkaar in verbinding staan. Van oudsher werden op deze leylijnen kathedralen gebouwd. De kathedraal van Chartres staat op een leylijn, precies door Stonehenge loopt een leylijn. Ook de kathedraal de Notre Dame in Parijs en de kathedraal van Den Bosch in Nederland zijn op leylijnen gebouwd. In kathedralen die gebouwd zijn op leylijnen voel je letterlijk dat er meer is tussen hemel en aarde. De combinatie van het crucifix en de bouw op een belangrijke leylijn, maakt dat de energie in deze kapel zo sterk is. Op deze plek kun je in contact treden met het alomvattende bewustzijn, waar alle informatie van het verleden, heden en de toekomst ligt opgeslagen.'

Ik hoor de woorden van de man wel. Toch dringen ze niet tot mij door. Normaal zou ik informatie over leylijnen en een universeel bewustzijn als klinkklare onzin hebben afgedaan. Nu twijfel ik.

'Synchroniciteit is overal voor degenen die het zien', zegt de oude man. Een ingrijpende gebeurtenis lijkt gewoon toeval te zijn. Maar vanuit een hoger bewustzijn past de gebeurtenis logisch in iemands leven. Synchroniciteit is in wezen de rode draad naar perfectie. We zijn zo met ons ego in ons denken bezig, dat we synchroniciteit over het hoofd zien. Daardoor komen we niet tot een hoger bewustzijn.'

'Hoe kom ik in contact met dit hogere bewustzijn?'

'Mensen, insecten, sterren en al het andere dansen op een geheimzinnige muziek, waarvan een onzichtbare muzikant de toon bepaalt. De hele schepping bestaat uit trillingen in bepaalde verhoudingen, die of elkaar harmonisch versterken of juist disharmonisch elkaar verzwakken. Wij bestaan uit zuivere energie. Dit betekent dat ieder mens een kernfrequentie heeft, die we onze grondtoon noemen. Als het ego en de ratio regeren, ben je uit contact met je grondtoon. Het leven lijkt dan moeilijk en zwaar. Als je jezelf leert af te stemmen op je grondtoon, heb je toegang tot een hoger bewustzijnsniveau. Anders gezegd: bewustzijnsontwikkeling en groei ontstaan als je contact maakt met je grondtoon. Een hoger bewustzijn maakt je gevoeliger, bewuster, helderziend en heldervoelend. Door af te stemmen op je diepste zelf kun je mensen en omstandigheden doorgronden. De regie van je ego en ratio nemen af en je hart gaat open. Voelen met je hart is een kracht die je geweldig in het leven kan helpen. Dit hogere bewustzijnsniveau maakt je helderder en geeft je meer inzichten dan ooit tevoren. Deze kapel heeft invloed op je grondtoon. Velen voelen het positieve effect op hun grondtoon als ze de Rosslyn Chapel bezoeken.'

Ik luister naar wat de man vertelt. Toch is het me niet duidelijk. Een innerlijk weten zegt dat de oude man de kern van het leven te pakken heeft. We zijn energiewezens en resoneren op een bepaalde trilling. Niet voor niets is er bijna geen mens te vinden, die geen gevoel heeft bij muziek. Muziek helpt ons bij ons diepste zelf te brengen. Het verhaal gaat dat Albert Einstein op zijn viool speelde op de momenten dat hij vastliep in zijn gedachten. Tijdens het vioolspel werd zijn grondtoon geraakt en kreeg hij inzichten vanuit het universele bewustzijn, die het menselijk vermogen te boven gaan. Als we resoneren op onze grondtoon, hebben we toegang tot hogere bewustzijnsniveaus.

'In deze kapel kun je in contact treden met de zielenwereld en door te mediteren is het mogelijk een blik in de toekomst te werpen.' Hier besef je dat we zuivere energiewezens zijn en dat alles en iedereen met elkaar verbonden is.

'Ik weet niet met welke wapens in de Derde Wereldoorlog worden gebruikt. Ik weet wel dat er in de Vierde Wereldoorlog weer gevochten wordt met stokken en stenen.'

Albert Einstein

-34-

Alle levende wezens op aarde zijn gelijk. Toch is er één levend wezen, dat anders is dan al de anderen. Dat is de mens. Wat is het verschil? Elk dier heeft een lichaam en een instinct. De mens heeft naast een lichaam en een instinct ook nog een geest, of zo je wilt een ziel. Daardoor kan de mens een relatie hebben met zijn Schepper en dat vermogen heeft een dier niet.

'Dit crucifix van Jezus Christus ligt op dit belangrijke verbindingspunt', zegt de man. 'Hier kunnen mensen ervaren dat ze meer zijn dan alleen hun ego en dat ze verbonden zijn met alles en iedereen om zich heen. Het crucifix dat in deze kapel ligt, helpt mensen met het maken van de reis van hoofd naar hart.'

De oude man zwijgt voor even.

'Roderick de Brauw van Assem', zegt de oude man. 'Het universele veld heeft u uitgekozen om *De Orde Terra Nova* te gaan leiden. Over drie dagen is het volle maan en wordt u om exact twaalf uur middernacht geïnaugureerd als grootmeester in *De Orde Terra Nova*. Tot die tijd wordt u door professor McCloud onderwezen in de geheime kennis van *De Theorie van het Alles*. Daarnaast leert u de drie geloftes van *De Orde Terra Nova*; gelofte 1: Stabilitas, gelofte 2: Conversio Morum en gelofte 3: Obedientia. De geloften gaan u mentaal zo sterk maken, dat u tegen elke weerstand bent opgewassen, op welk gebied dan ook. Door het crucifix aan te raken en dankbaar te zijn voor haar inzet, staan de witte helpers uit het zielenrijk u terzijde in elke beslissing die u neemt. Roderick de Brauw van Assem, ik roep u naar voren.'

Ik sta weifelend op en loop richting het altaar. De oude man gebaart mij om te knielen.

'Kniel en leg uw hoofd op de grond.'

Ik doe wat de man mij vraagt, ga op mijn knieën zitten en leg mijn voorhoofd op de koude stenen vloer.

'Zeg mij woord voor woord na:

Niet mijn wil, doch Uw wil geschiede;
Dank U, Goddelijke Schepper;
Als ik mijn familie en voorvaderen, of juist toekomstige generaties heb beledigd door woorden, daden of handelen vanaf het begin van de schepping tot in de verre toekomst, dan vraag ik U om vergiffenis;
Laat dit alle negatieve herinneringen en blokkades in mij schoonmaken, zuiveren en loslaten om deze negatieve energie te transformeren in zuiver licht;
Dit geschiedt op dit moment in de dankbaarheid die ik voor U, Uw aangezicht en het universele veld heb.'

Elke zin zeg ik letterlijk na. Als ik mijn ogen open en overeind kom, voel ik me licht en gezuiverd. Het lijkt of er een deur is opengegaan en ik een nieuwe dimensie instap, waar ik voel wie ik werkelijk ben. Alsof een hoger bewustzijn de gordijnen opent en ik voor het eerst naar buiten kijk.'

De oude man trekt vervolgens de witte cape ver over zijn hoofd heen. Daaropvolgend schallen er opnieuw hoge stemmen door de kapel. De twee mannen naast hem sluiten de zilveren kist en begraven deze weer onder de zware zwarte leisteen, die ze afdekken met de roodfluwelen loper. Niets meer wijst op de plaats waar het crucifix van Jezus Christus ligt. Een gevoel van euforie neemt bezit van me. Dit is het meest bizarre en mooie moment dat ik in mijn leven heb meegemaakt. Hoe bijzonder kan een leven lopen? Slechts een paar maanden geleden had ik nog gedachten om een einde te maken aan mijn leven en nu bevind ik mij aan de andere kant van het spectrum. Er is niets wat ik hieraan zelfstandig had kunnen sturen. Het is alsof het al in de sterren stond geschreven.

De oude man verdwijnt onder escorte van twee monniken via de trap de crypte van de kapel in. Rij na rij staan de monniken plechtig uit de kersenhouten kerkbanken op en ook zij verlaten de kapel via de ondergrondse crypte. Nadat de laatste man in witte monnikspij via de trap is afgedaald, houdt het gezang op en is het stil in de kapel. Alleen de professor en ik zijn nog in de kapel aanwezig.

'De eerste stap om toe te treden tot *De Orde Terra Nova* is om je huidige gewoonten en patronen te doorbreken', zegt de professor. 'Daar heeft het universum inmiddels voor gezorgd; je bent je baan kwijt, je gezin is uit elkaar gevallen en je staat daardoor open om nieuwe paden te betreden. Zonder dat je het wist, is je opleiding al van start gegaan. Eigenlijk behoort je hele leven tot nu toe al tot je opleiding; het wegvallen van je vader op jonge leeftijd, de lessen die je moeder je heeft bijgebracht en de destructie waarvoor je sterke ego in je leven heeft gezorgd. We staan op het punt om de tweede stap naar het grootmeesterschap van *De Orde Terra Nova* te gaan maken; het loslaten van je dominante ego.'

'Hoe doe ik dat?' vraag ik.

'Iets van egoïsme heeft ieder mens en daar is ook niets mis mee. Ieder mens heeft behoefte aan erkenning, aandacht, waardering en succes. Helaas leven we in een jachtige maatschappij, waar we geen tijd meer nemen voor onszelf. Ons ego en ratio zijn veel te dominant. We vergeten om stil te staan bij onszelf en de inzichten en wijsheid van ons hart. In de huidige hectische maatschappij is geen ruimte meer voor stilte. Vroeger hadden mensen meer tijd voor stilte en gebed. Iedereen zat gewoontegetrouw zondag in de kerk, wat mensen tijd gaf voor bezinning. Verzonken in gebed konden we onze dankbaarheid uiten en vragen stellen. Er zijn weinigen, die in de huidige tijd de discipline hebben om stilte op te zoeken of in gebed te gaan. Het koele, materialistisch ingestelde verstand wordt bewierookt en dat schakelt ons hart uit. Daardoor zijn velen vast in hun gedachten komen te zitten en zijn we het contact met onszelf verloren. Stilte is de manier om contact te maken met je grondtoon, die resoneert met je diepste zelf. Dan bereik je de ultieme tevredenheid en stopt het zoeken naar meer bezit, aanzien en geld. Als je jezelf bent verloren, kan het ego ongekend grootse vormen aannemen. In de jacht op meer geld, bezit en status beseffen we niet dat we de aarde uitputten en onleefbaar maken voor de toekomstige generaties. We verliezen uit het oog waarom we op aarde zijn gekomen. De kunst van het leven is niet om zoveel mogelijk bezit te verwerven. Het is bedoeld om *de beste versie van jezelf* te zijn.'

'Hoe doe ik dat?' vraag ik. De wanhoop in mijn stem moet hoorbaar zijn.

'Je hebt daarnet door het geknield uitspreken van het gebed jezelf losgemaakt van je ego', zegt de professor. 'Zo kon de universele energie in je doordringen en was je verbonden met het hogere. Door de verbondenheid te voelen met het grotere geheel, ga je nadenken over de vraag hoe je zorgzaam met je dierbaren, de aarde en je omgeving kunt omgaan. Mensen denken met hun ratio alles te kunnen oplossen en zeker de moderne mens voelt zich superieur aan de natuur en dat is ten onrechte. Hoe superieur zijn we als we onze levensomgeving aan het vernietigen zijn enkel om ons ego te bevredigen om anderen te laten zien hoe rijk, machtig en succesvol we zijn? We hebben niets te vertellen over leven en dood en wat ons overkomt. Niemand wordt bewust ziek, krijgt een auto-ongeluk of wil depressief zijn. Dat was al geregeld en komt niet per toeval op ons pad. Het ego en de ratio zetten ons op het verkeerde been. Onze ratio heeft geen toegang tot het universele veld van wijsheid en energie. De oeroude wijsheid is al duizenden jaren oud en beschreven in *De Theorie van het Alles,* dat voor ons werd opgetekend op een papierrol, die achtergelaten werd in de tempel van Salomo. Ik vraag je om voor het altaar opnieuw te knielen met je hoofd naar de grond gericht.'

Ik doe wat de professor mij opdraagt en buig opnieuw diep voor het altaar. Zo blijf ik in volledige stilte zeker tien minuten zitten.

'Mijn zoon, ik ben het', hoor ik in de kapel een stem zeggen.

Mijn adem stokt in mijn keel. Het is een stem, die ik van vroeger ken.

'Papa?' zeg ik.

'Ja, hier kan ik tot je spreken. Mijn zoon, ik waak altijd over je en bescherm je altijd. Hulp kan ik je pas geven als je het mij vraagt. Dat is een regel die in het universum geldt. Vraag alleen de dingen waar jezelf in gelooft of waarvan je overtuigd bent dat ik je daarbij kan helpen. Dan ontvang je alles wat je me vraagt. Ik ben niet je enige helper. Ook je oma staat je elke minuut van de dag terzijde. Gebruik onze gaven om je door ons te laten helpen.'

Dan is het minutenlang stil. De professor tikt me op mijn schouder en gebaart me hem te volgen. Ik verlaat de mysterieuze Rosslyn Chapel in het fonkelende kaarslicht en loop met de professor over het terrein. De maan staat hoog aan de hemel, alsof zij het teken is dat er meer is tussen hemel en aarde dan wij graag willen geloven. De professor opent het hek en laat mij naar buiten gaan.

'Morgenochtend ben ik om negen uur in de lobby van het hotel. Nu je de eerste twee stappen naar het grootmeesterschap hebt gezet, ben je klaar om met de derde stap aan de slag te gaan; ik ga je *De Theorie van het Alles* vertellen. Vertel niemand iets over wat je vanavond hebt ervaren en vergeet nooit dat je alleen je sterke ego omver kunt halen door te knielen voor het hogere.'

De professor draait zich om en loopt terug in de richting van de kapel. De monniken doven de kaarsen en brengen de kapel in de oorspronkelijke staat terug, ruim voor de eerste toeristen zich morgenochtend zullen melden. Geen van al die toeristen kent het grote geheim van de Rosslyn Chapel en niemand weet dat ze tijdens het bezoek slechts een paar meter van het crucifix van Jezus Christus verwijderd zijn. Ik loop de dorpsstraat van het dorpje Roslin in. De duisternis staat in schril contrast met het gouden licht dat ik in de kapel heb ervaren. Het voelt alsof ik vanuit de bioscoop de nacht instap, na eerder op de avond te zijn meegevoerd door een met Oscars bekroonde meeslepende speelfilm. Als ik het niet met mijn eigen ogen had gezien, zou ik deze avond naar het rijk der fabelen verwijzen. In het café in Roslin bestel ik een taxi. Het is rond half twaalf als ik mijn hotelkamer binnenga. Uit mijn koffer pak ik de literfles Schotse single malt whisky en ik schenk een waterglas vol met dit gouden vocht. Die heb ik verdiend na de meest bijzondere dag uit mijn leven.

'Graag zou ik Gods gedachten kennen. De rest zijn details.'
Albert Einstein

-35-

Wijsheid, inzicht en intuïtie ontstaan in een laag die ons leven bepaalt. Deze laag is het universele veld en hierin hebben we toegang tot spiritualiteit. De mensheid is zich steeds meer bewust van alles om zich heen en ook van het universele bewustzijn. Steeds meer mensen hebben toegang tot een hoger bewustzijn en betreden zo de wereld van de hogere dimensies. We ontdekken dat de wereld uit verschillende bewustzijnsniveaus bestaat. Zodra we een hoger bewustzijnsniveau betreden, ontdekken we een nieuwe wereld met nieuwe mogelijkheden. Ik heb lang gedacht dat de wereld uitsluitend bestond uit dat wat ik met mijn vijf zintuigen kon waarnemen. De hogere dimensies begreep ik niet en bestonden daarom ook niet. In de kapel heb ik vanavond ervaren dat er meer is tussen hemel en aarde en heb ik een blik mogen werpen op de magie die er tussen hemel en aarde is. Voor het eerst heb ik mijn vader gehoord en weet ik dat hij er voor me is. Ik hoef hem alleen mijn wensen te vertellen en tegelijkertijd te geloven dat het universum het mij geeft.

Na de laatste slok whisky trek ik mijn pyjama aan en ga naar bed. Het slapen wil niet vlotten en ik hoor elk uur de kerkklok slaan. De stem van mijn vader klinkt herhaaldelijk in mijn hoofd. Na veel draaien val ik in een onrustige slaap en schrik in mijn beleving niet veel later wakker. Met een bonkend hart ga ik rechtop zitten en knip het nachtlampje aan. Op mijn horloge zie ik dat het half twee in de nacht is. Heb ik het talent om de grootmeester van *De Orde Terra Nova* te worden? Het voelt alsof ik geen keuze heb en het leven mij deze richting op duwt. Onze familie heeft door de eeuwen heen altijd veel gedaan aan onbezoldigde liefdadigheid. Ik sla een weg in, dat ik nooit heb bedacht en waarvan ik twijfel of ik de taak aankan. Het is alsof een onzichtbare hand me stuurt, die ieder mens laat dansen op de onhoorbare muziek van het universum. Gelukkig heb ik leren knielen en weet nu hoe ik effectief om hulp kan vragen aan mijn spirituele helpers. Helpers of niet, de twijfel blijft aan me knagen. God, wat is dit voor een onbegrijpelijk weg die ik moet afleggen? Ik kom tot de conclusie dat het leven me in een stevige houdgreep heeft en mij nu haar wil oplegt. Mijn taak is de rode draad in mijn leven te volgen en moedig de volgende stap te nemen, ondanks dat de twijfel en onzekerheid uit alle poriën van mijn lijf naar buiten komen.

Ik knip het nachtlampje uit en staar naar de schaduwen op het plafond. Van slapen komt niet veel meer. Ik lig te vechten met de oncontroleerbare gedachten in mijn hoofd. Ik ben in gedachten als grootmeester al minimaal twintig keer mislukt, voordat ik om half acht opsta. Het voelt alsof er een vrachtwagen over me heengereden is. Nukkig trek ik de gordijnen open en zie dat het weer mijn humeur niet gaat opmonteren. Het regent en de laaghangende donkere wolken voorspellen een koude, druilerige najaarsdag. Drie kwartier later zit ik geschoren aan het ontbijt met geroosterd witbrood, marmelade, een roerei en een kannetje slappe koffie. Een broodmager meisje komt op mijn verzoek een tweede kan met het zwarte goud brengen. Wat extra cafeïne kan ik goed gebruiken om de dag door te komen. In de lobby zit professor McCloud achter een krant verscholen op mij te wachten.

'Hoe gaat het met je ziel?' vraagt de professor. Hij vouwt de krant op en legt deze terug op de houten tafel.

'Goed', zeg ik met een lichte weifeling in mijn stem.

Ik begrijp niet wat de professor met deze vraag bedoelt. De vraag zet me aan het denken. Eerlijk gezegd voel ik weer een beetje dat ik leef. Hier ontstaat niet de altijd aanwezige drang tot meer, meer en nog eens meer en ben ik mezelf. De zuigkracht van het verwerven van bezit neemt af. Ik begin te voelen wie ik werkelijk ben. We lopen naar buiten, waar een zwarte bolvormige taxi voor het hotel staat te wachten.

'9 George Square Edinburgh', zegt de professor.

De chauffeur start de auto en we rijden weg.

'We rijden naar de Universiteit van Edinburgh.'

Ik kijk de professor niet-begrijpend aan en durf niets te zeggen. We rijden door de drukke ochtendspits en ik staar naar buiten, waar mensen gehaast en weggedoken onder hun paraplu onderweg zijn naar hun werk. Halverwege de rit draait de professor zich om en spreekt me aan.

'De komende dagen zet ik je denkbeelden over de vraag hoe de wereld in elkaar zit op zijn kop. Ik ga je *De Theorie van het Alles* onthullen. Deze geheime kennis heb je nodig om straks succesvol leiding te kunnen geven aan *De Orde Terra Nova*. Voor ik iets over *De Theorie van het Alles* aan je vertel, begin ik met een verhaal over een arm jongetje. Zijn naam is Abbas en hij woont met zijn ouders in Chefchaouen, een schitterend Joods dorpje in Marokko met blauw geschilderde huisjes. Een plaats waar de zon altijd schijnt. Zijn vader heeft een winkeltje. Ondanks de toeristen trekt hij nauwelijks klandizie. De familie van Abbas is zo arm, dat hij slechts twee keer per dag een karige maaltijd krijgt. Elke avond zit het elfjarige jongetje trouw op zijn slaapkamer en kijkt naar een huisje, dat ver weg op een andere heuvel staat. Het is een bijzonder huisje omdat het van goud lijkt te zijn. Als het jongetje honger heeft, droomt hij van de rijkdom, die in het gouden huisje op de andere berg te vinden moet zijn. Zijn verlangens worden groter en groter en hij droomt ervan om zijn ouders te helpen. Op een dag besluit hij op weg te gaan naar het gouden huisje om de rijkdom met eigen ogen te zien. De tocht duurt een hele dag en pas tegen de avond komt het jongetje aan bij het gouden huis op de andere berg. De teleurstelling is groot als blijkt dat het huis helemaal niet van goud is. Het is de late middagzon die voor de gouden gloed op de ramen zorgt. Abbas gaat op een steen zitten. Het goud waarvan hij droomde blijkt niet te bestaan.

Er komt een meisje naar buiten gelopen en ze ziet Abbas zitten. Ze raken in gesprek en het jongetje vertelt het verhaal over het gouden huisje. Tot zijn verrassing hoort hij het meisje zeggen dat er daadwerkelijk een gouden huis bestaat dat ze elke ochtend ziet als ze opstaat. Het meisje regelt bij haar moeder onderdak voor de nacht voor Abbas. De volgende morgen maakt het meisje Abbas wakker om hem het gouden huisje te laten zien. Ze neemt het jongetje mee naar haar slaapkamer en wijst het huisje aan, dat ook deze ochtend in de ochtendzon als goud oplicht. Als Abbas goed kijkt, ziet hij tot zijn verrassing dat het huis dat het meisje aanwijst, het huis is, waar hij met zijn familie woont. Het jongetje gaat terug naar huis en stopt voor altijd met het zoeken naar goud.

Het moraal van dit verhaal is: dat mensen hun zegeningen buiten zichzelf zoeken. Ze vergeten daarbij dat het in henzelf te vinden is. Anders gezegd: om ver te komen, moeten we dichtbij beginnen. Zo kom je tot zelfontplooiing en leef je vanuit innerlijke kracht. Dit is het werkelijke goud dat op deze aarde te vinden is.'

Na een half uur in de taxi te hebben gezeten, komen we aan bij de Universiteit van Edinburgh, waar het een drukte van belang is met studenten. We lopen door de poort van deze in het jaar 1583 opgerichte universiteit. Op het middenplein van eeuwenoude kasseien is met zwarte keien een grote cirkel gemaakt. We stoppen bij de rand van de cirkel.

'Wacht op deze plaats tot ik terugkom.'

De professor loopt door en gaat de universiteit binnen. Ik wacht nieuwsgierig op de rand van de cirkel. Even later komt de professor teruggelopen met een meetlint in zijn hand.

'Je opdracht is eenvoudig: meet de omtrek van deze cirkel op en deel deze afstand door de diameter van deze zelfde cirkel. Noteer de gegevens en kom dan naar de bibliotheek in het hart van de universiteit.'

Hoewel ik de opdracht niet begrijp, voer ik hem nauwgezet uit. Een paar studenten kijken mij verwonderd aan als ze langslopen. Na enig gestuntel kom ik voor de omtrek uit op een afstand van 15 meter en 70 centimeter. De diameter van de cirkel blijkt exact 5 meter te zijn. Op een papiertje schrijf ik de twee meetgetallen op en loop vervolgens door de hoofdpoort naar binnen. Daar volg ik de aanwijzingsbordjes naar de bibliotheek. Ik voel me als een schooljongen die een praktijkproef natuurkunde moet uitvoeren. Wat is in hemelsnaam de zin van deze opdracht?

'Geen van mijn ontdekkingen is het gevolg van een proces van rationeel denken.'

Albert Einstein

-36-

Albert Einstein stelde ooit: *'Bidden verandert de wereld niet. Bidden verandert wel de mens en daardoor verandert de wereld'*. In deze jachtige wereld zijn we de kunst van het bidden verleerd. Het gaat bij het bidden niet om ons te onderwerpen aan God. Het is bedoeld om tijd voor onszelf te nemen, tot bezinning te komen en om even stil te staan bij de vragen die ons bezighouden. Als je gelooft dat je wordt geholpen en daar ook dankbaar voor bent, spant het universum zich in om jou te helpen. Zodra je jezelf met hart en ziel overgeeft aan je dromen, komt het hele universum in beweging om je te steunen. Of ik alleen al met het opmeten van de cirkel een stap in de goede richting heb gezet, daar twijfel ik sterk aan. Zal dat inzicht nog komen?

De bibliotheek is gevestigd in het hart van de universiteit, zodat ik het gemakkelijk kan vinden. In deze ruimte zetten wijsheid en historie de toon en dat voel je aan alles. De prachtig gebrandschilderde ramen kleuren de bibliotheek zachtgeel en in de metershoge, kersenhouten boekenkasten staan zeker tienduizenden boeken. Veel van de kennis is gehuld in ouderwetse lederen kaften, die staan te wachten om nieuwe lezers te inspireren. Zo gemakkelijk is het niet om mensen te verleiden. Sommige boeken moeten er al eeuwenlang staan en wie weet hoe lang geleden ze voor het laatst zijn gelezen. Ik loop over de prachtige, met mozaïek ingelegde vloer naar de lange, donkere, kersenhouten leestafel in het midden van de bibliotheek, waar de professor zit. Op de leestafel staan ouderwetse, porseleinen leeslampen en rondom de tafel staan twintig authentieke houten stoelen, die ook eeuwenoud moeten zijn.

Tegen de hoge boekenkasten staan metershoge, houten ladders, die met koperbeslag aan stangen hangen. Het ruikt hier naar stof en naar de ouderdom van de boeken, die tergend langzaam onder invloed van vocht en atmosfeer verteren, om daarna op te gaan in het niets.

'Vandaag gaan we in op kennis over het universum en de wetten die daar gelden. Wist je dat de scheppingsverhalen, in welke cultuur of spirituele traditie dan ook, één ding gemeen hebben? De schepping is tot stand gekomen door een vorm van trilling. Dit is het oergeluid van het heelal. Het ontstaan van het universum, dat uit zuivere energie bestaat, is tot stand gekomen door een goddelijke klank. Uit deze goddelijke toon is het licht voortgekomen, waardoor er leven kon ontstaan. Het universum is ontstaan uit geluid en licht en dat maakt het wetenschappelijk gezien boeiend. Geluid en licht zijn meetbaar en dus weer te geven in getallen. Daaruit volgt de conclusie dat het universum te beschrijven is in getallen. Exacte wetenschappen, zoals natuurkunde, wiskunde en scheikunde komen dichterbij spiritualiteit. Wetenschap aan de ene kant en spiritualiteit en religie aan de andere kant, liggen dichter bij elkaar dan je ooit voor mogelijk hebt gehouden. In dit idee sta ik niet alleen; grote wiskundigen en Nobelprijswinnaars, zoals Albert Einstein, staan in dit gedachtegoed aan mijn zijde. De koppeling van wetenschap aan spiritualiteit is in de beginjaren van mijn hoogleraarschap aan de Universiteit van Edinburgh ontstaan. Ik bestudeerde de theorieën van Albert Einstein.

Mijn leven lang ben ik gefascineerd geweest door deze man, die ik op 11 november 1953 persoonlijk heb ontmoet. We hebben gesproken over *De Theorie van het Alles*. De sleutel waar hij de laatste jaren van zijn leven naar zocht. Het bijzondere dat ik heb ontdekt, is dat er grote overeenkomsten bestaan tussen de tekst op de papierrol, die in de tempel van Salomo door de tempeliers is gevonden en de wetenschappelijke bewijzen die Albert Einstein tijdens zijn leven heeft geleverd.'

'Hoe zit dat precies?' vraag ik.

'Alles op zijn tijd', antwoordt de professor. 'Dat ga ik je stap voor stap onthullen. Laten we beginnen bij het begin. Ik heb je daarnet de omtrek en diameter van de cirkel op de binnenplaats laten opmeten. Deze gegevens heb je genoteerd. Wil jij de omtrek van de cirkel delen door de diameter? Hier heb je een rekenmachine om deze berekening exact uit te voeren.'

Ik klop de meetgegevens 15,70 meter en 5 meter op de calculator en kom door deze getallen te delen afgerond uit op het getal 3,14. Dat getal laat ik aan de professor zien.

'Wat je hebt berekend, heet in de wiskunde het getal pi. Bij elke cirkel, hoe groot of hoe klein deze ook is, geldt dat de omtrek van de cirkel gedeeld door de diameter het getal 3,14 met een oneindig aantal decimalen oplevert. Dat is de bijzondere eigenschap van een cirkel. Nu volgt een opmerkelijke ontdekking: pi is het getal dat het universum beschrijft. We kunnen ook zeggen dat het getal pi de blauwdruk van ons bestaan herbergt.'

Voor ik goed kan nadenken over de stelling, pakt de professor een dubbelgevouwen papier uit zijn binnenzak en vouwt deze open. Ik zie dat het papier is volgeschreven met slechts 1 getal met oneindig veel cijfers achter de komma. **3,14**159 26535 89793 23846 26433 83279 50288 41971 69399 37510 58209 74944 59230 78164 06286 20899 86280 34825 34211 70679 82148 08651 32823 06647 09384 46095 50582 23172 53594 08128 48111 74502 84102 70193 85211 05559 64462 29489 54930 38196 44288 10975 66593 34461 28475 64823 37867 83165 27120 19091 45648 56692 34603 48610 45432 66482 13393 60726 02491 41273 72458 70066 06315 58817 48815 20920 96282 92540 91715 36436 78925 90360 01133 05305 48820 46652 13841 46951 94151 16094 33057 27036 57595 91953 09218 61173 81932 61179 31051 18548 07446 23799 62749 56735 18857 52724 89122 79381 83011 94912 98336 73362 44065 66430 86021 39494 63952 24737 19070 21798 60943 70277 05392 17176 29317 67523 84674 81846 76694 05132 00056 81271 45263 56082 77857 71342 75778 96091 73637 17872 14684 40901 22495 34301 46549 58537 10507 92279 68925 89235 42019 95611 21290 21960 86403 44181 59813 62977 47713 09960 51870 72113 49999 99837 29780 49951 05973 17328 16096 31859 50244 59455 34690 83026 42522 30825 33446 85035 26193 11881 71010 00313 78387 52886 58753 32083 81420 61717 76691 47303 59825 34904 28755 46873 11595 62863 88235 37875 93751 95778 18577 80532 17122 68066 13001 92787 66111 95909 21642 01989 …

'Dit zijn de eerste duizend cijfers achter de komma van pi', zegt de professor.

'Ik begrijp er niets van', antwoord ik.

'Als wiskundige heb ik ontdekt dat alles wat op de wereld aanwezig is in het universum, vastligt in bepaalde patronen, cyclussen en getallen. Het universum is een geordend systeem voor wie de code kent. De verbinding met alles en iedereen is vastgelegd in het getal pi. Dit getal bestaat uit een oneindig lange cijferreeks. Je ziet hier de eerste duizend cijfers achter de komma staan. In werkelijkheid bestaat pi uit het getal 3,14 met oneindig veel cijfers achter de komma. Deze cijfers vormen de samenhang in de wereld.'

'Ik begrijp er niets van', zeg ik.

Hoewel ik goed in de exacte vakken ben opgeleid, gaat deze theorie mij boven de pet. Ik hoor de woorden van de professor en toch begrijp ik ze niet.

'Alles wat je kent, bijvoorbeeld in de muziek, in de astrologie en in de opbouw van ons DNA, maar ook elke geboortedatum, elke sterfdatum en elk tijdstip van alle tijden komt ergens in het getal pi voor. Alles is uit te drukken in getallen. Het getal pi is net zo onbegrensd als het universum en herbergt alle data van de totale wereld in het verleden, in de huidige tijd en in de toekomst. We zijn gisteren begonnen met je los te maken van bestaande denkbeelden, overtuigingen en vooroordelen. Gisterenavond hebben we de tweede voorbereidende stap gemaakt. Door te knielen voor het hogere, realiseer je je pas hoe nietig we als mens zijn. De gevonden Hebreeuwse *De Theorie van het Alles* bestaat uit drie wetmatigheden. Als je die drie wetten kent en deze toepast, ontstaat er vanzelf toegang naar een hoger bewustzijn, waardoor je het allesomvattende veld kunt gaan inzetten.

De komende dagen ga ik je deze drie wetten leren, zodat je dit hoger bewustzijn gaat ervaren.'

'Wat is het hoger bewustzijn precies?', vraag ik. In mij fluistert een stemmetje dat dit de meest intrigerende theorie moet zijn, die ik ooit heb vernomen.

'Een hoger bewustzijn betekent dat je meer gewaar wordt van wat er is', zegt de professor. 'Het allesomvattende veld is een bewustzijn, dat geen enkele begrenzing kent, maar alles doordringend en bepalend is in ons leven. Alles in dit universum ontleent zijn bestaan aan dit overkoepelende bewustzijn. Het is vrij van ruimte en tijd en heeft eeuwigheidswaarde. De kennis die er ligt opgeslagen, is onbegrensd en het veld is verantwoordelijk voor synchroniciteit en zinvol toeval dat ieder mens stuurt op zijn levenspad. Kortom: *De Theorie van het Alles* is niets anders dan het besef van een allesoverkoepelend bewustzijn, dat altijd en overal aanwezig is en onbegrensd en onveranderlijk is. Dit veld van bewustzijn verbindt iedereen en alles met elkaar, door tijd en ruimte heen. Het veld kent drie wetmatigheden, waarmee je als individu het bewustzijn kunt beïnvloeden. Dat zijn de drie wetmatigheden binnen *De Theorie van het Alles*. De eerste wetmatigheid is als volgt: alles en iedereen bestaat uit zuiver bewustzijn en is met elkaar verbonden, net als pi energie is en alle mogelijke en denkbare cijfercombinaties met elkaar verbindt.'

Ik knik naar de professor en voel van binnen een gevoel van enthousiasme. Dit verandert mijn complete wereldbeeld. Nooit heb ik gedacht in termen van bewustzijn, getallen en cyclussen. Het is alsof ik door een andere bril naar de werkelijkheid kijk. We zijn allemaal met elkaar verbonden door een overkoepelend bewustzijn. Wie had dat ooit gedacht?

'De meest fundamentele ideeën van de wetenschap zijn in wezen eenvoudig. We drukken ze uit in een taal die voor iedereen begrijpelijk is.'

Albert Einstein

-37-

In mijn leven heb ik ervaren dat leerstof ruwweg in twee groepen is onder te verdelen: de stof boeit absoluut niet en ik neem het dan ook niet in me op. Of het onderwerp boeit geweldig en ik zit op het puntje van mijn stoel, zoals dat nu het geval is.

'Peter Higgs was een briljant wiskundige en natuurkundige en bekleedde een persoonlijke leerstoel aan de Universiteit van Edinburgh. Ik ken hem persoonlijk en we hebben in deze bibliotheek veel over kwantumtheorie, energie en bewustzijn gesproken. We waren hier op de dinsdag en woensdag te vinden, studerend in boeken en bezig met het maken van complexe berekeningen.'

Ik hang aan de lippen van de professor.

'Wetenschappers hadden een jaar voordat professor Peter Higgs de Nobelprijs voor natuurkunde won, met de deeltjesversneller bij CERN in Genève de allerkleinste deeltjes kunnen identificeren en deze naar hem vernoemd. Omdat het hier gaat om de elementaire deeltjes, waaruit alles is opgebouwd, hebben de Higgs-deeltjes de bijnaam *Godsdeeltjes* gekregen. Higgs-deeltjes zijn de elementaire bouwsteentjes en kleiner dan de eerder aangetoonde atomen, protonen en neutronen. Letterlijk alles, van magnetrons tot mensen, sterren en planeten, is opgebouwd uit deze allerkleinste deeltjes, die we kennen. Deze allerkleinste deeltjes zijn de heilige graal van de natuurwetenschap. Als de allerkleinste deeltjes uit energie met een massa bestaan, bestaat alles en iedereen uit zuivere energie en massa. Deze allerkleinste, niet zichtbare deeltjes vormen een bewustzijn, dat het hele universum doordringt en alles aan elkaar verbindt. Dit bewustzijn zorgt dat alles uiterst intelligent en ordelijk is samengesteld. Elke boom, elk dier, elke plant of elke cel in je lichaam is intelligent en ordelijk samengesteld. Dit overkoepelende, allesdoordringende bewustzijn is het intelligente, universele veld, waar Albert Einstein over sprak. Het gaat dwars door alles en iedereen heen en het overkoepelende bewustzijn verbindt alles met elkaar. In tegenstelling tot wat velen denken, zijn we geen aparte wezens die los van elkaar staan. We zijn allen door dit overkoepelende bewustzijn verbonden met elkaar. Zo ontstaat synchroniciteit en zinvol toeval, dat een groot effect heeft op ons dagelijkse leven.'

'Hoe merk ik iets van dit universele veld?' vraag ik.

'Ik geef je een aantal voorbeelden: het is een bekend fenomeen dat eenzelfde uitvinding op verschillende plaatsen tegelijkertijd plaatsgevonden heeft. Huisdieren kunnen gedachten van tientallen kilometers verderop opvangen en reageren thuis als hun baasje tientallen kilometers verderop aanstalten maakt om naar huis te gaan. Hoe dikwijls gebeurt het niet dat je aan iemand denkt en deze persoon je even later daadwerkelijk belt? Je voelt direct of de energie in een huis fijn is of niet. Geliefden kunnen elkaar op afstand voelen en postduiven weten vanaf duizenden kilometers ver hun thuis feilloos terug te vinden. Het overkoepelende bewustzijn zorgt ervoor dat de Amerikaanse monarchvlinders een afstand van drieduizend kilometer feilloos weten af te leggen om elk jaar op dezelfde plek te paren. Het universele bewustzijn is de basis voor tal van paranormale verschijnselen. Mensen voelen op honderden kilometers afstand dat een dierbare iets overkomt of komt te overlijden. Gedrag van dieren kan aardbevingen voorspellen. In China werden op 4 februari 1975 vlak voor een grote aardbeving de bewoners van Haicheng geëvacueerd. Het bijzondere van deze evacuatie was, dat de beslissing werd genomen op basis van het afwijkende gedrag van dieren. Blijkbaar hebben dieren directer toegang tot dit universele bewustzijn.'

'Ik neem geen paranormale verschijnselen waar', zeg ik. Ik heb van mijn moeder geleerd om vooral niet alles voor waarheid aan te nemen.

'Boeren kunnen het weer op basis van de lucht voorspellen en na een week kamperen in het bos, kom je weer helemaal tot jezelf. Aboriginals en Indianen voelen aan wat er gaande is en zijn in staat middels telepathie met elkaar te communiceren. Sensitieve mensen kunnen trillingen vanuit het universele bewustzijn opvangen en voelen of er grote veranderingen op komst zijn. Zelfs van overleden mensen blijft de energie in het huis en de directe omgeving een tijdlang hangen. Dat kunnen gevoelige mensen waarnemen en er zijn talloze mensen die met de zielen van overleden mensen kunnen communiceren. Ze kunnen bij anderen energieën en aura's waarnemen en deze ook identificeren. Er bestaat meer tussen hemel en aarde dan we willen geloven.'

De professor staat op en vraagt me hem te volgen. We lopen de universiteit uit en het universiteitsterrein af. Na ruim een half uur door Edinburgh te hebben gelopen, gaan we een wijk in. Hier is graffiti op de muren gespoten en ligt het huisvuil op straat. Over deze achterstandswijk wordt in de reisgids gewaarschuwd om deze vooral 's nachts niet te bezoeken.

Ik heb geen idee waarom de professor mij hier naartoe neemt! We lopen door straten met oude, vervallen panden, die zijn zwart geblakerd door de jarenlange roetaanslag. De straten worden steeds smaller en donkerder en ik voel me niet op mijn gemak. Er zijn weinig mensen op straat en het voelt of bendes elk moment om de hoek kunnen komen om ons te overvallen.

Na tien minuten door de wijk te hebben gelopen, stopt de professor bij een vervallen pand. *Tai Chi Centre* staat er op een kapotgeslagen en door de tijd aangetast neonpaneel te lezen. De professor belt aan. Het blijft stil aan de andere kant van de deur. Ik voel me verre van op mijn gemak. Niet weten wat er gaat komen en daar ook geen controle over hebben, is niets voor mij. Graag houd ik de touwtjes in handen. Hier in Edinburgh is daar geen sprake van. Na enkele minuten, die een eeuwigheid lijken te duren, gaat de deur open. Er staat een kale man met een gedrongen postuur en doordringende ogen in de deuropening. De man is gekleed in een zwart Japans judopak boven de van bamboe gevlochten slippers. Ondanks zijn imposante verschijning straalt de man een ongekende rust uit.

De man lijkt de professor te herkennen en knikt ons kort toe. Zonder iets te zeggen, gaat hij ons voor en lopen we naar de dojo, waar de tai chi-lessen plaatsvinden. De man knikt kort in de richting van een houten krukje, waarop een zwart judopak ligt. Ik twijfel en begrijp de man niet. Is het de bedoeling dat ik dit judopak aantrek?

'Omkleden', zegt de man. De professor loopt naar achteren en verdwijnt uit het zicht.

Iets in zijn doortastende optreden zorgt ervoor dat ik de zwarte broekrok aantrek. Ik trek mijn beginnende buik in en duw mijn schouders naar achteren. Daarna loop ik, met onbestemde gevoelens, op blote voeten en met een ontbloot bovenlijf naar de man, die inmiddels midden op de mat staat.

'Val me aan', zegt de man.

'Pardon?'

'Val me aan met alle kracht die je in je lijf hebt. Het maakt me niet uit hoe sterk je bent.'

Als de man het wil, kan hij het krijgen ook. Ik zet me schrap en ren voluit op de man af. Voor ik hem bereik of ook maar kan aanraken, smijt een onzichtbare hand mij hard op de grond. Verdwaasd kijk ik rond. Wat gebeurt hier? De man heeft me niet aangeraakt.

'Kom op. Probeer het nog een keer', zegt de man met een uitdagende toon in zijn stem.

Opnieuw doe ik een aanvalspoging. Nu minder doldriest dan de eerste keer. Opnieuw met hetzelfde resultaat; zonder dat de man mij fysiek aanraakt, beland ik met een harde klap op de grond. Het lijkt alsof een onzichtbare hand mij vastpakt en op de grond werpt. Voor een derde keer laat ik mij niet meer beetnemen. Gelukkig hoeft dat ook niet. Met een knikje gebaart de man mij op een houten meditatiebankje tegenover hem plaats te nemen.

'Wie werpt mij op de grond?', vraag ik.

'Dat is de kracht van Ki', zegt de man. 'Naast de zichtbare materiële wereld om ons heen bestaat er een universeel bewustzijn, dat gevuld is met levensenergie. Dit noemen we Ki.'

'Wat is Ki?'

'Het begrip Ki komt in veel culturen voor en heeft veel namen; Ki, Chi, Prana, Ruah, Pneuma. Ki bestaat uit een verzameling van oneindig veel kleine deeltjes, waarmee het volledige universum is gevuld. Deze Ki-energie is de bouwstof van het universele bewustzijn. Ki is niet te meten of waar te nemen, maar wel te ervaren. We zijn allemaal geboren uit Ki en Ki beïnvloedt je leven elke seconde van de dag.'

'Hoe dan?' vraag ik.

'De onzichtbaar kleine Ki-deeltjes stromen door je lichaam en geven je levensenergie. Een mens met een actieve Ki-stroom door zijn lijf, is een mens die in zijn kracht zit, rustig is en goed in zijn vel zit. Als er veel Ki door je heen stroomt, ontstaat er een staat van actieve rust, waarbij je de wereld zuiver waarneemt en je jezelf verbonden voelt met alles en iedereen om je heen. Deze toestand staat voor in flow zijn. Ki-deeltjes vormen een onzichtbaar bewustzijn, dat je voedt en je kracht geeft.'

'Ik begrijp het niet', zeg ik. 'Waarom hebben we nooit iets van Ki gehoord als dat zo belangrijk is?'

'Als iets moeilijk te begrijpen is, betekent het nog niet dat het niet bestaat. De Ki-deeltjes zijn zo klein, dat de wetenschap het niet direct kan meten. Tot de ontdekking van de Higgs-deeltjes konden wetenschappers Ki helemaal niet waarnemen of bewijzen. Daarom heeft de wetenschap het bestaan van levensenergie doodgezwegen, zoals ze ons in de jaren vijftig van de vorige eeuw ook verzwegen dat roken ongezond was. Ki was tot voor kort wetenschappelijk niet te bewijzen. Je kon Ki alleen ervaren in je lijf en in je bewustzijn. Ik wierp je neer door mijn Ki-energie te gebruiken. Alles en iedereen is doorstroomd van Ki-energie.

'Ik kan me niets voorstellen bij Ki-deeltjes', zeg ik.

'Wat was je voordat je een volwassen man was?' vraagt de tai chi-meester.

'Een kind.'

Ik antwoord wel, maar begrijp niet waar de man heen wil.

'En wat was je voordat je een kind was?'

'Een baby', zeg ik.

'En wat was je voordat je een baby was?'

'Een embryo.'

'En wat was je voordat je een embryo was?'

De vragen beginnen langzaamaan irritatie op te roepen.

'Een samensmelting van een eicel van mijn moeder en een zaadcel van mijn vader', zeg ik.

'Juist ja', zegt de tai chi-meester. 'Toen je vader en moeder jonge kinderen waren, konden ze geen zaadcellen en eicellen produceren. Wie heeft gezorgd dat ze dit op een gegeven moment in hun tienerjaren dan wel konden?'

'De natuur', antwoord ik.

'Dat is het universele bewustzijn Ki, dat daarvoor zorgt. Ieder mens wordt uit Ki geboren en ieder mens gaat na zijn dood weer naar Ki terug. De Ki-energie is ongelofelijk krachtig en belangrijk in ons leven. Als er Ki door je heen stroomt, ben je aangesloten op dit universele bewustzijn en voel je je in een staat van flow. Door stress, verkramping en de oneindige stroom van gedachten in je hoofd, raak je uit contact met dit universele bewustzijn. Als Ki niet vrij door je heen stroomt, voelt dat onprettig en gestrest. Langdurig afgesneden zijn van Ki leidt tot ziekten en gezondheidsproblemen. Ik heb begrepen dat je opgebrand bent geraakt.'

Ik knik.

'Opgebrand raken is altijd het resultaat van een langdurig geblokkeerde energiestroom. We zijn pas gezond en voelen ons lekker in ons vel zitten als we onbelemmerd Ki uitwisselen met het universum.

'Hoe maak ik contact met de Ki-energie?' vraag ik.

'Ki stroomt via het Ki-punt in onze onderbuik binnen. Elke activiteit begint vanuit dit centrum in de onderbuik. Alleen al door je aandacht en lichaamsgewicht in het Ki-punt in je onderbuik te concentreren, begint er Ki in je lijf te stromen en sta je in contact met de universele energie. De Ki-energie zorgt dat we verbonden zijn met alles en iedereen. Herken je dit, want dit is de eerste wet van *De Theorie van het Alles*.'

'Kent u deze theorie?'

'Dat blijft voor jou een vraag en voor mij een weet! Met een laatste oefening ga ik je laten ervaren hoe krachtig Ki werkelijk is. Ga rechtop staan en steek je rechterarm schuin omhoog.'

Ik doe wat de tai chi-leraar vraagt. Ik werk tegen. Toch buigt de stevig gebouwde man gemakkelijk mijn arm.

'Nu ontspan je de hand en je arm volledig en je stelt je voor dat er een oneindig sterke Ki-stroom door je arm naar buiten spuit. Je mag het ook zien als water dat uit je arm spuit.'

Ik doe wat de man mij opdraagt. Hoeveel kracht de man nu ook op mijn arm zet, het buigen van de arm lukt hem onmogelijk. Mijn spieren zijn opvallend ontspannen en het voelt alsof de man geen kracht zet. Ik sta perplex naar mezelf te kijken en denk dat de man mij in het ootje neemt. Na de oefening loopt de man weg.

'De ontketende atoomkracht heeft alles veranderd, behalve onze manier van denken.'

Albert Einstein

-38-

Behalve mijn biologieleraar die vogelspinnen als huisdieren had, heb ik nooit een wonderlijker man ontmoet dan deze tai chi-leraar. Hij heeft tijdens onze ontmoeting geen woord teveel gezegd en mij met twee eenvoudige oefeningen laten zien hoe ongelofelijk veel kracht mensen hebben, die het toegangskanaal naar hun Ki-energie open hebben staan. Ik blijf wachten op de terugkomst van de tai chi-meester. De man laat zich niet meer zien. Omdat ik het met een ontbloot bovenlijf koud heb, kleed ik me om. Net als ik mijn schoenen aantrek, staat de professor voor me en vraagt me hem te volgen. We lopen de tai chi-school uit, waar ik de professor op straat aanspreek.

'Wat is dat een bijzondere man' zeg ik. 'Kent u de kracht van Ki?'

'Uiteraard', zegt de professor met een glimlach op zijn gezicht. 'Ki was de geheime kracht, die de tempeliers onoverwinnelijk maakte.'

'Hoe werkt dat dan?', vraag ik.

'Het wezen van Ki is oneindig krachtig. Neem een flinke kei in gedachten. Als we deze steen splijten, ontstaan er twee halve keien. Een halve kei doen we weg en de andere helft van de kei splijten we opnieuw. Ook nu leggen we de ene helft van de kei weg en de andere helft splijten we opnieuw. Na oneindig maal de kei doormidden te hebben gehakt, ontstaat er een oneindig klein stukje kei, dat nooit nul kan zijn. Immers wiskundig berekend kan 'iets' wat we in tweeën delen nooit nul zijn. Die verzameling oneindig kleine deeltjes zijn superkrachtig en dat noemen we Ki. Ki doordringt alles en het universum zit er helemaal vol mee. Anders gezegd; Ki is de basismaterie van het universum en omvat het alles. Ki heeft invloed op ons leven, altijd, op elke plaats en in elke tijd.

'Hoe doorstroomt de Ki-energie ons lichaam?' vraag ik.

Het is moeilijk voor te stellen. Daarnet heb ik met de armoefening ervaren hoe ongelofelijk sterk we met Ki zijn.

'Ki komt via het Ki-punt in de onderbuik binnen en stroomt op drie manieren door ons lichaam. De eerste stroom is via ons Ki-punt in de onderbuik, vervolgens door onze benen en via onze voeten de aarde in. Deze Ki-stroom heet *gronden*. Het zorgt ervoor dat we een stevige basis hebben. De tweede energiestroom gaat via ons Ki-punt door ons bovenlijf, onze armen en handen naar buiten. We kunnen door deze energiestroom Ki voelen als een warm en tintelend gevoel in ons lijf, armen en handen. De laatste Ki-stroom in ons lichaam gaat via ons Ki-punt door het ruggenmerg omhoog en via onze kruin naar buiten. Deze Ki-stroom zorgt dat we toegang krijgen tot ons hoger bewustzijn, waardoor we in contact treden met het universele bewustzijn. Alle kennis en wijsheid van alle tijden ligt hier opgeslagen. Mensen zijn bedoeld om contact te hebben met de universele Ki-energie. Zo staan we gezond en krachtig in het leven.'

Ik loop naast de professor en kijk naar zijn pluizige grijze haren en zijn doorleefde gezicht met de grote grijze borstelige wenkbrauwen. Hij is het type verstrooide professor, die zo een nakomeling van Albert Einstein zou kunnen zijn; met sjofele en weinig smaakvolle kleding en toch met de heldere geest van een Nobelprijswinnaar. Na een stevige wandeling van drie kwartier komen we aan op de Royal Mile.

'Vanavond ga ik je alles vertellen over de tweede wet van *De Theorie van het Alles'*, zegt de professor. Voor de rest van de dag krijg je twee huiswerkopdrachten mee. De eerste opdracht is het uitvoeren van een minimaal twintig minuten durende meditatie. Je gaat ergens in stilte zitten, sluit je ogen en probeert dan contact te maken met Ki. Concentreer je daarbij op het Ki-punt in je onderbuik. De tweede opdracht heeft te maken met de cirkel, die je vanochtend op de buitenplaats van de universiteit hebt opgemeten. Elke cirkel heeft een middelpunt.'

Ik knik. Dat elke cirkel een middelpunt heeft, is logisch. Dit is het punt precies in het midden van een cirkel en waarbij de afstand tot de rand van de cirkel overal gelijk is. Het middelpunt van de cirkel bevindt zich op de helft van de diameter. Deze wiskundige vergelijking is op de middelbare school stevig ingestampt.

'Wat is dan het middelpunt van een oneindig grote cirkel, zoals het universum te omschrijven is? Ik wil dat je, net als Albert Einstein dat deed, bij de oplossing van dit vraagstuk gebruik maakt van je verbeeldingskracht', zegt de professor. 'Vanavond zie ik je om klokslag zeven uur bij de St Giles' Cathedral. Daar ga ik je de tweede wet van *De Theorie van het Alles* vertellen.'

De professor groet en gaat ervandoor. Zijn woorden hebben me nieuwsgierig en geestelijk hongerig gemaakt. Ik voel me als een reiziger die aan het begin van een wereldreis staat. Ik wil meer weten over het universele bewustzijn, waar de magie van het leven is te vinden. Op straat houd ik een taxi aan en geef hem de opdracht naar mijn hotel te rijden. In de taxi denk ik na over de woorden van de professor. In hoeverre geloof ik dat er een universeel bewustzijn bestaat, dat alles en iedereen met elkaar verbindt? Bestaat iedereen uit zuivere energie en als dat zo is waarom leer ik dat dan niet op school? Misschien wilde ik mezelf geen onderdeel van het universele bewustzijn voelen. Mijn ego heeft me ver gebracht, maar niet op de plaats waar ik eigenlijk wil zijn: mezelf. Er was een burn-out voor nodig om deze ommekeer te kunnen maken. In dat opzicht is mijn burn-out een zegen geweest.

Een half uur later zet de taxi mij af bij mijn hotel. Op mijn kamer voer ik eerst de opdracht van de professor uit. Het mediteren gaat me niet goed af. Het lukt me niet om mijn gedachten stil te krijgen en met mijn aandacht naar mijn onderbuik te gaan. Na een half uur geef ik geïrriteerd de poging om mijn gedachten te temmen op. Mediteren is blijkbaar niets voor mij! Ik fris me op en loop de stad in. Op een terras zoek ik op Google naar het antwoord op de vraag over het middelpunt van een oneindig grote cirkel. Ik scan wat wiskundige websites, maar kan het exacte antwoord niet vinden. Ik verbeeld me het oneindig grote universum. Toch begrijp ik dan niet waar het middelpunt zich moet bevinden. Moedeloos geef ik het op en kijk om me heen. Een vrouw, even verderop, zit alleen aan een tafeltje en knikt mij vriendelijk toe. Ze ziet er met haar zwarte kanten jurk en donkere lange haren uit alsof ze zo is weggelopen uit een Harry Potter-film. Hoewel ik niet de man ben die normaal gesproken gemakkelijk contact leg met vreemde vrouwen, doe ik dat nu wel. Ik knik vriendelijk terug en vraag even later of ze iets wil drinken. Ze stemt in en nodigt me uit aan haar tafeltje plaats te nemen. Na een ongemakkelijke eerste paar minuten, kom ik te weten dat ze Suzanne heet. Het is alsof onze ontmoeting van bovenaf is geregeld en al snel komt het onderwerp op spiritualiteit. Suzanne werkt met de energie van edelstenen, zo vertelt ze. Volgens haar heeft ieder mens er baat bij om bepaalde edelstenen bij zich te dragen. De energie van edelstenen versterkt datgene, wat je op dat moment nodig hebt. Ze vertelt over Keltische kennis, die al duizenden jaren van generatie op generatie wordt overgedragen. Rationeel gezien vind ik het onderwerp zweverig en niet geloofwaardig. Vanuit mijn hart voel ik dat er zeker een kern van waarheid in zit. Hoe kan deze kennis anders al duizenden jaren bestaan? Suzanne kijkt me glimlachend aan.

'Ik moet er helaas vandoor', zegt ze.

Uit haar handtas pakt ze een doorzichtig stuk bergkristal en overhandigt deze aan mij.

'De edelsteen is voor jou en hij gaat je helpen op je pad. Geef de steen door aan iemand anders, zodra je voelt dat je hem niet meer elke dag bij je hoeft te dragen.'

Ze werpt me een handkus toe en loopt weg. Ik reken af en doe het kristal in mijn broekzak. Is het flauwekul? Baat het niet, dan schaadt het zeker ook niet!

Onderweg naar mijn hotel denk ik opnieuw na over de opdracht. Ik begrijp niet wat de professor bedoelt met het middelpunt van een cirkel met een oneindig grote straal. Dat is ook de reden dat ik me om klokslag zeven uur met een onbevredigend gevoel meld bij de St Giles' Cathedral.

De professor staat me al op te wachten. We gaan via de achterdeur van de inmiddels voor het publiek afgesloten kathedraal naar binnen. We lopen door de lege kathedraal, die badend in stilte nog indrukwekkender is dan overdag. Alleen het geklik van mijn lederen zolen op de marmeren vloer is in dit eeuwenoude huis van God te horen. In de kapel van *De Orde van de Distel* gebaart de professor me plaats te nemen op een van de prachtig bewerkte houten stoelen, die veel weg hebben van koninklijke tronen. Boven de stoel waarop ik moet gaan zitten, hangt een wapenschild met daarop een 'Fleur de lys' geschilderd. Het is dezelfde Franse lelie, die mij gedurende de reis overal achtervolgt. De kapel straalt een harmonie en ongekende schoonheid uit, die opnieuw diep in mij resoneert. Ik voel dat er iets bijzonders staat te gebeuren.

'Heb je je opdrachten uitgevoerd?' vraagt de professor.

'Het mediteren was lastig en de rust ontbrak mij om het minimaal de vereiste tijd van tien minuten vol te houden', antwoord ik. 'Over het middelpunt van een oneindig grote cirkel heb ik diep nagedacht. Toch weet ik het antwoord niet.'

'Het universum is oneindig groot, zegt de professor, 'Er is nog geen wetenschapper geweest, die de grenzen van het universum heeft kunnen aantonen. Je kunt het universum dan ook beschrijven als een oneindig grote cirkel. Een cirkel met een oneindig grote straal heeft in de wiskunde oneindig veel middelpunten. Dit betekent, vertaald naar de dagelijkse praktijk, dat ieder mens het middelpunt is van de kosmos. Dat is ook de verklaring voor het feit dat ieder mens zijn eigen realiteit creëert, met zichzelf in het centrum van het universum. Begrijp je nu waarom iedereen de wereld anders waarneemt? Wat de ene mens hoort, valt de andere mens niet eens op. Als je begrijpt dat ieder mens het centrum van de kosmos is, ben je al ver. Als je begrijpt dat je je eigen realiteit creëert, ben je in staat deze te gaan sturen. De opdracht was een aanloop naar de tweede wetmatigheid van *De Theorie van het Alles: De Wet van Behoud van Energie.* Het universum is te omschrijven als een gesloten systeem met een oneindig grote cirkel. *De Wet van Behoud van Energie* stelt dat geen enkele vorm van energie, ook geen gedachtenenergie, kan oplossen in het niets. Alle gedachten die we in het universum inbrengen, blijven als energie bestaan, in welke vorm dan ook. Eenmaal ingebrachte energie verdwijnt nooit meer. *De Wet van Behoud van Energie* is de basis achter het psychologisch effect van de *selffulfilling-prophecy*. Als je iets sterk gelooft, wordt datgene vanzelf de realiteit. Alles waar je energie in stopt, heeft de neiging om zich te manifesteren. *De Wet van Behoud van Energie* is een bewezen natuurwet, die in de zeventiende eeuw is opgesteld door de briljante natuurkundige Isaac Newton en heeft sinds die tijd geldigheid en is nooit ter discussie gesteld.

'Hoe weet u dit allemaal?', vraag ik.

'Mijn leven lang ben ik al bezig om de werking van het universum te verklaren. Ik ben begonnen met mijn onderzoek waar Albert Einstein ooit is geëindigd; hoe werkt het universum en wat zijn de geheimen van de kosmos? Albert Einstein sprak halverwege de vorige eeuw over een alomvattende universele intelligentie, iets wat subtiel, ongrijpbaar en onbegrijpelijk is. In dit universele bewustzijn, ligt alle informatie uit alle tijden opgeslagen. Ook de mogelijke toekomsten liggen daar opgeslagen. Dit veld werkt als een collectief geheugen, waarbij gedachten en meditatie het veld beïnvloeden. Vanavond en morgen ga ik je inwijden in de geheimen van de kosmos.'

'Genialiteit betekent niet dat je slimmer bent, maar dat je meer bereid bent om inspiratie te ontvangen.'

Albert Einstein

-39-

Tussen de jaren 1967 en 1972 deden de twee psychologen, genaamd Borland en Landrith, wereldwijd onderzoek naar twee typen steden. De eerste categorie waren de steden, waarvan bekend was dat meer dan 1 procent van de bevolking regelmatig mediteerde. De tweede categorie waren steden waarvan bekend was dat minder dan 1 procent van de bevolking mediteerde. In de steden waar meer dan een op de honderd inwoners van de bevolking mediteerde, nam de criminaliteit met 8,2 procent per jaar af. In steden waar minder dan 1 procent mediteerde, namen de misdaadcijfers juist toe met 8,3 procent op jaarbasis. Het is inmiddels bewezen dat als meer dan een op de honderd inwoners op regelmatige basis mediteert, dit een positief effect heeft op de hele omgeving. Het beïnvloeden van het allesomvattende bewustzijn heeft bewezen zijn effect. Niet toevallig heeft een land als Tibet met veel mediterende mensen lage criminaliteitscijfers. Als de geluksfactor toeneemt, dan nemen de misdaadcijfers af. Een wetenschappelijk hard bewijs van deze stelling vond overigens plaats in Washington in het jaar 1993. Er kwamen vierduizend mensen bij elkaar om middels bewuste meditatie hun invloed op het universele bewustzijn te testen. Ze wilden de criminaliteit in Washington met een vijfde terugbrengen. Het resultaat was verbluffend; in acht weken daalde de criminaliteit in de regeringsstad van de Verenigde Staten met 23 procent. De bijvangst van deze meditatiesessies was minder verkeersongelukken en aantoonbaar minder patiënten op de spoedeisende hulp. Als het lukt om meer dan een op de honderd mensen aan het mediteren te krijgen, dan verandert onze wereld fundamenteel en is zij te redden. Met meditatie beïnvloeden we het universele bewustzijn op een positieve wijze, waardoor we nog generaties lang op een duurzame manier op deze planeet kunnen leven.

'Ik heb je al verteld dat *De Theorie van het Alles* uit drie wetmatigheden bestaat', zegt de professor. De eerste wet die je hebt geleerd is: *alles is bewustzijn* en we zijn door het universele bewustzijn met alles en iedereen verbonden. Tijd, ruimte en materie zijn er altijd tegelijkertijd. Je kunt geen losstaande tijd, ruimte of materie hebben. Ga eens na! Als er materie is en geen ruimte, waar laat je de materie dan? Als er ruimte en materie is, maar geen tijd. Wanneer is de materie er dan? En als er tijd en ruimte is, maar geen materie. Wat is er dan? Kortom tijd, ruimte en materie vallen in het universele bewustzijn samen. Boven tijd, ruimte en materie staat een allesomvattende energie die we God noemen en die de wereld bestuurt. God is niet gelimiteerd door tijd, ruimte en materie en is overal en altijd, in de vorm van het universele bewustzijn.

De tweede wetmatigheid is: *de wet van behoud van energie*. Het universum is een gesloten systeem. Alle (gedachten)energie blijft in een of andere vorm bestaan. Daarom is het belangrijk dat mensen werken aan hun overtuigingen, aan hun gedachten, aan hun trauma's en emotionele blokkades. Deze elementen beïnvloeden het universum en hebben daarmee een enorm effect op wat jij elke dag ervaart in je leven. Je buitenwereld is door de tweede wetmatigheid een afspiegeling van je binnenwereld.

Er bestaat nog een derde wetmatigheid binnen *De Theorie van het Alles*', zegt de professor. 'Deze wet stelt dat *alles wat aandacht krijgt, groeit.* Je kunt dus bewust het alomvattende bewustzijn beïnvloeden. Met behulp van deze wet, die bepaalt wat je wel en niet aantrekt en kun je de realiteit sturen. Alles wat je aandacht geeft groeit en daarbij maakt het niet uit of dat bewust of onbewust is. '

'Echt alles?' vraag ik.

'Je denkt misschien 'ja, ja, dat zal wel', maar het werkt echt zo. Geef het een kans! Beslis WIE je bent, WAT er gaat gebeuren en HOE het gaat gebeuren. Je bent er al en kunt het in je geest al ervaren. Blijf deze gedachten en dit bewustzijnsniveau vasthouden en voeden. De standvastigheid zorgt ervoor dat het universum gaat helpen om het te realiseren. Alles wat je nodig hebt, komt op je pad. Als je energie geeft aan de gedachte dat goede dingen je gaan overkomen, dan wordt dat de realiteit. In wezen is het eenvoudig: maak als eerste stap je droom of wens zo helder mogelijk en ook zo gedetailleerd mogelijk. Doe dat op je eigen manier. Je kunt het opschrijven, erover vertellen, erover praten met anderen, of het hardop voor de spiegel zeggen. Blijf vervolgens je droom langdurig herhalen en leef in je voorstellingsvermogen al in het moment dat je droom is gerealiseerd. Dan gaat het universum je helpen en manifesteert je droom zich als de realiteit. Het gaat om het maken van keuzen, waar jij je intentie en aandacht op richt. In het hier en nu bestaat er voor jou één tijd in een ruimte met materie. Plezier en depressie kunnen niet in dezelfde tijd, ruimte en materie zijn. De mens is vrij om te kiezen welke realiteit hij of zij wil ervaren. De wereld zit vol mogelijkheden en al jouw wensen en dromen bestaan al. Alles is ergens in het universum aanwezig. Toch staat het nog buiten jezelf. Door het intentie en aandacht te geven, trek je het naar je toe. Het kan van alles zijn: zinvol bestaan, liefde of vriendschap. Alles is aanwezig en wacht ergens op je. We zijn mensen en hebben een kracht tot onze beschikking die sterker is dan onze vijf zintuigen. Dat is de kracht van intentie en deze werkt direct door op het alomvattende bewustzijn.'

'Houd je van jezelf?' vraagt de professor.

Ik frons mijn wenkbrauwen.

'Dat weet ik niet,' antwoord ik.

'Je kunt dat heel gemakkelijk bij jezelf controleren,' zegt de professor. 'Als je datgene doet wat je het allerliefst doet, is dat een teken dat je van jezelf houdt. Dit is omdat je jezelf gunt om te doen wat je het leukst vindt om te doen.

'Waarom weten we dit allemaal niet?'

'De kennis was al lang aanwezig, alleen was jij niet klaar om deze tot je te nemen. Artiesten, zakenmensen en wetenschappers, die stuk voor stuk de top hebben bereikt, zijn allemaal begonnen met het visualiseren met de door hen gewenste uitkomst. Ieder mens is als een superster geboren, als men *De Theorie van het Alles* toepast. Alles in dit leven op deze wereld heeft een bepaalde trilling. Dat geldt ook voor ieder mens. Door je aandacht en intentie te richten, stem je jouw frequentie af op datgene wat jij graag wilt bereiken in je leven. Frequenties die op gelijk niveau trillen, trekken elkaar aan. Je frequentie bepaalt je werkelijkheid.

'Als dit allemaal zo gemakkelijk is, waarom zijn de levens van veel mensen dan een puinhoop?' vraag ik. Deze theorie lijkt me een te simpele weergave van de werkelijkheid te zijn.

'Dat heeft twee redenen', antwoordt de professor.

De eerste reden is dat veel wensen voortkomen vanuit het ego-bewustzijn. Daarmee creëer je een werkelijkheid die niet bij je past en ver weg ligt van een hoger niveau van bewustzijn. Je wensen en dromen moeten vanuit je hogere bewustzijn, dat is je hogere zelf, komen. Dan creëer je een realiteit, waarin je je passie en liefde kwijt kunt. Want als je eenmaal gaat creëren vanuit je ziel, dan heb je het hele universum met je mee. De tweede reden is dat vooral de overtuigingen in ons onderbewustzijn bepalen wat we aantrekken. De meeste mensen komen moeilijk op het niveau van het onderbewustzijn en weten niet wat ze aantrekken. In ons onderbewustzijn ligt negativiteit opgeslagen. Door jezelf bewust te worden van je onderbewustzijn en deze gericht te ontdoen van negativiteit, pijn en duisternis, creëer je een nieuwe en veel positievere werkelijkheid. In wezen doen we niets anders dan dingen om ons heen naar ons toe trekken die bij ons bewustzijn horen. Sommigen denken dat ze voor het ongeluk zijn geboren en raadt eens; ze ervaren veel meer pech dan de gemiddelde mens. Er zijn ook mensen die geloven dat ze zondagskinderen zijn. Statistisch gezien ervaren deze zondagskinderen meer gelukkige gebeurtenissen dan de gemiddelde mens. Alles heeft te maken met overtuigingen in onszelf. Herinner je het verhaal van de Higgs-deeltjes nog?'

Ik knik bevestigend.

'Hier komen de spiritualiteit en wetenschap samen. Onze gedachten, aandacht en intentie beïnvloeden direct de Higgs-deeltjes. Het is wetenschappelijk bewezen dat de Higgs-deeltjes de vorm aannemen en reageren zoals vooraf verwacht. Als de onderzoeker ervan overtuigd is dat de Higgs-deeltjes daadwerkelijk deeltjes zijn, dan blijken ze ook deeltjes te zijn. Als de onderzoeker ervan overtuigd is dat de Higgs deeltjes, net als geluid, golven zijn, dan blijken ze ook golven te zijn. Kortom de Higgs-deeltjes zien eruit zoals de onderzoeker ervan overtuigd is dat ze eruitzien. Dit is experimenteel door natuurkundigen vastgelegd. Blijkbaar bepalen we met onze gedachten, intentie en overtuigingen de vorm en massa van de elementaire deeltjes, waarmee het totale universum is opgebouwd. Anders gezegd: hiermee is wetenschappelijk aangetoond dat we met onze aandacht, intentie en overtuigingen de door ons ervaren realiteit bepalen.

Heb je ook de ervaring dat juist datgene wat je aandacht geeft in je leven groeit? Aan de andere kant geldt dat alles wat je geen aandacht geeft, gedoemd is te verdwijnen uit je leven. Zo kun je de zaken met weinig betekenis in je leven laten verdwijnen en de zaken die je wilt laten groeien, bewust energie en aandacht geven om zo jouw realiteit positief te beïnvloeden. Deze derde wet in *De Theorie van het Alles* is subtiel, ongrijpbaar en onbegrijpelijk en bepalend voor ieder mensenleven.'

'Anderen hebben ook invloed op de manier hoe mijn wereld eruitziet', zeg ik.

'Inderdaad', zegt de professor. 'Je hebt een verbinding met de aarde en het universum, met alles wat dat herbergt. Elk mens straalt een bepaalde trillingsfrequentie uit die de grondtoon bepaalt. Het is de frequentie, die bepalend is voor wat je aantrekt in deze wereld.'

'Hoe werkt dat precies?' vraag ik.

'Je karakter, overtuigingen, emoties en gedachten beïnvloeden je grondtoon. Mensen trillen als stemvorken. Mensen met een hogere grondtoon leven in een hoger bewustzijn en zijn licht en positief gestemd. Zij hebben aantrekkingskracht op anderen met eenzelfde hoge grondtoon en lichte, positieve stemming. Sommige mensen stimuleren je en halen het beste in je boven. Anderen halen je juist naar beneden. Kortom, je pikt de grondtoon van anderen op en voelt je daardoor aangetrokken.

Niet alleen mensen, ook plaatsen hebben een bepaalde vibratie. De ene plaats haalt je omhoog en daar groei je. De locatie waar je werkt of woont, heeft invloed op je energie. Een andere plek haalt je juist naar beneden en daar voel je je niet fijn. Sommige steden stimuleren de creativiteit, zoals Amsterdam dat bij veel mensen doet of hebben een specifieke ondernemersgeest, zoals Silicon Valley dat heeft. Andere steden hebben geen goede energie, zoals Detroit of de buitenwijken van Parijs. Kortom, de plaats waar je woont of langdurig verblijft, beïnvloedt je grondtoon. De woonplaats en de locatie waar je werkt, zijn belangrijker dan veel mensen denken. Je grondtoon bepaalt wat je in je leven aantrekt.

Niet alleen is onze persoonlijke grondtoon van groot belang, de gehele mensheid wordt beïnvloed door de grondtoon van de aarde, die we de Schumann-frequentie noemen. Deze grondtoon van de aarde beïnvloedt ons hele wezen, omdat we snel en gemakkelijk daarop afstemmen. De Schumann-frequentie is de hartslag van de aarde en houdt wetenschappers al meer dan een eeuw bij. De metingen laten iets opmerkelijks zien: de Schumann-frequentie is de afgelopen eeuw constant geweest op 7,8 trillingen per seconde. Sinds het einde van de eeuwige tijd op 21 december van het jaar 2012 is de Schumann-frequentie opgelopen naar 8,6 trillingen per seconde. Opmerkelijk is dat deze waarde doorstijgt en dat de voorspelling van de Maya's over een nieuwe wereld uit lijkt te gaan komen. De versnelde polsslag van de aarde heeft direct invloed op de grondtoon van mensen. Een verandering in deze resonantie betekent automatisch een verandering in onze hersengolven en daarmee onze natuurlijke balans. Nog nooit waren er zoveel nieuwetijdskinderen. Nog nooit waren er zoveel mensen geïnteresseerd in spiritualiteit, mindfulness of meditatie.

Door de verhoogde Schumann-frequentie krijgen mensen vanuit een verhoogde grondtoon ineens toegang tot een hoger bewustzijn. Er is een start gemaakt met een nieuwe wereld, die we Terra Nova noemen. Een wereld waar we zorgzamer met elkaar omgaan en respect hebben voor de medemens, natuur, dieren en onze omgeving. Mensen worden wakker in een nieuw bewustzijnsniveau, waarin ze voor het eerst ontdekken hoe werkelijk alles met elkaar is verbonden. Natuurlijk stribbelt de oude garde met egocentrische en op macht beluste mensen nog tegen. Ontegenzeggelijk gaan ze de strijd verliezen. De massa van de mensen komt in een hoger bewustzijn en dat heeft grote gevolgen voor onze maatschappij; misstanden komen massaal aan het licht en velen worden ingewijd in de geheimen van spiritualiteit. Nog nooit waren er zoveel mensen die voelen dat het de verkeerde kant opgaat met onze wereld. We hebben de volgende fase in onze evolutie bereikt en dat gaat de wijze, waarop we de wereld waarnemen veranderen. Intuïtie, helderziendheid en telepathie gaan een grote rol in ons leven spelen. De ratio en ego nemen aan belang af en worden vervangen door ons hart, liefde, vreugde, enthousiasme, inspiratie, verlangen en dankbaarheid. De angst en traagheid, die bij een lage grondtoon hoort, raken we kwijt. We ontwikkelen mee met de veranderende frequentie naar een hoger bewustzijn. Je bent hier met een reden, Roderick! Van jongs af aan is bij jou de basis gelegd om een hoge grondtoon te ontwikkelen.

De energie en aandacht die je moeder je altijd heeft gegeven, gaat je nu het grootmeesterschap van *De Orde Terra Nova* opleveren. Je bent afkomstig uit een geslacht dat daarvoor is uitgekozen. Je vader heeft een belangrijke rol gespeeld in de broederschappen. Wat je tot nu toe hebt meegemaakt, heeft je laten groeien. Je had de inzinking nodig om te weten dat je de reis van hoofd naar hart moest voltooien. De zetel waarop je hier hebt plaatsgenomen, is de stoel van de grootmeester van *De Orde Terra Nova.* Ooit heeft je vader op dezelfde troon gezeten. Jij bent uitverkoren om zijn werk af te maken. In deze kapel komen geregeld alle grootmeesters van de verschillende broederschappen onder leiding van de Engelse koning bijeen. Dit is een bestuurscentrum van machtige genootschappen, die slechts weinigen kennen. Onze sterk vertakte broederschappen zitten tot in elk uithoek van onze maatschappij. Je herkent de leden niet en zij zwijgen ook. Onze broederschappen opereren onzichtbaar in alle geledingen van de maatschappij. Ze hebben direct toegang tot de top van de bestuurlijke elite van een land. Leden van onze broederschappen zetten hun mentale krachten in om de wereld te sturen.'

Elke elfde dag van de nieuwe maand mediteren ze met hun volledige aandacht om een betere wereld te creëren. Elf is het meestergetal van verandering en deze energie zetten we in om een verandering in de wereld te bewerkstelligen.'

De woorden van de professor, die hij met kracht uitspreekt, galmen na in de kapel.

'Je bent als grootmeester het boegbeeld voor alle leden van Terra Nova. Dit wordt de enige broederschap waar alle burgers, die verandering en duurzaamheid hoog in het vaandel hebben staan lid van kunnen worden. *De Orde Terra Nova* gaat mensen leren het geluk te ervaren, zonder de noodzaak naar steeds meer bezit, macht of maatschappelijk aanzien.'

'Hoe kan ik de grootmeester zijn van een orde met zo'n belangrijke doelstelling?'

'Door het verschil te leren tussen een leer-mindset en een oordeel-mindset. Met een leer-mindset zie je alle resultaten vanuit een groeiperspectief in plaats vanuit het oordelen. 'Elke dag kan de wereld een stukje beter worden' in plaats van 'de wereld is een puinhoop'. Wat geeft je meer energie? De insteek van een leer-mindset is: je bent nóg niet geslaagd in plaats van je hebt gefaald. Een 'leer-mindset' sterkt daarom je zelfvertrouwen, leergierigheid, doorzettingsvermogen en verbetercapaciteit. Een 'oordeel-mindset' daarentegen maakt je onzeker, voedt je gevoel dat je weinig waard bent en remt uiteindelijk ons groeiproces. Wie heeft er nog energie om iets te doen als het vaststaat dat de wereld een puinhoop is. Ik leer je het grote geheim van een gelukkig en waardevol leven: alle resultaten op het gebied van werk, relatie, inkomen en persoonlijke ontwikkeling zijn te bezien vanuit het perspectief, dat het allemaal slechts een stapje is in je groeiproces.

Dit stimuleert je hersenen en geeft je meer energie dan het oordelen in goed of fout. Uiteindelijk zijn er maar twee opdrachten die we in opdracht van het universum tijdens ons leven uit te voeren hebben: groeien en genieten. Daar past jezelf omlaag halen niet in. Je hoeft het niet allemaal zelf te doen en kunt de hulp van geestelijk helpers inroepen. Elke grootmeester van *De Orde van de Tempeliers* die ooit heeft geleefd, zal je helpen als je daarom vraagt. Hulp vragen aan geestelijke helpers is een oude wijsheid, die al eeuwen is verdwenen. De meeste mensen weten niet meer hoe ze hun spirituele helpers kunnen inzetten.'

De professor loopt naar een stoel met een schild met daarboven het rode tempelierskruis geschilderd en daaronder in sierlijke letters het motto van de tempeliers: *Non nobis Domine, non nobis, sed nomini tuo da gloriam* (vrij vertaald: Wij vechten niet voor onze persoonlijke begeerte, ons ego of baatzuchtige zelfverrijking, maar in uw heilige naam zij de overwinning).

'Deze stoel behoort toe aan de huidige grootmeester van de tempeliers. Zij zijn in deze tijd ridders zonder wapens. Iedere tempelier legt een eed af om de aarde en het universum te beschermen tegen haar vernietiging. Het behoeden van onze aarde voor een catastrofe is topprioriteit. Als toekomstig leider van De Orde moet je de drie belangrijkste leefregels leren die straks voor elk lid van *De Orde Terra Nova* gelden. Deze drie leefregels, die al eeuwenoud zijn, gaan je helpen om van je hoofd naar je hart te gaan en gelukkiger te zijn dan ooit tevoren.'

'Als ik een uur krijg om een probleem op te lossen, spendeer ik 55 minuten aan het analyseren van het probleem en slechts 5 minuten aan het bedenken van de oplossing.'

Albert Einstein

-40-

Heb je ooit van het zesde zintuig gehoord? Misschien wel, alleen weet je het fijne er niet van. Dat is niet verwonderlijk. Onze wereld is vooral ingericht op de vijf bekende zintuigen en die gebruiken we de hele dag. Dat Als een van de zintuigen het laat afweten, ben je gehandicapt. In feite is het ontbreken van je zesde zintuig, intuïtie, ook een handicap. In deze tijd neemt het belang van onze intuïtie toe. Dit zintuig is synoniem aan intuïtie. Het is iets dat je innerlijk weet, gebaseerd op een voorgevoel in plaats van logisch denken. Een goed ontwikkelde intuïtie is uiterst krachtig, omdat je gevoel direct toegang heeft tot het hoger bewustzijn en weet wat goed voor je is. Intuïtief weet je direct wat je moet doen of juist niet moet doen, ook al kan dat dwars tegen de logica ingaan. Ik geloof sinds mijn burn-out in het bestaan van een zesde zintuig en heb daar sindsdien veel profijt van gehad. Logisch beredeneerd had ik anders nooit professor McCloud in Edinburgh bezocht.

'We gaan zo dadelijk vliegen', zegt de professor.

'Vliegen..?'

De professor pakt twee tickets uit zijn binnenzak en houdt deze al wapperend omhoog.

'We gaan deze avond nog een kort bezoek aan Londen brengen', zegt hij.

'Nu nog? Wat gaan we zo laat nog in Londen doen?'

'Dat merk je vanzelf', antwoordt de professor. We verlaten de St Giles' Cathedral en tot mijn verrassing staat er buiten al een taxi met ronkende motor te wachten, die ons naar het vliegveld brengt. Gelukkig heb ik mijn paspoort op zak, bedenk ik me. Wat is dit nou weer voor een bijzondere dag? Niet veel later rijden we door het centrum van Edinburgh en zit ik naast de professor op de achterbank.
De professor werkt onderweg aan een document en zegt weinig. Ik luister ontspannen naar de Keltische radiomuziek, die boven het motorgeluid uit te horen is. Intussen kijk ik naar de mensen op straat. Niemand van hen weet dat het vandaag de belangrijkste dag in mijn leven is. Mijn gevoel zegt me dat dit bezoek aan Londen het keerpunt in mijn leven wordt. Ik voel het niet alleen, ik weet het gewoon zeker.

De taxi stopt voor het rode stoplicht en ik kijk in het licht van een lantaarn naar een kalende man met een gespannen gezichtsuitdrukking in een duur maatpak en een aktetas onder zijn arm geklemd. Zou ook deze man zijn opgeslokt door verantwoordelijkheden, verplichtingen en de sleur van het leven? Hij is misschien, net als ik, in de valkuil gestapt dat hij gelooft dat geluk afhangt van meer geld, een mooiere vrouw, een groter huis en meer maatschappelijk aanzien dan een ander. Voor het eerst ervaar ik dat geluk alleen in mijzelf is te vinden. De kalende man kijkt om zich heen, waarbij onze blikken elkaar in een flits kruisen. Dan springt het stoplicht op groen en geeft de taxichauffeur gas. Of deze man ook het slachtoffer van het meer-meer-meer-virus is, kom ik nooit te weten.

Bij aankomst op het vliegveld rekent de professor met de taxichauffeur af en checken we in. Om exact half tien in de avond stijgt het vliegtuig op en zit ik, nieuwsgierig naar wat er allemaal gaat komen, door het vliegtuigraam naar buiten te kijken.

'Wat is het hoger bewustzijn precies?' vraag ik. Ergens heb ik er ooit iets over gelezen. Helaas heeft nog nooit iemand het mij overtuigend kunnen uitleggen.

'Als we dimensies in het licht van de menselijke bewustzijnsontwikkeling beschouwen, kennen we zeven niveaus van bewustzijn. In de eerste dimensie leven we volgens oerdriften; overleven door voedsel en voortplanting. In omstandigheden van oorlog of als ons leven op het spel staat, vallen we terug tot dit bewustzijnsniveau.

In de tweede dimensie worden we ons bewust van ons 'ik' en gaan we deze ruimte met agressie bewaken. Egoïsme en narcisme bevinden zich op dit bewustzijnsniveau.

In de derde dimensie van bewustzijn is de kernbehoefte macht. In deze dimensie gaan mensen zich organiseren in groepen en ontstaan instellingen en organisaties.

Vanaf de vierde dimensie noemen we het hoger bewustzijn. In de vierde dimensie leef je vanuit je hart. Intuïtie, empathie en spiritualiteit gaan een grotere rol in je leven spelen. In de vierde dimensie ervaar je zuivere liefde en weet je wat waarheid is. Veel mensen in de huidige tijd bevinden zich in deze dimensie.

In de vijfde dimensie ga je de verbondenheid met alles en iedereen ervaren. Je zintuigen nemen in scherpte toe en je ervaart het contact met het universele bewustzijn. Je zintuigen nemen alles scherper en bewuster waar.

De zesde dimensie betekent leven vanuit de ziel. Je gaat het universele veld van bewustzijn bewust gebruiken om in contact te komen met je ziel en met die van anderen. Pas in deze dimensie ben je je er volledig van bewust dat er in wezen geen tijd of plaats bestaat. Je kunt in gedachten op een andere plek in een andere tijd zijn. Alles bestaat tegelijkertijd en alles is met alles en iedereen verbonden. Er bestaat geen logische oorzaak en gevolg. Ook bestaat er geen lineaire tijd, geen afstand, geen verleden of toekomst. Je bent je bewust van de samenhang tussen de zichtbare en onzichtbare werelden.
De hoogste dimensie in bewustzijn is de zevende dimensie, oftewel kosmisch bewustzijn genoemd. Vanuit zielsniveau ben je met alles en iedereen verbonden op elk gebied, zowel fysiek, emotioneel, mentaal, als ook spiritueel. Je bent in staat om de realiteit bewust te sturen en je kunt dwars door mensen en gebeurtenissen heenkijken. Het is een staat van verlichting, waarbij je het materiële kunt relativeren en in staat bent in contact te staan met het goddelijke. Grote spirituele leiders bevinden zich allemaal op dit bewustzijnsniveau. Pas dan ben je je er echt van bewust dat het bestaan zinvol is en is er harmonie en rust.

We zitten door de verhoogde Schumann-frequentie van de aarde in een transformatiefase en dat betekent dat veel mensen momenteel een stevig groeiproces doormaken en in de hogere bewustzijnsdimensies terecht komen.'
De stewardess brengt de maaltijden rond. Na de maaltijd draait de professor zich om, sluit zijn ogen en hij wordt pas wakker als we zijn geland op Heathrow International Airport in Londen. Ondertussen vraag ik me af wat we in Londen gaan doen op dit late tijdstip.

'*Temple Church*', zegt de professor tegen de taxichauffeur, die voor de ingang van het vliegveld op klandizie staat te wachten.

'Gaat u nu nog de parel van Londen bezoeken?' vraagt de oudere man met een glimlach op zijn gezicht.

De taxi draait even later de A 3211 op, in de richting van het centrum van Londen. Het is zo laat op de avond rustig op de weg, zodat we binnen het half uur door *Temple Avenue* rijden. We stoppen bij de kerk en ik stap in het donker uit. De professor rekent af met de taxichauffeur. Op mijn horloge zie ik dat het tien voor twaalf is.

'Niets is mooier dan de ontmoeting met het mysterieuze. Zij is de bron van alle kennis.'

Albert Einstein

-41-

In het licht van de straatlantaarns zie ik de architectuur van *Temple Church* die aan de voorzijde lijkt op een wachttoren van een kasteel. Op het plein voor de kerk staan op twee stenen pilaren beelden van tempeliers op hun paarden, waardoor de ontstaansgeschiedenis van deze kerk zich, naast de naamgeving, niet moeilijk laat raden. Het kerkplein is op dit late uur geheel verlaten. We lopen naar de hoge houten deuren van de kerk, die met koper zijn beslagen. De professor pakt de koperen klopper en slaat zeven keer achtereen hard op de houten deur. Nieuwsgierig blijf ik op een halve stap afstand achter hem staan wachten. Als de deur niet veel later op een kier opengaat, lopen we naar binnen en wordt de kerkdeur achter ons direct weer gesloten. De man die de deur heeft geopend, draagt een witte monnikspij met de kap ver over zijn hoofd getrokken. Het is stil in de met kaarsen verlichte kerk, die juist daarom een overweldigende indruk op me maakt. De serene rust in combinatie met de oude ziel van deze kerk en de merkwaardige architectonische vorm raken me diep, zonder dat ik precies kan uitleggen waarom.

De professor loopt achter de monnik aan naar het hoofdaltaar en knielt daar neer. Over het hoofdaltaar hangt, beschenen door het kaarslicht, een witte doek met het rode tempelierskruis daarop geborduurd. De monnik gebaart mij de professor te volgen. Ik buig diep voor het spijlen hekwerk, dat op een meter afstand voor het hoofdaltaar is geplaatst.

'Roderick de Brauw van Assem; voor u als lid en toekomstig grootmeester van *De Orde Terra Nova* gelden er drie geloften waar u zich aan dient te houden. Deze drie geloften zorgen voor een stabiel leven, waarbij u een ongekende mentale kracht zult ontwikkelen. Het is dezelfde mentale kracht die tempeliers en hun grootmeesters al eeuwenlang onoverwinnelijk maakt. Ik ga de drie geloften nu aan u voorleggen met de vraag om te zweren op de graven van alle tempeliers deze drie geloften bewust in uw leven toe te passen. Is deze opdracht helder voor u?'

'Ja', zeg ik, met mijn hoofd diep gebogen en de ogen op de grond gericht.

'De eerste gelofte in *De Orde Nova Terra* is *Stabilitas*', hoor ik de monnik zeggen. *Stabilitas* wil zeggen: commitment aangaan en gaan staan voor waar je voor gekozen hebt. Niets is zo krachtig en laat de mens mentaal groeien als zelfopgelegde discipline. Een vast dagritme zorgt voor stabiliteit en focus in uw leven. Bouw momenten van meditatie in uw dagprogramma in en voer die elke dag uit. Drie meditaties van twaalf minuten moeten in uw dagprogramma worden opgenomen. Ik heb u al verteld hoe goed meditaties zijn voor een betere wereld. Als meer dan één procent van de mensen dagelijks zou mediteren, lossen de wereldwijde problemen zich gemakkelijker op. *Stabilitas* is de basis van elk kloosterleven, waar ook ter wereld. Elke monnik heeft een vast dagritme, waar gebed of meditatie een onderdeel van uitmaakt. Meditatie zorgt ervoor dat u in het moment van het nu blijft en uw gedachten rust krijgen. Neem belangrijke besluiten altijd aan het begin van de dag, als uw geest nog fris en helder is. Begin met een vaste ochtendroutine. Dat is een goede start van de dag en maakt u mentaal oersterk. *Stabilitas* geeft ons mentale kracht, focus en brengt stabiliteit in uw leven. Zeker in onze huidige hectische samenleving is *Stabilitas* een groot goed.

De tweede gelofte is *Conversio Morum.* Ga in gesprek met jezelf en kijk kritisch naar je leven. Verander in kleine stapjes en wees bescheiden in uw ambitie. Als iets mis gaat, lach erom. Het leven duurt nog zo lang en u hebt genoeg tijd om te slagen in wat u wilt bereiken. *Conversio Morum* zorgt dat u loskomt van de stress van alledag. U gaat meer mee in de flow van het leven en komt los van al die zelf opgelegde doelen, die de korte termijn behelzen.

De derde en laatste gelofte die u zo dadelijk gaat afleggen, is *Obedientia,* gehoor geven of aandachtig luisteren. Neem de wereld vol aandacht waar en durf te gaan voor wat je hart je ingeeft. Het universele bewustzijn is zo ingericht, dat u al meerdere malen hebt kunnen waarnemen in welke richting u moet gaan. Het kan zijn dat mensen het direct tegen u zeggen of u de richting kunt aflezen aan zinvolle toevalligheden die u overkomen. Als u loskomt uit uw hoofd en gaat waarnemen wat erom u heen gebeurt, weet u exact de koers die u moet varen. Als u blijft vastzitten in uw gedachten, ziet u niets, hoort u niets en mist u alle aanwijzingen van het universum. De voor u belangrijke richting in het leven begint met het bewust observeren van uw omgeving. Ik vraag Roderick de Brauw van Assem, toekomstig leider van *De Orde Terra Nova,* zweert u zich te houden aan de drie geloften van alle broederschappen die in *De Orde van de Distel* verenigd zijn; *Stabilitas, Conversio Morum* en *Obedientia*? Spreek u uit voor nu en voor de eeuwigheid.'

'Ja, ik zal me aan de drie geloften houden.'

Na deze woorden lopen we achter de monnik aan naar achteren, totdat we ons exact in het midden van het open ronde gedeelte van de kerk bevinden. Om ons heen staan op de stenen vloer de grijze graftombes van tien tempeliers. Elk graf is met tientallen kaarsjes verlicht. De stenen grafbeelden die plat op de grond liggen, zijn onmiskenbaar ridders, compleet met hun versteende schilden en zwaarden. Op elk van de schilden staat het tempelierskruis afgebeeld en op de kleine zwarte borden aan de voet van de beelden, staan de namen van de ridders te lezen.

In een flits word ik al tollend door de tijd en ruimte meegezogen. Het is net alsof ik op deze plaats al eens eerder ben geweest, ondanks het feit dat ik in Londen nooit meer dan het vliegveld en het financiële district heb gezien. Op mijn vaders studeerkamer hing vroeger een schilderij van Temple Church. Toch is dit gevoel anders. Ik weet zeker dat ik hier ooit eerder ben geweest. Ik blijf zeker tien minuten stijf in dit gevoel hangen, zonder dat ik me kan bewegen en voor me zie hoe ik in deze kerk aanwezig was, omringd door ridders met rode tempelierskruizen op hun borst. Hoe langer ik tussen de graven van de tempeliers sta, hoe duidelijker de beelden worden dat ik ooit een van hen was. Er begint Keltische muziek door de kerk te spelen, die door de nagalm nog indrukwekkender is. Ik kijk in de richting van het hoofdaltaar. In de met kaarsen verlichte kerk komen vijf mannen in een witte monnikspij op ons afgelopen. Op de voorkant van de monnikspij staat een tempelierskruis. De vijf mannen houden een glimmend manshoog zwaard voor hun lichaam, dat ze met twee handen vasthouden, wat een indrukwekkend gezicht is. Ook nu krijg ik de gezichten niet te zien. Als ik niet beter wist, zou ik denken dat ik terug in de tijd ben. Het Keltische gezang gaat dwars door mijn ziel heen en het lijkt alsof de tijd een paar eeuwen is teruggedraaid.

Achter de vijf monniksridders met de opgeheven zwaarden, loopt een zesde man in witte monnikspij met een rokend en zwaaiend wierookvat aan een ketting. Het is een beeld dat ik herken uit de katholieke kerk. De zoetige wierookbol vult de kerk en maakt me lichter in mijn hoofd. De professor slaat zijn armen kruislings voor zijn borst en buigt zijn hoofd voor het gezelschap dat in statige tred komt aangelopen. Ik volg het voorbeeld van de professor. In deze kerk gaat iets bijzonders gebeuren, dat kan niet uitblijven.
Als ik mijn hoofd optil en mijn ogen open, zie ik achter de monnik met het zwaaiende wierookvat nog een zevende man, die een beeld in zijn handen vasthoudt. Het lijkt in het gedempte licht van de kerk nog het meest op een Mariabeeld. Het gezelschap komt, begeleid door het Keltische gezang, dichterbij en ik buig mijn hoofd opnieuw en sluit mijn ogen. Wat gebeurt hier en wie zijn die mensen?

'Roderick de Brauw van Assem, u zij gegroet', hoor ik een stem zeggen. 'Open uw ogen voor het aangezicht van de grootmeester van de tempeliers.'

Ik doe wat de man zegt en zie hoe de vijf monniksridders met hun blinkende zwaarden in een kring rondom de graftombes van de oude tempeliers gaan staan. De man met het rokende wierookvat stapt opzij en maakt plaats voor de laatste monnik die op ons komt toegelopen. Pas nu heb ik volledig zicht op het gouden Mariabeeld, die de leider in *De Orde van de Tempeliers* voor zich draagt. Het Keltische gezang stopt en de stilte keert terug in de kerk. De monnik met het gouden Mariabeeld stapt naar voren en begint te spreken. Een zware mannenstem galmt door Temple Church.

'Roderick de Brauw van Assem, u wordt gegroet door de grootmeester van de broederschap van de tempeliers. Uw opvoeding heeft volledig ten dienste gestaan van uw opleiding als grootmeester van *De Orde Terra Nova*. De afgelopen dagen heeft u de testen doorstaan en bent u klaar om de procedure van inauguratie aan te vangen. De inauguratie vindt op twee heilige plekken plaats; vanavond in Temple Church en morgenavond in de St. Giles' Cathedral. De belangrijkste tempeliers zijn bijeen om u als grootmeester van *De Orde Terra Nova* voor te stellen. Vanavond zijn ook de *spirits* van de reeds overleden tempeliers in Temple Church aanwezig om daarbij aanwezig te zijn. Daar is één spirit bij die u al vanaf uw geboorte kent: uw vader.'

Mijn adem stokt voor heel even en ik kijk om me heen of ik ook maar iets van mijn vader kan waarnemen.

'Bij mij draag ik de gouden Madonna, die ooit is gevonden in de tempels van Salomo. Al eeuwen lang beschermt zij tempeliers op hun levenspad. Na uw inauguratie als leider van *De Orde van Terra Nova* morgenavond in de Rosslyn Chapel beschermt deze gouden Madonna u tegen het kwaad. Kniel voor haar aangezicht van uw vader en voor alle grootmeesters van *De Orde van de Tempeliers*.'

Ik doe wat de man zegt en buig mijn hoofd diep. Dan voel ik dat de man het koude, gouden Mariabeeld tegen mijn voorhoofd aandrukt.

'Leg uw rechterhand op uw hart.'

Ik volg de aanwijzing op en doe wat de grootmeester mij vraagt.

'Wij heten vanavond de spirits van alle grootmeesters in *De Orde van de Tempeliers* en de overige aanwezigen uit universele bewustzijn van harte welkom. Vanavond zijn we bijeen gekomen om de zegen en instemming te vragen voor de nieuwe grootmeester in *De Orde Terra Nova,* Roderick de Brauw van Assem, zoon van Frederick de Brauw van Assem', schalt de zware mannenstem door de tempel van deze illustere ridderorde. 'Door de proeve van bekwaamheid te doorstaan heeft Roderick de Brauw van Assem bewezen om als nieuwe grootmeester in *De Orde Terra Nova* zijn vader Frederick de Brauw van Assem op te volgen. Hij heeft als taak om de beweging te leiden en zich volledig in te zetten voor een duurzame wereld.'

Direct na deze woorden klinkt door de kerk een houten staf, waarmee de man zeven keer op de grond stampt.

'De grootmeester in *De Orde Terra Nova,* luisterend naar de naam Roderick de Brauw van Assem meldt zich', kinkt het luidkeels door de kerk. Dan is het stil en lijkt het net of ik ineens de aanwezigheid van spirits kan waarnemen.

'U gaat nu de eed voor grootmeester afleggen', zegt de monnik. 'Zweer met uw hand op het hart van de gouden Madonna en voor het aangezicht van alle aanwezige spirits de volgende woorden: *Ik, Roderick de Brauw van Assem, jonkheer en zoon van grootmeester Frederick de Brauw van As-*

sem, vraag u om te worden geïnaugureerd als grootmeester in De Orde Terra Nova. Mijn leven zal ik in dienst stellen om de natuurlijke bronnen van de aarde te beschermen, de hulpelozen te beschermen en goed te doen. Sober en standvastig zal ik mij aan deze taak wijden en altijd de waarheid spreken, al wordt het mijn dood. Mijn vijanden treed ik zonder vrees tegemoet en ik zal moedig en oprecht zijn. Ik zal mijn leven leiden volgens de geloften Stabilitas, Conversio Morum en Obedientia. Zo zweer ik tot God de Almachtige, sta mij bij in mijn taak.' Zo waarlijk helpen mij alle grootmeesters in De Orde van de Tempeliers en alle geestelijke helpers van alle tijden, die het goede met de aarde voorhebben.'

Zin voor zin herhaal ik de uitgesproken woorden. Ondertussen denk ik aan mijn vader en rust mijn hand op het hart van de Madonna. Het lijkt alsof ik het hart van het gouden beeld daadwerkelijk voel kloppen. Dat moet inbeelding zijn. Ik spreek de woorden uit en voel liefde door mijn lijf stromen. Daarnaast een hand op mijn rug, waarvan ik intuïtief weet dat deze van mijn vader afkomstig moet zijn. Nadat ik het laatste woord heb uitgesproken, klinken er opnieuw zeven stokslagen op de marmeren vloer.

'Aan de spirits: u vraag ik om uw eventuele bezwaar tegen deze grootmeester kenbaar te maken voor morgennacht twaalf uur of anders voor eeuwig te zwijgen.'

Het is muisstil in Temple Church en de inauguratie voelt als in een sprookje.

'Roderick de Brauw van Assem wordt morgen beëdigd als eerste grootmeester in *De Orde van Terra Nova*. In de St Giles' Cathedral zal de officiële beëdiging plaatsvinden.

Deze beëdiging geschiedt alleen als geen enkele grootmeester de komende vierentwintig uur bezwaar maakt.'

Dan is het stil en vormen de vijf ridders met zwaarden opnieuw een rij om terug te lopen. De monnik met het wierookvat en de grootmeester in *De Orde van de Tempeliers* met het gouden Mariabeeld in zijn handen volgen de ridders. In een rustige tred loopt het gezelschap richting het hoofdaltaar en verdwijnt vanaf daar uit mijn gezichtsveld. Ik blijf naast de professor staan en kijk de stoet tempeliers na.

'Het is tijd om te gaan, Roderick', zegt de professor.

We verlaten Temple Church, de plaats in Londen waar zoveel historie ligt. Nergens is meer een spoor te bekennen van de zeven tempeliers, die mij daarnet hebben voorbereid op de daadwerkelijke beëdiging morgenavond in de St Giles' Cathedral. Alleen de zoetige wierooklucht van sandelhout is in de kerk blijven hangen. Als de kerk morgen weer het domein is van de toeristen, weet niemand wat zich hier deze avond voor een bijzonder ritueel heeft afgespeeld. Het is zelfs de vraag of iemand van al die mensen weet dat er een gouden Madonna bestaat, die ooit aan de tempel van Salomo in Jeruzalem heeft toebehoord. De zware houten kerkdeur valt met een klik achter ons in het slot en we lopen de frisse nacht in.

'Wat gaat er nu gebeuren?' vraag ik.

'Er is zojuist een verzoek ingediend om jou morgennacht als eerste grootmeester in *De Orde Terra Nova* te beëdigen. Alle oud-grootmeesters in *De Orde van de Tempeliers* hebben de opdracht gekregen om ermee in te stemmen. Morgenavond wordt elke stoel in de St Giles' Cathedral bezet door een grootmeester van de tempeliers. Naast de spirit van je vader zal zelfs de oprichter Hugo van Payns zal hierbij aanwezig zijn. Boven elke stoel zal een geslepen zwaard hangen. Elke grootmeester kan je benoeming blokkeren door als spirit om klokslag twaalf uur het zwaard op de vloer te laten kletteren. Alleen als alle zwaarden blijven hangen, wordt je beëdigd als eerste grootmeester in *De Orde Terra Nova* en kun je je levenstaak oppakken.'

Even later zitten we in een taxi die ons naar het vliegveld van Londen brengt, waar de professor een kamer heeft geboekt in het Leonardo Hotel. Morgen wordt het de belangrijkste dag in mijn leven. Wat in de sterren staat geschreven en waar ik nog geen weet van heb, is dat me nog een uitdaging te wachten staat, die het uiterste van me gaat vergen.

'Op het moment dat je stopt met leren, ben je bezig dood te gaan.'

Albert Einstein

-42-

In mijn hotelkamer kan ik de slaap niet vatten en ik denk aan morgenavond. Dan ga ik als Roderick de Brauw van Assem de kathedraal van Edinburgh in en kom ik er als leider van *De Orde Terra Nova* uit. Zover is het nog niet. Ik moet er alweer vroeg uit om onze vlucht naar Edinburgh te halen. Iets voor half acht stijgt het British Airways-toestel van Londen Heathrow op. Als we een klein uur later op het internationale vliegveld van Edinburgh landen, bel ik mijn kinderen om te melden dat het goed met me gaat en om naar hun welzijn te informeren. Gelukkig is er niets om me zorgen over te maken en missen ze me. Over *De Orde Terra Nova* vertel ik hen nog niets. Hoe kun je een dergelijk avontuur in een kort telefonisch onderhoud uitleggen? Ik beloof hen dat ik overmorgen thuiskom en dat we dan ergens gaan eten. Dan heb ik ruim de tijd om hen uit te leggen wat hier allemaal is gebeurd.

Op het vliegtuig nemen we een taxi en laten ons afzetten bij een eeuwenoud klooster in de binnenstad van Edinburgh. Door de dikke, door de tijd aangetaste muren heeft het klooster een gesloten sfeer. We lopen naar de zware houten deur van de ingang van het klooster. De professor slaat zevenmaal met een ijzeren klopper op de deur. Het duurt even voordat een kalende, oudere monnik de deur opent. De man kijkt de professor met een blik van herkenning aan en knikt naar mij als teken hem te volgen. De sfeer geeft mij een onprettig gevoel. Heb ik een andere keuze? We lopen door de donkere kloostergangen, die door middel van olielampjes aan de muren worden verlicht. Het lijkt alsof ik de middeleeuwen ben binnengestapt. De monnik en de professor zeggen niets en leiden mij de stenen wenteltrap af naar een kleine ruimte in de kelder van het klooster, waar twee kaarsen aan weerskanten van de muur hangen en geen ramen aanwezig zijn. De eenpersoonscel is leeg, op een groot kruis aan de muur en een bidstoel, die midden in de kamer staat, na. In de hoek staan een kan water en een donkerbruine, aardewerken mok.

'Hier zul je de komende twaalf uur in stilte verblijven', zegt de professor. 'Deze stilte zal je geestelijk voeden, zodat je klaar bent om tot grootmeester te worden beëdigd. De komende twaalf uur is een test. Gebruik de tijd goed om te leren wat je op dit moment te leren hebt! Graag ontvang ik je telefoon.'

De professor en de monnik verlaten de bidcel en ik hoor aan de andere kant een ijzeren schuif de zware houten deur hermetisch afsluiten. Daarna luister ik naar het geluid van de langzaam wegstervende voetstappen op de gang en merk dat het verder stil is in deze kleine ruimte. De muren komen op me af en ik voel iets van paniek in me naar boven komen. Twaalf uur met mezelf in conclaaf te moeten gaan, heeft iets beangstigend.

'Hallo daar!', schreeuw ik. Meer dan een korte nagalm van mijn woorden is er niet te horen. Zo blijf ik zitten; een seconde wordt een minuut en een minuut op haar beurt langzaam een uur. Ik raak het gevoel van tijd kwijt. Twaalf ellenlange uren ben ik in deze cel met de Schepper van het universele bewustzijn. De eerste tijd red ik het redelijk. Dan nemen mijn gevoelens de leiding over en raak ik stuurloos. De stilte en de onmacht grijpen me bij de keel en ik voel mijn ademhaling steeds iets hoger in mijn borstkas stokken. Het machteloze gevoel, waar ik geen verweer tegen had, komt in alle hevigheid weer terug. Het lukt me niet mijn ademhaling onder controle te krijgen. In het kaarslicht kijk ik naar het grote houten kruis dat aan de muur hangt. God heb ik lang handig uit mijn leven kunnen weren. Hier valt er niet aan te ontsnappen. Hier vindt de confrontatie plaats met het alom heersende bewustzijn, dat werkt volgens de drie wetten van *De Theorie van het Alles*. Het is kil en klam om me heen en ik krijg een droge keel. In het flikkerende licht van een olielamp schenk ik water in de mok. Langzaam neemt iets buiten mezelf de leiding over. De onbekende kracht neemt in sterkte toe en mijn identiteit neemt evenredig in kracht af. Elk gevoel van tijdsbesef ben ik nu verloren. Het machteloze gevoel gaat over in een ongekende boosheid, waartegen ik me niet kan verzetten. Uit regelrechte frustratie sla ik hard met mijn vuist tegen de muur, waarbij ik mijn knokkels ontvel.

'Toon mij Uw aangezicht!', schreeuw ik. Niemand lijkt mij te horen of te zien.
Er zit blijkbaar een woede in me, waarvan ik me nooit bewust ben geweest. Was het Aline, die me heeft verlaten zonder dat ik er iets aan kon doen, of het gevoel gefaald te hebben in mijn carrière? Ben ik boos op God, omdat hij een kleine jongen zonder vader laat opgroeien en ik altijd hard heb moeten knokken tegen armoede en pesterij? Wat de reden ook is, in deze afgesloten bidcel komt de ingepakte en opgekropte woede eruit, zonder dat ik me ertegen kan verzetten. Nog-

maals vloek ik en sla ik hard met mijn al pijnlijke rechtervuist tegen de muur. Het bloed sijpelt uit de opengeslagen knokkels en ik zak huilend op de grond ineen. Als iemand niet beter zou weten, zou ik in zijn ogen een psychisch, ernstig zieke patiënt zijn. Alle remmingen zijn weg en zonder dat ik er iets van begrijp of kan ingrijpen, werkt er een mysterieuze kracht op mij in. Het is zelfs zo verwarrend, dat ik niet meer helder kan nadenken. Ik probeer mezelf rust op te leggen, met helaas weinig resultaat. Nerveus wrijf ik met mijn handen over mijn gezicht en vloek opnieuw hartgrondig.

Al het gevoel van tijd ben ik kwijt, totdat langzaam het besef doordringt dat verzet geen zin heeft en ik daardoor de ongewenste stemming juist in stand houd. Met dit inzicht geef ik me over aan de stilte en voel ik mij een dienaar van het machtige, onzichtbare universele veld. Als ik niet tegen mijn woede kan vechten, kan ik deze beter accepteren en loslaten. Niet veel later zit ik op mijn knieën op de bidstoel met een gebogen hoofd voor het houten kruis aan de muur. Door mijn moeder ben ik met het besef van een God opgevoed. Vanaf mijn pubertijd heb ik deze God uit mijn leven verbannen. Het ging mij om geld en carrière en niet om geestelijke groei. Zo ben ik vergeten dat God, of welke universele kracht dan ook, de intentie heeft om mensen op aarde te helpen en sterk te maken. Wij zijn nietig vergeleken met het universele veld en alleen ons ego maakt dat we ons misplaatst groots voelen. In de uren die volgen, ben ik alleen met God en begrijp ik dat alles met elkaar is verbonden en er geen 'jij' of 'ik' bestaat. Ik verzink in diepe meditatie en raak het gevoel van tijd en ruimte kwijt. Het voelt alsof ik genade krijg toebedeeld en ik zak weg in een trance. In de droomwereld ben ik op een mooie zomerdag bij een kasteel in een omgeving die prachtig groen is. In de verte meandert een brede rivier in de middagzon. De warme zomerbries blaast in mijn gezicht. Ik loop over een kasteelmuur en ben trots. Door mijn witte cape met daarop een rood kruis geborduurd, weet ik dat ik een tempelier ben. Ik loop richting de ridderzaal van het kasteel en zie voor de deur een prachtige, in het wit geklede vrouw zitten. Ze is zo zuiver, dat ik bijna door haar heen kan kijken. De vrouw staat op als ik langskom en loopt aan mijn zijde. Als ik de ridderzaal betreed, gaan alle aanwezige ridders staan. Aan de kop van de ridderzaal zit een man op zijn troon. Hij kijkt op als wij de zaal betreden en alle aanwezige tempeliers gaan staan. Met de prachtige vrouw aan mijn arm loop ik naar de troon van de grootmeester in *De Orde van de Tempeliers*, waarin ik mijn vader herken. Naast hem zit een vrouw, die sprekend op mijn moeder lijkt.

Dan schrik ik wakker en doe ik mijn ogen open. De olielampen zijn inmiddels gedoofd en ik heb geen enkel idee meer van tijd. Ik sta op en strek mijn pijnlijke, tintelende benen. Het is pikkedonker, koud en stil in de bidcel en ik roep om hulp. Mijn stem klinkt me vreemd en verwrongen in de oren. Niemand anders dan ikzelf lijkt mijn hulpgeroep te horen. Op de tast schuifel ik naar de hoek, op zoek naar de kan water. Als ik gedronken heb, zoek ik de bidstoel en ga er nogmaals geknield zitten. Hoe lang ik daar zit, weet ik niet. Elk gevoel voor tijd en ruimte ben ik kwijt. Het is alsof ik in een andere bewustzijnslaag terecht kom en ik toegang heb tot het universele bewustzijn. Alles om me heen draait als in een enorme tollende bol en ik zie tempeliers en monniken uit verschillende tijden in spierwitte kleding om mij heen bewegen.

Ze kijken me keurend aan, testen me uit met plaagstootjes en proberen me uit balans te brengen. In een flits weet ik dat het de bedoeling is om rustig te blijven en niet te reageren. Het lijkt of ik krankzinnig word. Wat gebeurt hier in hemelsnaam?

'Ik ben ervan overtuigd dat God niet dobbelt met de kosmos.'

Albert Einstein

-43-

De ultieme uitdaging voor een mens, is het vinden van zijn grondtoon. Ik had nooit verwacht dat ik juist in de stilte voor het eerst mijn grondtoon zou ervaren. Geluid spreekt tot onze ziel, zoals niets anders dat kan. Dat is ook de reden dat muziek zo'n belangrijke rol speelt in het leven van vrijwel elk mens. Onze ziel bestaat uit zuivere energie, waarmee we resoneren met de kosmos. Geluid is ons diepste wezen en vandaar dat het vinden van je grondtoon zo belangrijk is. Klank brengt in de verschillende spirituele tradities en culturen de verbinding met *de Bron* tot stand. De oerklank *Ohm* is volgens de Tibetanen de grondtoon van het universum, waarop de ziel van elk mens resoneert. Volgens de Tibetaanse leer is het hele universum uit deze oerklank ontstaan. Door te resoneren op deze mantra, ontdekken we weer dat we een onderdeel zijn van het grotere geheel. Ik ben in mijn bidcel nog lang niet bij mijn grondtoon aangekomen en bevind me in de fase van paniek. In de stilte en de inktzwarte duisternis ben ik mijn totale oriëntatie aan het verliezen.

'Roderick!'

Iemand roept vanuit onbekende richting mijn naam. Ik heb geen idee uit welke richting de stem komt.

'Roderick, ik ben het, je vader.'

Dat kan niet waar zijn. Van jongs af aan heb ik mijn vader moeten missen. Nooit heb ik met hem kunnen ravotten, voetballen of hem om raad kunnen vragen. Dit is de reden waarom ik mijn leven lang zo hard heb gewerkt. Ik wilde gewoon dat mijn vader trots op me was. Ik ben altijd ervan overtuigd geweest dat hij bij me was vanuit de spirituele wereld. Daarom heb ik vele malen harder gewerkt dan goed voor me was. Opnieuw hoor ik zijn stem, maar nu luid en duidelijk.

'Roderick, ik ben altijd bij je geweest en heb je klaargemaakt om je levenstaak op te pakken. Jij bent geboren om mij op te volgen als grootmeester in de broederschap *De Orde Terra Nova* dat ontstaan is vanuit de *De Orde van de Tempeliers*.'

Het kan niet zo zijn dat deze stem in mijn hoofd van mijn vader is. Mijn vader is al jaren dood! Ik hoor nu wat ik altijd al had gehoopt te horen en raak buiten zinnen.

'Papa?' roep ik.

'Mijn liefste Roderick, ik heb elke stap van je gezien en je geholpen waar ik kon. Je hele leven heeft in het teken gestaan je voor te bereiden op deze belangrijke taak. Je hebt tot op de bodem moeten gaan om je ego te kunnen loslaten. Alles wat je hebt ervaren, was nodig om je voor te bereiden op je echte levensdoel. Vanaf het moment dat je bent geboren, zit deze levenstaak al in je genen. Nu is het zover om mij op te volgen en de rol van grootmeester in *De Orde Terra Nova* met moed en kracht op je te nemen. Voordat je vannacht wordt ingewijd, ga ik je eerst de belangrijkste les te leren die een mens kan leren; het is de reis die je moet maken van hoofd naar hart en ziel. Je hebt de afgelopen dagen geleerd om al wat bekend en veilig is los te laten. In je leven lag de focus tot nu toe op je mannelijke energie. Dit is een naar buiten gerichte beweging en gevende energie. De mannelijke energie heeft de wereld veel goeds gebracht: wetgeving, wetenschap, doelen realiseren en geld verdienen, manifesteren, actie, controle en goed voor jezelf zorgen. Allemaal elementen van de mannelijke energie. Inmiddels ervaren we dat de mannelijke en vrouwelijke energie niet meer in balans zijn. Dat veroorzaakt in de kern de huidige problemen in de wereld. Als de mannelijke energie dominant is ontstaat er een onbalans tussen mannelijke energie (hoofd) en vrouwelijke energie (hart). Het ego regeert en we leven in afscheiding met alles en iedereen om ons heen. Dat is ook de reden dat we zoveel schade aan Moeder Aarde toebrengen. De vrouwelijke energie is een naar binnen gerichte energie, de ontvangende energie. Dit uit zich in intuïtie, ontspannenheid, verbondenheid, zorgzaamheid, vertrouwen en innerlijk weten. De vrouwelijke energie is in onze moderne maatschappij onderdrukt en de balans is zoekgeraakt. Intuïtie, een verenigd bewustzijn, vertrouwen en zorgzaamheid naar elkaar en de wereld werd verketterd en paste niet binnen de droom van focussen en bezit vergaren.

De belangrijkste les die we in dit nieuwe tijdperk gaan leren, is de balans vinden tussen de mannelijke energie (hoofd, verstand, ratio) en de vrouwelijke energie (hart, intuïtie, gevoel). Deze overgang, het loslaten van het oude, bekende (hoofd) naar het nieuwe, onbekende (hart) is nu aan de gang. Als grootmeester van *De Orde Terra Nova* is het jouw taak meer balans te brengen tussen de mannelijke en vrouwelijke energie. De grootste problemen ontstaan doordat leven vanuit angst, gericht is op het zoeken van zekerheid. Dat zorgt voor veel problemen. Om leiding te kunnen geven aan dit genootschap moet je je vrouwelijke energie versterken. Daarvoor moet je vertrouwen dat het goed komt en de controle over je leven loslaten. Ook dit heb je de afgelopen dagen mogen ervaren. Om deze energie te versterken, moet je vooral niets doen en zijn wie je bent. Vertrouw erop dat er hulp voorhanden is. Zeker in jouw geval staat er een leger grootmeesters klaar om je te leiden op het juiste pad. Belangrijk is dat je eerst moet leren ontvangen om van daaruit in overvloed te kunnen geven. Je kracht zit niet in je hoofd. Deze zit in je onderbuik en in je hart. Je hart heeft een directe verbinding met je hogere zelf en het universele bewustzijn. Daarom is het van het grootste belang om de wereld en jezelf te redden, door je hart te openen en contact te maken met het universele bewustzijn. Je hebt al leren knielen en mediteren. Daarnaast kun je de vrouwelijke energie ook opladen met de oermantra. Doe mij na. '*Oooohhhhhhmmmm*', klinkt het in de cel en ik doe mee met de klank. Droom ik dit of is het realiteit? Hoe het ook zij; ritmisch volg ik de klank, met korte tussenpauzen om adem te halen. Langzaam neemt de klank bezit van me en dan gebeurt er iets onverwachts; het tollen in mijn hoofd stopt en ik voel een loden last van mijn schouders afglijden.

Er ontstaat een lichtheid in mijn lijf en een helderheid in mijn hoofd, die niets aards meer heeft. Mijn hart gaat open en mijn hele lijf resoneert op de grondtoon. Er ontstaat een innerlijke kracht, die zo sterk en onoverwinnelijk is, dat het lijkt alsof het goddelijke in me wordt wakker gemaakt. Voor het eerst in mijn leven voel ik me één met alles en iedereen om me heen. De *Ohm-klank* sterft weg en het wordt helemaal stil in de donkere bidcel. De stem van mijn vader is verdwenen. Ook de beelden in mijn hoofd verdwijnen. Toch blijft het krachtige gevoel in mijn lijf bestaan. Dit moet de balans zijn tussen het mannelijke en het vrouwelijke element in mezelf. Mijn hart heeft zich geopend. Het is een gevoel van diepe rust en onoverwinnelijke kracht en liefde. Ik heb me nog nooit zo sterk en compleet gevoeld en het is alsof een enorm leger geestelijke helpers mij op handen draagt. Dit is wat we ervaren als we in balans komen tussen onze mannelijke en vrouwelijke energie en zo voelt de aansluiting op het universele bewustzijn. Een intens gevoel van geluk stroomt door mijn lijf. In de tussentijd blijft mijn grondtoon zacht resoneren.

Hoe lang ik in dit gevoel van euforie heb gezeten, weet ik niet meer. Ergens in de tijd hoor ik de schuif van de deur opengaan. Er valt licht uit de gang naar binnen en ik knipper met mijn ogen, die vanuit de complete duisternis hieraan moeten wennen. Langzaam ontwaak ik uit de trance, waar ik al mijn gevoel voor ruimte en tijd kwijt was. Ik was in de hemel beland, dat weet ik zeker.

'Roderick, het is tijd om naar de kathedraal te gaan', zegt de professor.

Ik probeer van de bidstoel op te staan. Dat lukt me niet direct. Het lange knielen heeft de bloeddoorstroming afgekneld en ik heb geen kracht om op te staan. Daarom ga ik eerst op mijn billen zitten en strek ik mijn benen net zo lang tot de doorbloeding op gang komt. De professor loopt de bidcel in en helpt mij voorzichtig overeind.

'Hoe laat is het?' vraag ik. Mijn ogen wennen langzaam aan het licht.

'Bijna half twaalf in de avond.'

Met stijve beenspieren van het lange zitten loop ik achter de professor aan het klooster uit. In het toilet kijk ik in de spiegel. Mijn ogen stralen en mijn schouders staan fier naar achteren. Het voelt of er zich een gloeiende bal in mijn buik bevindt en er is een niet te omschrijven rust over me heen gekomen. Wat is er in een dag gebeurd? Met mijn handen dep ik mijn gezicht met water en ben klaar voor de aanstaande inauguratie.

Rond kwart voor twaalf komen we aan bij de donkere, gesloten achteringang van de St Giles' Cathedral. Het plein ligt er op dit late tijdstip verlaten bij. Voor de gesloten, houten deur blijven we wachten, zonder een woord te wisselen. In de verte verstoort alleen het geblaf van een hond de nachtelijke stilte. Zeker vijf minuten wachten we geduldig voor de gesloten deur van de kathedraal, als ik iets aan de binnenkant van de deur hoor morrelen. Even later gaat de achterdeur open en staan er twee mannen in witte monnikspijen. Hun gezichten zijn niet te zien door de over het hoofd hangende monnikskappen. Op de borst van hun pij is een groot rood kruis geborduurd, wat duidt op tempeliers. We lopen met z'n vieren door de kathedraal. Er klinkt zacht *de Ohm*-klank, die ik herken uit de bidcel. Het is weer deze klank, die me diep van binnen raakt. We gaan de kathedraal binnen, die wordt verlicht door een zee van kaarslicht. De zitplaatsen zijn niet bezet door mensen. Toch voel ik de aanwezigheid van entiteiten in de ruimte. Boven elke zitplaats hangt onder het familiewapen een ijzeren zwaard. De professor gaat op de hoofdtroon tegen de achterwand van de ruimte zitten. De tempeliers lopen naar achteren en komen even later terug met een zilveren kist en een manshoog zwaard.

Met een hoofdknik geeft de professor aan plaats te nemen bij de enige zetel, waar geen zwaard hangt aan het familiewapen met als afbeelding de Franse lelie. Ik loop in een roes in de richting van de aangewezen zetel. Ik wil na de ervaring in de bidcel niets liever dan grootmeester van *De Orde Terra Nova* worden om onze aarde te behouden voor de volgende generaties. Juist als ik wil gaan zitten, hoor ik de stem van de professor.

'Stop en draai je om!'

Ik doe wat de professor zegt.

'Kniel voor het aangezicht van ons aller God, Heerser van het universele bewustzijn', hoor ik de professor zeggen.

Ik doe wat de man me opdraagt en kniel op de grond. Mijn hoofd buig ik diep.

'Grootmeesters uit alle landen en alle tijden zijn hier vanavond bijeen om Roderick de Brauw van Assem in te wijden als grootmeester in *De Orde Terra Nova*. Dat kan alleen geschieden als er volledige instemming is met deze benoeming. Daarom vraag ik u uw zwaard op de grond te laten vallen, mocht u niet willen instemmen met de benoeming van deze grootmeester.'

De spanning is om te snijden en het blijft volledig stil. Er is geen zwaard dat op de grond klettert of een ander teken, waarmee de aanwezige entiteiten aangeven het niet eens te zijn met deze keuze. Zo blijf ik zitten totdat de klokken van de kathedraal 12 uur slaan.

'Roderick de Brauw van Assem, ik verzoek u plaats te nemen op de plek van de grootmeester van *De Orde Terra Nova*.'

Als ik op de troon zit, komt de professor, met in zijn kielzog de twee monniken, op mij afgelopen. Hij opent de zilveren kist en pakt daar een wit uitgeslagen stuk hardhout uit. De tijd heeft het hout aangetast. Toch is het nog steeds knoerthard en stevig van structuur.

'Dit is een stuk van het ware kruis, waaraan Jezus Christus is gestorven. Dit crucifix zal je als grootmeester van *De Orde Terra Nova* beschermen. Zeg mij na met je rechterhand op je hart, zodra je met je linkerhand het crucifix vastpakt.'
De professor pakt het vlijmscherpe zwaard van de monnik aan en legt deze plat op mijn rechterschouder. Dan galmt zijn krachtige stem door de ruimte. Zeg mij woord voor woord na:

Ik, Roderick de Brauw van Assem, jonkheer en zoon van grootmeester Frederick de Brauw van Assem, zweer bij God en op mijn woord van eer dat ik nooit de verheven geheimen van de broederschap van De Orde Terra Nova zal openbaren. Ik zal loyaal en trouw zijn aan de taak en leden van deze broederschap. Mijn verdere leven zal ten dienste staan van het beschermen van onze planeet aarde, de hulpelozen en het goede doen. Ik zal bijdragen aan het ontstaan van een betere wereld dan er ooit is geweest. Sober en standvastig zal ik mij aan deze taak wijden met het dagelijks toepassen van de drie geloften Stabilitas, Conversio Morum en Obedientia. Moedig en oprecht zal ik me tonen en te allen tijde de waarheid spreken. Niets anders dan de dood kan mij stoppen om mijn taak te volbrengen. Zo waarlijk helpe mij God.'

Nadat ik de laatste woorden heb gezegd, is het stil in de kathedraal en voel ik het zwaard eerst op mijn rechterschouder, vervolgens op mijn linkerschouder en tenslotte op mijn voorhoofd tikken. Daarna pakt de monnik het crucifix van mij terug en legt dit terug in de zilveren kist, die hij vervolgens afsluit. De professor gebaart me op te staan en ik zie vanuit de kathedraal een derde monnik komen aanlopen. Op zijn opengevouwen handen draagt hij een witte monnikspij.

De monnik loopt naar mij toe en overhandigt me de pij met een kleine buiging.
Ik trek de monnikspij over mijn kleren aan en kijk naar het prachtig geborduurde rode kruis dat mijn borst siert. Ik ben gekozen als grootmeester van een broederschap met een belangrijke opdracht. Wie had dat ooit gedacht? Ik bind het touw van de pij strak om mijn middel en trek de kap diep over mijn hoofd heen. De professor doet twee stappen naar voren en pakt mijn schouders vast. Daarna feliciteert hij mij door zijn hoofd aan weerskanten van mijn hoofd te brengen.

'Welkom als grootmeester van *De Orde Terra Nova* en daardoor ook lid van *De Orde van de Distel*.'

'We blijven eeuwig en altijd voor het grote mysterie staan, waarin wij werden geboren.'

Albert Einstein

-44-

Er zijn van die plekken die ik me mijn hele leven zal herinneren: de kamelentocht door de eindeloze dorre Sahara, waarbij we werden gegeseld door een hete wind, mijn werkkamer op de Amsterdamse Zuidas, het voetbalveldje waar ik mijn eerste vriendin kuste en de Rosslyn Chapel, waar de reis van hoofd naar hart begon. Daar is vandaag de St Giles' Cathedral bijgekomen. Als grootmeester van Terra Nova ziet vanaf vandaag mijn leven er anders uit. Mijn levensdoel is niet meer op zoek te gaan naar zekerheden, die achteraf schijnzekerheden blijken te zijn. Ik wil vanuit mijn hart een bijdrage leveren aan een duurzame planeet. Het is geen zelfbedacht doel, maar een opdracht, opgelegd door hogere machten zonder dat er aan valt te ontkomen. Ik voel het als een opdracht op leven en dood. We mogen onze aarde niet vernietigen.

Na de inauguratie doen de twee monniken ons uitgeleide en staan we even later in de koude nacht op het verlaten plein bij de Royal Mile. Ondanks het late tijdstip heb ik geen last van moeheid en hangt er een waas van een diepe innerlijke rust over me heen. Ik voel mijn lijf resoneren in een prettige trilling. Daarnaast ben ik helderder dan ooit tevoren. We slenteren samen in de richting van mijn hotel.

'Je mag niet rusten tot de mensheid begrijpt dat we niet ongestraft onze aarde kunnen blijven uitputten', zegt de pro-

fessor. 'Als grootmeester van *De Orde Terra Nova* moet je tot je dood volharden in het streven naar een duurzame wereld. De toekomstige generaties mogen niet de dupe worden van ons onverantwoorde consumptiegedrag, dat voortkomt uit de dominante mannelijke energie van actie, egoïsme en manifesteren. De eed die je vanavond hebt afgelegd, is een belofte voor het leven. Je hebt als taak gewone burgers bewust te maken anders en meer duurzaam met de aarde om te gaan door de vrouwelijke energie bij hen te stimuleren. Verwacht niet dat de bestaande instanties of politici de milieuproblematiek voor ons gaan oplossen. Zij doen hun werk vanuit een dominante mannelijke energie. Revoluties zijn volgens de geschiedschrijving altijd van onderaf uit samenlevingen gekomen. Het zijn altijd mensen geweest die hebben gezegd: zo kan het niet langer. We staan wat betreft de omvang van dit probleem met de aarde op een dergelijk kruispunt.'
We lopen ondertussen Princess Street in en komen even later bij mijn hotel aan.

'Wat kunnen we dan concreet doen om onze aarde te redden van haar ondergang?' vraag ik.

'Op het echte grote probleem dat onze aarde bedreigt, rust een taboe', zegt de professor.

'Wat is dat dan?' vraag ik.

'De bevolkingsgroei', antwoordt de professor. 'We kunnen niet onbeperkt de wereldbevolking laten groeien, zonder dat daar consequenties aan vastzitten. De bevolkingsaanwas moeten we op wereldwijde schaal gaan reguleren. Als we in dit tempo groeien, leven we in 2050 met 9 miljard mensen op deze planeet.'

'Jezelf kunnen voortplanten, is een vrij recht voor ieder mens', zeg ik.

'Inderdaad, ieder mens heeft ook recht op een menswaardig bestaan', antwoordt de professor. 'Hoe we wereldwijd de bevolkingsgroei moeten reguleren, weet ik ook nog niet. De verenigde naties kunnen daarin een coördinerende rol spelen. Met een basisinkomen voor iedere inwoner voorkomen we dat kinderen worden gezien als oudedagsvoorziening. De snelle bevolkingsaanwas is een groot probleem waar we onze ogen niet voor kunnen sluiten als we willen voorkomen dat de natuur middels catastrofes de wereldbevolking massaal uitdunt. In verhouding tot de tienduizenden jaren van ons bestaan neemt de bevolkingsgroei de laatste eeuw exponentieel toe. Dat kan zo niet langer doorgaan zonder consequenties. Neem nu de Indiase deelstaat Uttar Pradesh in Noord-India. Daar leven nu ruim 200 miljoen mensen. Dat is tweederde van het aantal inwoners van heel Europa. Elk jaar groeit de bevolking daar met 3%. Dat betekent in 25 jaar een verdubbeling van het aantal inwoners. Hoe lukt het om zoveel extra mensen een menswaardig bestaan te laten opbouwen als nu al 60 miljoen mensen onder de armoedegrens leven? De snelle groei van de wereldbevolking is als een soort ziekte met symptomen van armoede, opwarming van de aarde, hongersnood en kindersterfte.'

Natuurlijk kan de wereldbevolking niet tot in het oneindige doorgroeien en misschien is de huidige bevolkingsexplosie wel te kenmerken als een ziekte. Gek genoeg is er geen organisatie te vinden die juist dit gevoelige onderwerp bespreekbaar durft te maken.

'Een tweede wereldprobleem is dat we de duurzame energie niet verplicht opleggen.'

'Hoe bedoelt u dat?'

'De zon geeft meer dan genoeg warmte en licht om de hele wereld van energie te voorzien. We moeten onze infrastructuur daarop inrichten. Zonne-energie put de aarde niet uit en is elke dag vrij beschikbaar. Met alleen zonne-energie kunnen we aan onze energiebehoefte voldoen en is het CO^2-probleem meteen opgelost. Hoe meer en sneller mensen op zonne-energie overgaan, hoe beter het is en hoe minder de aarde opwarmt. Het is een kwestie van politiek ervoor kiezen en deze keuze niet vrijwillig bij de burger neer te leggen.'

Ik moet eerlijk zeggen dat ik er nog nooit op deze manier over heb nagedacht. Het is een andere wijze van denken om onze energiebehoefte helemaal in te vullen met de door de zon opgewekte elektriciteit en warmte.

'Het derde en laatste punt waar Terra Nova mensen bewust van moet maken, is de invoering van een circulaire economie, waarbij we grondstoffen hergebruiken en niet bij het afval gooien.'

'Hoe doe je dat?' vraag ik.

'Door de producent na afloop van gebruik het product terug te geven. Deze kan de oude grondstoffen hergebruiken bij de fabricage van nieuwe producten, zodat deze niet uit de aarde gedolven hoeven te worden. Dit heet circulaire economie en is fundamenteel anders dan dat we nu doen. Nu gooien we de oude, gebruikte spullen weg en delft de producent nieuwe grondstoffen uit de aarde voor zijn nieuwe producten. Dat belast de aarde en put deze verder uit. Door deze drie eenvoudige maatregelen op wereldwijde schaal door te voeren, redden we de aarde voor de toekomstige generaties.'

'Zo gemakkelijk kan het niet zijn', zeg ik.

'Zo gemakkelijk is het als je vanuit een hogere dimensie naar de wereldwijde milieuproblematiek kijkt. Een gereguleerd aantal mensen op aarde, alle energie vanuit zon en wind en het hergebruiken van grondstoffen. Geef me één argument waarom het niet zou werken?'

Ik houd mijn mond, simpelweg omdat ik geen reden kan verzinnen.

'De waarheid is verdomd eenvoudig, dat was de denkkracht van Albert Einstein. Hij benaderde alles vanuit eenvoudige logica. Als de bevolkingsgroei explosief blijft toenemen, we alle grondstoffen blijven uitputten en de planeet bevuilen met de uitstoot van fossiele brandstoffen, krijgen onze kinderen en kleinkinderen te maken met ongekende catastrofes. De kracht van de natuur zal de mensheid weer decimeren. We lijken groot en sterk. Toch zijn we vanuit het totale universum gezien nietig en van weinig betekenis. Onze geest blijft na de dood in het universele bewustzijn voortbestaan. Vanuit dit veld zullen we toeschouwer zijn van de strijd voor onze kinderen, kleinkinderen en de volgende generaties. Dat mag niet gebeuren en daarom is Terra Nova opgericht. Mensen moeten leren hun ego los te laten en meer eco te gaan denken. Ego snijdt je af van het contact met het universum. Je verliest het contact met de universele creatiekracht, die niet meer door je heen kan stromen.'

De professor geeft mij vriendschappelijk een klopje op mijn schouder.

'Morgen haal ik je om klokslag negen uur op om je naar de luchthaven te brengen.'

Ik kijk naar de man en ineens heb ik het door.

'U bent helemaal geen professor?' zeg ik. 'Wie bent u wel?'

De professor glimlacht veelbetekenend en loopt weg. De afgelopen dagen zijn als een mysterieuze droom verlopen. Dit is geen film, maar bittere realiteit. Ik heb nooit geweten dat er in onze wereld geheime broederschappen bestaan, die op de achtergrond de wereld besturen. Ze grijpen nu in om de wereld van haar ondergang te redden. Als ik dit avontuur al aan iemand ga vertellen, is er dan iemand die mij gelooft? Mensen lachen me vast uit en vragen of ik een pilletje heb gebruikt. Stel je eens voor dat de werkelijkheid vreemder is dan we ons in onze stoutste dromen kunnen indenken. Er had nooit iemand kunnen denken dat er twee vliegtuigen moedwillig de Twin Towers zouden invliegen, net als niemand van tevoren had kunnen bedenken dat er zes miljoen Joden de dood vonden, grotendeels in de gaskamers.

Mijn horloge geeft tien voor twee aan als ik mijn kleren uitdoe. Mijn monnikspij met het rode, geborduurde kruis heb ik op de stoel naast mijn bed neergelegd. Deze pij is het bewijs dat de afgelopen dagen werkelijkheid zijn geweest. Na een douche kruip ik in bed. Dit is de meest vreemde dag uit mijn hele leven.

'De wereld is een gevaarlijke plek om te wonen. Niet vanwege de mensen die kwaad willen, maar vanwege de mensen die daar niets tegen doen.'

Albert Einstein

-45-

Het menselijk ras heeft zo nu en dan last van vreemde gedachtenkronkels. We denken dat grondstoffen, die allemaal aan de aarde toebehoren, ons eigendom zijn. Bedrijven en particulieren betalen geld om zich eigenaar te mogen noemen van grondstoffen, olievelden of landbouwgrond. In wezen behoren alle grondstoffen aan de aarde toe. Dat zorgt ervoor dat 1 procent van de superrijken meer bezit dan de rest van de wereld. Waar is het misgegaan, waardoor meer dan 1 miljard mensen moeten rondkomen van 1 euro of minder? Terra Nova staat voor het achterlaten van een duurzame planeet en een menswaardig bestaan voor iedere inwoner van deze planeet. Het is me duidelijk dat we ons moeten verenigen om de mannelijke- en vrouwelijke energie meer in balans te brengen, zodat we meer zorg voor elkaar en voor Moeder Aarde gaan opbrengen. Het zijn een paar gedachten die bij me opkomen als ik, na slechts vijf uur slaap, wakker word.

Na een snelle douche pak ik mijn koffer in en ga naar beneden voor het ontbijt. Vanochtend ben ik de eerste gast in de eetzaal van het hotel. Ik besmeer een toast met bosbessenjam en bestel een portie roerei. De korte slaap en zelfs de bittere Engelse koffie kunnen mijn humeur deze morgen niet bederven. De professor zit op het afgesproken tijdstip in een taxi voor de ingang van het hotel te wachten. We hebben de afgelopen week een band opgebouwd, die gebaseerd is op wederzijds respect. Ik geef mijn bagage aan de chauffeur en stap naast de professor achterin in de taxi. Als ik naar het vriendelijke gezicht met de wijduitstaande grijze haarbos van de professor kijk, vraag ik me nogmaals af wie hij werkelijk is. Toch durf ik dit onderwerp niet opnieuw ter sprake te brengen. De taxi rijdt de straat uit, richting het vliegveld.

'We leven in een tijd van transitie', zegt de professor.' De aarde zit op een hogere trillingsfrequentie en dat beïnvloedt het bewustzijn van mensen. Niet toevallig zijn er zoveel nieuwetijdskinderen. Dit zijn kinderen die een hoger bewustzijn hebben en onze redding zijn om de aarde voor de ondergang te behoeden. Steeds meer mensen sluiten aan op deze hogere trillingsfrequentie en gaan de reis van hoofd naar hart maken. Zorgzaamheid voor elkaar en voor de omgeving gaat toenemen. We hebben geen andere keuze! Als het het gros van de mensheid het niet lukt om op deze hogere trillingsfrequentie te komen, zal de aarde door hebzucht ten onder gaan. Dan zijn we te laat om in te grijpen en om de aarde te redden van een langzame ondergang. Zonder een vruchtbare aarde is er geen leven mogelijk en dat gaat het menselijk ras decimeren. Gelukkig is er een shift gaande van ego naar eco en *De Orde Terra Nova* is bedoeld om deze beweging te stimuleren.'

'Hoe gaat het ooit lukken om zoveel mensen ervan bewust te maken om veel duurzamer met onze planeet om te gaan?'

'Aan alles is door het universum gedacht. Heb je ooit van de chaostheorie gehoord?'

'Ja, wel ooit iets over gehoord, maar ik weet er niet het fijne van', antwoord ik.

'De chaostheorie is een wiskundige theorie, die stelt dat in elk lineair systeem een kleine verandering kan uitgroeien tot enorme proporties. Laat ik een voorbeeld van de chaostheorie geven: in 1961 stelde de Amerikaanse meteoroloog Edward Lorenz dat een vleugelslag van een vlinder in Brazilië maanden later een orkaan in Texas kan veroorzaken. Deze anekdote noemde hij *het vlindereffect*. De chaostheorie is in ons dagelijks leven van groot belang. Dat komt omdat een kleine verandering kan leiden tot een totale omwenteling in de samenleving. Op 1 december 1955 weigerde de zwarte vrouw Rosa Parks in Montgomery in de Amerikaanse staat Alabama haar zitplaats in de bus aan een blanke man af te staan. Ze was zwanger en ging met deze daad tegen de bestaande wetgeving in. Deze onbeduidende actie was er de oorzaak van dat in 1956 de rassenscheiding in Amerika geheel op de schop ging en iedereen, ongeacht ras, dezelfde behandeling kreeg. Zonder Rosa Parks hadden we wellicht nooit van Martin Luther King gehoord. Heb je ooit wel eens de naam Tim Berners-Lee gehoord?'

'Nee', antwoord ik.

'Hij was de man die het World Wide Web bouwde. Dit was een kleine uitvinding, waar niemand iets van verwachtte. Eigenlijk kent niemand hem en woont hij in de anonimiteit in Londen. De kleine uitvinding van het World Wide Web bepaalt nu het leven van miljarden mensen. Zonder het World Wide Web stort de moderne samenleving in. De geschiedenis toont aan dat kleine handelingen kunnen leiden tot grote wereldwijde veranderingen. Dat Hitler ooit aan de macht is gekomen, is volgens zijn biografie een groot toeval geweest en dat werd slechts bepaald door onbeduidende details.

De Orde Terra Nova moet gebruikmaken van de grondslag van de chaostheorie om zo de noodzakelijke verandering teweeg te brengen. Deze stelt dat elke onbeduidend lijkende handeling ervoor kan zorgen dat we massaal op een veel duurzamere wijze met de aarde omgaan. Ga op zoek naar mensen die *het vlindereffect* kunnen bewerkstelligen om zo onze aarde van uitputting en haar ondergang te behoeden. Om dat te kunnen bereiken moet je eerst de reis van hoofd naar hart maken. Alleen vanuit onze passie zijn we in staat een kentering in de maatschappij te realiseren. We verlaten de weg van angst en het hoofd en vullen dat in door de weg van liefde en het hart. De boodschap van liefde en licht is de belangrijkste opdracht die Albert Einstein aan zijn dochter Lieserl heeft gegeven.'

De professor staat op om afscheid te nemen en ik omhels hem. Het is bijzonder wat deze man mij de afgelopen dagen heeft gegeven, zonder daar iets voor terug te vragen.

'Kan ik u nog bellen of mailen?' vraag ik.

McCloud schudt zijn hoofd.

'Wij zullen elkaar nooit meer ontmoeten', zegt hij. 'Ik ben slechts een passant in je leven geweest en heb mijn pad te vervolgen. Je moet moedig zijn en je levenstaak als grootmeester in *De Orde Terra Nova* oppakken.'

'Kunnen we niet e-mailcontact blijven onderhouden? Ik heb uw e-mailadres.'

'Dat e-mailadres is inmiddels afgesloten. Alleen vanuit het universele bewustzijn blijven wij op een hogere dimensie verbonden.'

Ik moet even slikken.

'Hoe onderhoud ik het contact met de grootmeesters?' vraag ik.

'Als de tijd daar is, ontmoet je de grootmeesters in de St Giles' Cathedral of in de Rosslyn Chapel', antwoordt de professor. 'Synchroniciteit zal je leven sturen en je daar waar nodig helpen. Het zinvolle toeval bepaalt je toekomst en dat moet je in genade afwachten.'

Ik stap uit en krijg mijn koffer aangereikt. De taxi met de professor rijdt vervolgens weg, zonder dat de professor nog een keer omkijkt. Ik kijk de taxi met de bijzondere man na.

Anderhalf uur later hoor ik een stem door de luidspreker boven me klinken.

'Welcome. This is flight BA 0108 to Amsterdam. Please fasten your seatbelts.'

Ik sluit mijn ogen en laat de gedachten de vrije loop. Het verleden is voorbij en de toekomst moet nog komen. Mijn leven lang heb ik gerend, maar tot nu toe ben ik nooit aangekomen. In Schotland heb ik de waarheid gevonden en ik voel me eindelijk thuis in mijn eigen lichaam.

Nu ken ik het geheim van mijn vader en weet dat hij een grootmeester in *De Orde van de Tempeliers* is geweest. Dat gegeven maakt me trots! Het maakt dat ik zijn vroege overlijden kan loslaten en in dankbaarheid kan leven met datgene dat mijn pad kruist. De angst voor verandering is verdwenen den voor het eerst voel ik dat ik daadwerkelijk ga doen waarvoor ik hier op aarde ben gekomen.

Naast het geheim dat mijn vader met zich meedroeg, heb ik inzicht gekregen in belangrijke elementen van *De Theorie van het Alles.* Maar bovenal heb ik de zin van mijn bestaan leren kennen, die ik pas kon ontdekken toen zij zich liet ontrafelen.

De mens is nietig, vergeleken bij het universele veld. Dat realiseer ik me maar al te goed. Het heilige doel van veel geld te verdienen, is getransformeerd in een missie om onze planeet te redden. Alle mensen hebben toegang tot het alwetende bewustzijn, waarmee we de wereld kunnen veranderen om haar leefbaar te houden! Een ieder die de noodzaak voelt om anders met de aarde om te gaan, moet in actie komen. Dat zijn we aan onszelf en de toekomstige generaties verplicht.

Ieder mens heeft de potentie om met een klein en onbeduidend lijkende actie een kentering teweeg te brengen in de teloorgang van de aarde! Zo werken we allemaal aan een betere wereld, waardoor onze kinderen en kleinkinderen later trots zullen zijn op deze generatie.

'Wetenschappelijke doorbraken hebben weinig met intellect te maken. Er is altijd een bewustzijnssprong die je wat mij betreft intuïtie kunt noemen. De oplossing komt gewoon naar je toe en je weet niet hoe en waarom.'

Albert Einstein

Epiloog

Als de liefde regeert, opent je hart zich en voel je voor het eerst dat je leeft en er energie door je heen stroomt. Dat is de boodschap die Albert Einstein aan zijn dochter heeft geschreven. Leven is liefde en liefde kan alleen stromen als je hart zich opent. Veel mensen zitten vast in hun gedachten en worden geregeerd door hun ego. Ze zijn afgesloten van het leven. Als je het contact met het leven en de liefde verliest, ben je tot rare zaken in staat. Dat is ook de reden dat mensen wreed kunnen zijn naar zichzelf, anderen en de omgeving. Ga op zoek naar liefde en leer weer te stromen, zodat je je volledig kunt inzetten voor een betere wereld.

We leven in een chaotische en tegelijk waardevolle tijd. Door het hogere trillingsgetal van de aarde komen onfrisse praktijken, misstanden, angst en haat aan de oppervlakte en herkennen mensen deze. De transitie naar een nieuwe tijd is als een waterdam. Het duurt lang voordat je de scheuren gaat zien. Op het moment dat deze zichtbaar worden, zijn ze niet meer te stoppen en stort de dam in. Het omslagpunt naar een hoger bewustzijn is aanstaande. De huidige machthebbers doen een laatste wanhopige poging om het proces te stoppen. Toch zijn ze nietig in vergelijking met de onweerstaanbare kracht van het universele bewustzijn. We worden wakker en dat merk je aan de schandalen die aan de oppervlakte komen en worden geëlimineerd. De wereld lijkt transparanter dan ooit tevoren en dat is een teken dat er grote veranderingen op komst zijn. Het gevoel dat we in een transitietijd leven, is voor velen herkenbaar. Het informatietijdperk transformeert langzaam naar het intuïtietijdperk, waarbij er meer balans gaat ontstaan tussen de mannelijke en vrouwelijke energie. Dit is onze natuurlijke staat en zorgt dat de huidige elite haar macht over ons verliest. Het intuïtietijdperk is een fantastische tijd om in te leven. Eerst moeten we nog een paar hobbels nemen. We gaan leren om dwars door de handelswijze van mensen en gebeurtenissen heen te kijken. We gaan ook leren om met onze gedachtenenergie de realiteit steeds te sturen. Een toenemend aantal mensen krijgt toegang tot het hogere bewustzijn en dat is de enige hoop die de aarde kan redden van haar voorspelbare ondergang.

De macht van ons denken is onvoorstelbaar groot en het bepaalt voor het overgrote deel hoe we in het leven staan. Ons brein bouwt een illusie die op de realiteit lijkt, maar dat niet is. Mensen met psychische problemen weten hoe krachtig ons brein is. Het is voor sommigen onmogelijk om de gedachtenstroom te stoppen en zo worden we slachtoffer van onze gedachten. Ons brein gaat als het ware met ons op de loop en we kunnen haar nauwelijks stoppen. Hoe vaak zijn we niet voor iets bang dat weinig connectie met de realiteit heeft?. Geen muis is levensbedreigend, net als geen spin dat is. Het vliegtuig behoort tot de meest veilige vervoersmiddelen ter wereld. Toch zijn er mensen die er doodsbang voor zijn. Onze gedachten zijn ongewild de bron van stress en spanning en dat leidt weer tot gehaast gedrag, mentale problemen en zelfs tot het volledig opbranden. We zijn allemaal slachtoffer van ons denken.

Is er een oplossing? Ja, door de reis te maken van hoofd naar hart. Want alleen vanuit ons hart kunnen we de wereld zuiver waarnemen. Als we ons hart openen en ons lijf voelen, krijgt het brein geen kans om angst te zaaien. Dan krijgen we toegang tot de universele creatiekracht. Het leven gaat over jezelf ontdekken en te begrijpen dat je een onderdeel bent van een groter geheel. De zoektocht naar geluk begint op het moment dat je gaat voelen en ervaren dat er meer is dan de materiële wereld om ons heen. Dit kun je niet bedenken. Deze connectie moet je voelen in je hart. De beloning is groot: toegang tot een enorme bron van wijsheid en een leidende hand op je levenspad.

In dit boek is een visie beschreven over de werking van het universum. Dit is niet de ultieme waarheid. Daarvoor is het universum te complex en te ondoorgrondelijk voor het bewustzijn van de huidige mens. Het geheim van het universum is in de beleving van ieder mens anders. In de huidige tijd worden we ons steeds meer bewust van het grootste mysterie ooit; de werking van het universum. De meeste mensen begrijpen dat het anders moet. De vraag is of je in de ontwikkeling meegaat? Iedere dag opnieuw maak je keuzen. Je kunt bewust je consumptiegedrag veranderen, petities tekenen en je niet alles laten opleggen dat door de gevestigde orde wordt opgedragen. Gemeenschapszin en zorgzaamheid voor onze medemens, de natuur, dieren en onze aarde is waar het in de toekomst om draait. Ieder mens herbergt een ongelofelijke kracht in zich, want ieder mens kan met een kleine daad *Het vlindereffect* veroorzaken om een duurzame en betere wereld te realiseren.

Het idee voor dit boek ontstond na een bezoek aan Schotland in het jaar 2012. Het idee had tijd nodig om te rijpen, zoals goede wijn pas na een paar jaar op zijn best is. Het verhaal is een avontuur, dat je meeneemt op de meest mooie reis die een mens kan maken: de reis van ego en hoofd naar hart en ziel. Voor jou is deze reis haalbaar!

Het leven is als een muziekstuk dat ontstaat tijdens de uitvoering en pas stopt als de laatste noot is gespeeld. Elke noot past binnen de compositie en moet op het juiste moment gespeeld worden. Er is geen muzikant die gedurende de uitvoering aan de eindnoot van het muziekstuk zit te denken. In het dagelijkse leven doen we het anders: we maken ons druk over de toekomst. *'Als ik straks met pensioen ga dan....'* Er bestaat geen zekerheid over de toekomst, er bestaat alleen het nu! In het hier en nu kun je het mysterie van het universum ervaren dat subtiel, ongrijpbaar en onbegrijpelijk je leven bepaald.

De Theorie van het Alles

De Theorie van het Alles is de theorie die alle fundamentele theorieën uit de natuurkunde in zich verenigt. Binnen deze theorie staan alle bestaande wetmatigheden en wetenschappelijk gevonden formules zoals de zwaartekracht, de elektrokracht, het magnetisme, de vacuümkracht, de tijd, de ruimte en massa in relatie tot elkaar en vormen een alles-overkoepelende theorie. Met *De Theorie van het Alles* kunnen we elke waarneming verklaren en deze maakt elke andere bewezen theorie kloppend. Kortom onze wereld en de werking van het universum kan worden verklaard en voorspeld door *De Theorie van het Alles.* We zijn als mensheid nog niet zover dat we alle antwoorden die vrijkomen met *De Theorie van het Alles* kunnen doorgronden en toepassen. Binnen nu en de komende vijftig jaar komt *De Theorie van het Alles* volledig voor de mensheid ter beschikking als we in bewustzijn groeien. Nu moeten we het doen met een aantal elementen uit de theorie die bekend zijn en vrij tot onze beschikking staan. De drie wetmatigheden zijn:

1. **Alles is bewustzijn.** De allerkleinste bekende deeltjes (Higgs-deeltjes) bestaan uit zuivere energie. Onderzoek naar deze Higgs-deeltjes bewijzen dat onze verwachtingen en ons bewustzijn de vorm van de Higgs-deeltjes bepalen. Met onze overtuigingen en ons bewustzijn bepalen we de realiteit.

2. **De wet van behoud van energie.** Het universum is een gesloten systeem met een oneindig grote cirkel. *De wet van behoud van energie* stelt dat geen enkele vorm van energie, ook geen (gedachten)energie, kan oplossen in het niets. Alle gedachten die je in het universum brengt, blijven voor eeuwig als energie voortbestaan, in welke vorm dan ook.

3. **Alles wat aandacht krijgt, groeit.** Met behulp van deze wet bepaal je wat je wel en wat je niet aantrekt. Je bewustzijn bepaalt hoe je leven eruitziet. Met je aandacht, overtuigingen en intentie bepaal je de door jou te ervaren realiteit. Veel overtuigingen bevinden zich in je onderbewustzijn, zodat je niet altijd aantrekt wat je wilt. Als je jezelf waardeloos vindt, trek je een leven aan waarin dat tot uitdrukking komt. De mate van bewustzijn bepaalt in hoeverre je in staat bent je leven te sturen.

De drie geloften voor geluk en stabiliteit

De Orde Terra Nova werkt met een drietal geloften, die door Benedictus in het jaar 520 na Christus zijn opgesteld en helaas in de vergetelheid zijn geraakt. Benedictus was de grondlegger van het monastieke kloosterleven en tot op de dag van vandaag vormen zijn geloften de grondslag van en een vast onderdeel binnen de kloosterordes:

1. **Stabilitas** betekent bestendigheid;
2. **Obedientia** betekent met aandacht luisteren en van harte gehoor geven;
3. **Conversio Morum** betekent het veranderen van vaste gewoonten.

Stabilitas is het vasthouden en niet weglopen van datgene waaraan je jezelf hebt verbonden. Het laten bloeien van datgene dat je hebt geplant. Een stabiel levenspatroon past ook bij deze gelofte. Voorkom vluchtigheid in je werk en relaties. Pak er iets uit dat bij je past en blijf daar verbonden mee.

Conversio Morum is bedoeld om elke dag ietsje beter te worden om vooruitgang te boeken in kleine stapjes. Dat is een uitdaging in de tijd dat het allemaal niet snel genoeg kan gaan. Het gaat om ons denken, voelen en handelen kritisch te bestuderen en elke dag te verbeteren.

Obedientia is luisteren naar de ander en je openstellen voor datgene wat je krijgt aangereikt. We zien en horen elkaar goed. Toch is dit anders dan luisteren. Luisteren betekent de signalen uit de omgeving opvangen en openstaan naar diegene die of datgene wat je aandacht vraagt.

Deze drie eeuwenoude geloften helpen je met een sterke persoonlijke groei en het ervaren van geluk in je leven. Luister wat Moeder Aarde je te vertellen heeft, probeer in kleine stapjes je steentje aan een betere wereld bij te dragen en wees daarin bestendig. Zo blijft onze mooie aarde behouden voor voor de huidige en alle toekomstige generaties!

Drie maatregelen voor het realiseren van een duurzame wereld

Volgens de Mayakalender is de eeuwige tijd voorbij en ligt de weg open voor een nieuwe wereld: Terra Nova. De wereld duurzaam behouden voor de toekomstige generaties lijkt ver weg. Toch is het met een drietal effectieve maatregelen te realiseren. Steun deze maatregelen waar je kunt en draag persoonlijk bij aan een duurzame wereld. Volgens de chaostheorie kan elke actie en elke handeling, hoe klein en onbeduidend ze ook lijken, het begin zijn van een omwenteling in het denken. We moeten anders leren denken om op een meer duurzame wijze met onze aarde om te gaan. De drie maatregelen zijn:

Maatregel 1: Het reguleren van de wereldbevolking is noodzakelijk om overbevolking te voorkomen. De wereld is toegerust op een gelimiteerd aantal mensen. Die grens hebben we nu al bereikt, zodat we de aarde aan het uitputten zijn. Een groei van nog eens 80 procent bovenop de huidige wereldbevolking is catastrofaal voor het milieu en de leefbaarheid. Hoe vervelend het ook is, bevolkingsregulatie is bittere noodzaak om de leefbaarheid op aarde te behouden. Verdeel de middelen eerlijk en begin met het verstrekken van een basisinkomen voor iedere wereldburger. Hierdoor voorkom je dat kinderen in de derde wereldlanden de oudedagsvoorziening zijn. Uiteraard worden bij het verstrekken van het basisinkomen afspraken over het aantel kinderen per gezin gemaakt. Daarnaast worden de verenigde naties verantwoordelijk voor de groei van de wereldbevolking en worden daar politieke afspraken op wereldwijd niveau over gemaakt.

Maatregel 2: Zonne-energie als energiebron is noodzakelijk om het verder opwarmen van de aarde te voorkomen. De zon is een oneindige energiebron. Met het grootste gemak kunnen we al onze energiebehoefte met zonne-energie voldoen. Denk maar aan de gigantische hoeveelheid energie die we kunnen opwekken met het volbouwen van de Sahara met zonnepanelen. Zonne-energie is de toekomst en fossiele brandstoffen zijn binnen een paar decennia verleden tijd.

Maatregel 3: Circulaire economie is een manier van produceren waarbij grondstoffen uit bestaande producten worden gehaald. Zo zorgen we ervoor dat de gelimiteerde hoeveelheid grondstoffen die de aarde beschikbaar heeft ook voor de toekomstige generaties nog beschikbaar is. In plaats van dat waardevolle materialen bij de afvalverbrandingsovens terecht komen, gaan we deze weer hergebruiken voor nieuwe producten. Om dat te realiseren, gaan producenten met leencontracten werken voor de afzet van hun producten. Ze blijven eigenaar van het product en de consument betaalt voor het gebruik. Nadat het product is verbruikt of is afgedankt, gaat het terug naar de producent voor hergebruik.

Verantwoording

Dit verhaal is een samensmelting van waarheid, realiteit, fictie en synchroniciteit. Het is geschreven voor iedereen die het beste met onze planeet voorheeft. De ambitie is om mensen te inspireren en na te laten denken hoe we onze aarde ook voor de toekomstige generaties leefbaar kunnen houden. Leef met oog voor de mensen om je heen, met hart voor de natuur en met ziel voor Moeder Aarde.

Meer lezen van Hans Peter Roel

Op zoek naar de hemel

Een spirituele reis door drie landen.

Eva van Berkel is nog maar zeven jaar oud als haar vader komt te overlijden. Op zijn sterfbed belooft hij in de hemel op Eva te wachten. Deze belofte is de reden van haar zoektocht. Eva gaat op reis om de hemel op aarde te ontdekken.
In het Verre Oosten leert ze mediteren en krijgt ze inzicht in oude wijsheden. Op haar pelgrimage naar Santiago de Compostela leert ze om haar rugzakje leeg te houden. Uiteindelijk ontdekt Eva het geheim van een gelukkig leven als ze in het bezit komt van een aangrijpend en authentiek dagboek.

Het leven van Eva van Berkel is in meerdere opzichten hartroerend en bijzonder. Ze volgt het pad van haar hart en ontdekt het geheim van een gelukkig leven.

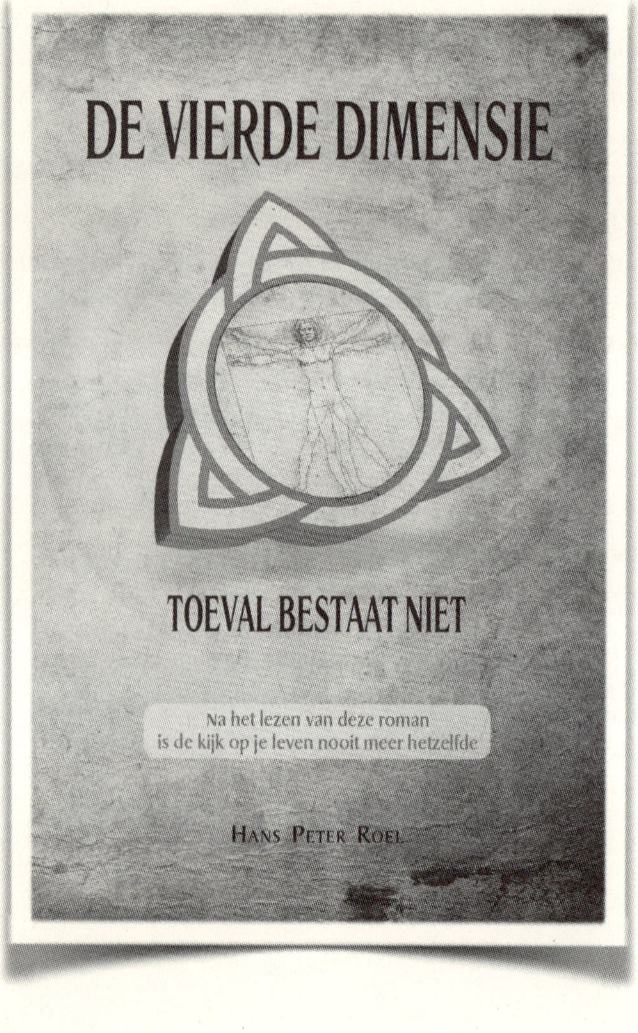
DE VIERDE DIMENSIE
TOEVAL BESTAAT NIET
Na het lezen van deze roman
is de kijk op je leven nooit meer hetzelfde
HANS PETER ROEL

De vierde dimensie

Toeval bestaat niet

De Vierde Dimensie is een verhaal over de onzichtbare wereld om ons heen, die bepalend is voor succes. Het is een boek dat inzicht geeft in de wetmatigheden die in de vierde dimensie gelden en dat ingaat op de magie van het leven.
Wens, werkelijkheid en toeval lopen in dit verhaal dwars door elkaar, net als in het leven zelf. Toevalligheden spelen een belangrijke rol in ons leven. In dit boek leer je het toeval te herkennen en dat vervolgens gericht te sturen.
Ga mee op reis met Nick Larson, een succesvolle beursmakelaar, die door de crisis in de schuldsanering belandt. Na deze ingrijpende gebeurtenis gaat hij op zoek naar de waarheid en komt zo de vierde dimensie op het spoor.

Hans Peter Roel (1964) weet wat leven onder hoogspanning is. Hij ziet hoe we in onze hoogontwikkelde samenleving moeder aarde langzaam uitputten. Juist dat gegeven maakte dat hij dit boek heeft geschreven om mensen inzicht te kunnen geven in de vierde dimensie. Het veranderen van ons collectief bewustzijn is de brug naar een betere wereld.

ki
Hans Peter Roel
Kracht van binnenuit

Ki

Kracht van binnenuit.

Ki, het verhaalkracht van binnenuitIn het spannende en aangrijpende boek 'Ki, kracht van binnenuit' maken we kennis met een gestresste zakenman (Peter) die ogenschijnlijk alles voor elkaar heeft, maar diep van binnen vastloopt. Om een burn-out te voorkomen is een drastische omslag noodzakelijk. In een boeddhistisch klooster, hoog in de Himalaya, maakt hij als eerste westerling kennis met de universele kracht Ki. Ki is een eeuwenoud geheim dat altijd binnen de kloostermuren is gebleven. Pas nadat Peter een beproeving heeft doorstaan, leert hij Ki kennen. Laat je meevoeren door dit verhaal en ontdek het geheim achter de kracht en rust van boeddhistische monniken die hoog in de Himalaya leven.Wat is Ki?Ki is de natuurlijke kracht die in ieder van ons huist en ons helpt bij een krachtig en energiek leven. Ki is geen hoogdravende filosofie, maar een eenvoudige en praktische manier om in je kracht te komen. Ontdek de vier Ki-principes, die werkzaam, voelbaar en overtuigend zijn. Je zult verbaasd zijn over de innerlijke kracht die in je huist. Hans Peter Roel (Soest, 1964) is een creatieve denker. Hij inspireert, heeft het talent om mensen in beweging te krijgen en weet spiritualiteit op een praktische en begrijpelijke manier neer te zetten.Hans Peter heeft de missie om mensen te inspireren om hun volle vermogen te gebruiken: "Door je innerlijke Ki-kracht creëer je een krachtig en energiek leven."

Hans Peter Roel

Hans Peter Roel (Soest, 21 januari 1964) is een Nederlandse schrijver. Na een reis naar India en Nepal begon hij op zijn drieëndertigste met schrijven. Hij probeert daarbij de oosterse wijsheid in onze westerse wereld te integreren. De verbinding van de harde zakenwereld en de geestelijke wereld is dan ook vaak een thema in zijn boeken. In zijn werken zitten vaak elementen uit zijn eigen leven. Zo maakt de hoofdpersoon Peter uit het boek Ki, kracht van binnenuit, in een boeddhistisch klooster, hoog in de Himalaya, als eerste westerling kennis met de universele kracht Ki. Hans Peter Roel schrijft al meer dan vijfentwintig jaar met hart en ziel. In zijn boeken geeft hij de boodschap mee om mensen te bewegen om hun hart te volgen.
Enkele van zijn succesvolle spirituele boeken zijn: Ki, kracht van binnenuit; De vierde dimensie; Op zoek naar de hemel(2017)

Facebook

Wie zijn geest beheerst, bepaalt zijn toekomst
Vierde dimensie
@vierdedimensie
Startpagina
Berichten

N.E.X.T. Company

De visie van uitgeverij N.E.X.T. Company is boeken te publiceren, die een bijdrage leveren aan een betere wereld. Wij geloven dat mensen geïnspireerd kunnen worden door woorden en boeken van betekenis.

info@nextcompany.nl
www.nextcompany.nl